JULIA ZIESCHANG

Sturm
PHÖNIX

im.press

Sturmphönix (Die Phönix-Saga 3)

Im.press
Ein Imprint der CARLSEN Verlag GmbH
September 2017

Lektorat: Ricarda Saul
Umschlagbild: shutterstock.com / © nizas / © Chevnenko / © Misao NOYA / © Anastasiia Gevko
Umschlaggestaltung: formlabor
Satz und Umsetzung: readbox publishing, Dortmund
Druck und Bindung: CPI Books GmbH, Birkach
ISBN 978-3-551-30087-4
Printed in Germany
www.carlsen.de/impress

Alle Bücher im Internet: www.carlsen.de

Für Opa, dessen Erzählungen ich stundenlang lauschen konnte und dessen Geschichtswissen schier unerschöpflich war.

Von dir habe ich meine Liebe zu Büchern und deshalb bekommst du nun dieses hier von mir.

1. Kapitel

Ich brauchte sie beide. Feuer und Eis. Sie waren alles, was ich hatte, woraus ich bestand, was mich ausmachte. Meine Familie. Umso schlimmer war das Wissen, von beiden gejagt zu werden und das taten sie bereits, ganz sicher. Die Frage war nur, wer mich zuerst finden würde. Wer war schneller? Feuer oder Eis? Wer würde dieses absurde Wettrennen, dessen Trophäe ich war, gewinnen? Die Flammen oder der Reif?

***

Das Feuer war viel zu heiß und brannte in meinen trockenen Augen. Dennoch starrte ich unablässig in die Flammen, unfähig meinen Blick abzuwenden. Ihr vertrauter Anblick spendete mir Trost, so widersinnig das auch sein mochte. Wie konnte mir etwas derart Zerstörerisches ein Gefühl der Geborgenheit vermitteln? Die Spitzen züngelten, strichen beinahe liebevoll über mein Gesicht und hinterließen eine warme Spur. Ich blinzelte, um meine Augen zu benetzen. Das leise Knistern beruhigte mich und schon bald nahm ich die Flammen nur noch verschwommen wahr.

Ich dachte über die Geschehnisse des heutigen Abends nach. Das Telefonat mit Robert lag mir noch immer schwer im Magen. *Vertraue niemandem,* hatte er gesagt. Aber konnte ich es mir leisten, niemandem zu vertrauen? Dann wäre ich ganz auf mich allein gestellt. Und viel wichtiger: Wollte ich das? Noch vor wenigen Wochen hätte mir dieser Umstand nichts ausgemacht. Ich war schon früher eine Einzelkämpferin gewesen, aber die Situation war nun eine andere. Ich warf einen Blick zu Vincent, der auf dem Sofa saß und seinerseits seinen Gedanken nachhing. Worum sie sich drehten, war nicht schwer zu erraten. Die angespannte Körperhaltung, der verkniffene Zug um den Mund und das düstere Funkeln in seinen Augen deuteten darauf hin, dass er ebenfalls an Robert dachte. Das Verhältnis zu seinen Eltern war schwierig, auch wenn sich mir immer noch nicht voll und ganz erschloss, weshalb. Max schien derlei Probleme nicht zu haben. Doch im Moment hatte ich nicht die Kraft, mir auch noch darüber Gedanken zu machen, was der Grund für Vincents Ablehnung gegenüber seinen Eltern sein mochte.

Eine Träne rann aus meinem rechten Auge und kühlte die von den Flammen überhitzte Haut meiner Wange. Sie war eine natürliche Reaktion meines Körpers, um die empfindliche Netzhaut meiner Augen vor dem Austrocknen zu bewahren und kein Anzeichen von Traurigkeit. Ich blinzelte ein paar Mal, um das Gefühl, Sandkörnern im Auge zu haben, zu vertreiben. Ich sollte vernünftig sein und ein paar Zentimeter vom Kamin wegrutschen, doch ich war unfähig mich zu rühren.

Geh unter keinen Umständen zu Arthur oder Friedrich. Wenn sie dich in ihre Finger bekommen, wirst du ihre Gefangene sein. Sie brauchen dich, wenn sie den Kampf gewinnen wollen, und beide würden vor nichts zurückschrecken, um dich auf ihre Seite zu ziehen. Und kein Wort zu irgendjemandem von unserem Gespräch, nicht mal zu Vincent. Die Gefahr ist zu groß, dass die falschen Leute Wind davon kriegen.

Das waren Roberts letzte Worte an mich gewesen. Die Panik, die mich daraufhin befallen hatte, war nun in mir eingesperrt. Sie saß als bitterer Klumpen in meinem Magen und sandte Wellen der Übelkeit durch meinen Körper, wann immer ich daran dachte, was Robert gesagt hatte. Trotzdem war es mir gelungen unbeschwert auszusehen, als ich aus dem Bad getreten war. Denn bevor ich mir nicht selbst über meine nächsten Schritte im Klaren war, sollte Vincent nicht den Verdacht schöpfen, ich könnte etwas vor ihm verbergen wollen. Doch Vincent war so aufgebracht über das Telefonat mit Robert gewesen, dass er die leise Panik in meinem Blick gar nicht bemerkt hatte.

Ich tastete nach dem Stück Klopapier in meiner hinteren Hosentasche. Der Kajalstift verlief nicht bei Wärme, oder doch? Wenn das der Fall war, könnte ich die Adresse, die mir Robert für unser Treffen genannt hatte, nicht mehr lesen. Nun rückte ich sicherheitshalber doch ein Stück vom Kamin ab. Mein Hintern schmerzte vom langen Sitzen auf den Holzdielen. Die züngelnden Flammen schnellten nach oben und zogen sich unnatürlich in die Länge, als machten sie sich über mich lustig. *Vertrauen.* Wem konnte ich vertrauen? Doro und Mara, entschied ich, ohne zu zögern. Und Vincent? Er hatte mir oft genug bewiesen, wie viel ich ihm bedeutete, aber genauso oft hatte er mich enttäuscht. Mein Herz hatte sich noch immer nicht vollständig von dem Schmerz, der Betäubung, den vielen Gefühlen und dem erneuten Schmerz erholt. Aber es wurde mit jedem Schlag besser. Ich liebte ihn, das spürte ich, aber konnte ich mir selbst trauen? Für eine Jurastudentin fiel es mir erschreckend schwer, zwischen Wahrheit und Lüge, zwischen Richtig und Falsch zu unterscheiden. Besser, ich schlug keine Karriere als Richterin ein.

Am liebsten hätte ich mich unter eine Bettdecke verkrochen und wäre nie wieder hervorgekommen. Warum nur war immer alles kompliziert? Mein Verstand verlangte von mir, mich ohne Vincent zu dem Treffen mit Robert zu begeben, so, wie dieser es gefordert hatte, aber mein Bauchgefühl riet mir davon ab. Okay, angenommen, ich zog die Sache ohne ihn durch, was würde dabei herauskommen? Das Ergebnis war leicht vorherzusehen: Vincent würde mir meinen Alleingang nicht verzeihen. Ich hätte niemanden bei den Phönixen, der hinter mir stehen würde, mir mit Rat und Tat zur Seite stand, niemanden, den ich etwas fragen konnte, dessen Zuneigung ich mir sicher sein konnte. Nein, ich musste es ihm erzählen. Daran führte kein Weg vorbei. Dass er mir meine Lüge über den Gesprächsverlauf so schnell abgekauft hatte, zeigte nur, wie sehr ihn die heutigen Entwicklungen ebenfalls verwirrt hatten. Dass ausgerechnet Robert eine geheime Botschaft in Arthurs Tagebuch versteckt hatte und uns seine Hilfe anbot, hätte wohl keiner von uns erwartet. Ich schloss für einen Moment die Augen.

»*Lausche auf das, was dir dein Bauch und dein Herz raten.*« Diese Worte hatte Carmen an mich gerichtet, als ich mich als Achtjährige bei ihr beschwert hatte, dass alle meine Freundinnen wüssten, was sie später werden wollten. Nur ich hatte keinen blassen Schimmer gehabt.

»*Aber was, wenn sie lügen?*«

»*Das werden sie nicht. Dein eigener Körper lügt nie. Nur unser Verstand schwindelt uns manchmal Dinge vor. Auf ihn sollten wir nicht immer hören.*«

»*Warum tut er das?*«

»*Weil er uns vor uns selbst beschützen möchte*«, erklärte Carmen geduldig. »*Er kennt unsere Ängste und Zweifel, deshalb rät er uns zu einem anderen, vermeintlich leichteren Weg. Aber das, was dir dein Bauchgefühl sagt, ist der Weg, der dich glücklich machen wird.*«

Mein Innerstes? Was war das eigentlich? Wer war ich? Als ich die Augen öffnete, tanzte auf der Handfläche in meinem Schoß eine rot-blaue Flamme. Mein inneres Feuer. War das mein innerstes Wesen? Ob es mir weiterhelfen konnte? Ich hob es näher an mein Gesicht heran. Auch wenn es sich für mich nicht heiß anfühlte, wusste ich, dass es andere verletzen konnte. Ich hatte es bei Vincent selbst ausprobiert, als ich dumm genug gewesen war und in sein inneres Feuer gegriffen hatte. Die beiden Farben symbolisierten, was mich ausmachte. Feuer und Eis. Sie schillerten in allen erdenklichen Farbnuancen, liebkosten einander, wanden und verschlungen sich umeinander, ohne sich richtig zu berühren. Trug ich die Wahrheit etwa in mir? Nämlich dass Feuer und Eis sich nicht vereinen konnten, ohne einander zu verschlingen? Es sah ganz danach aus. Die Flammen in meiner Hand erloschen. Ich lehnte mich zurück und stützte meine Arme hinter meinem Rücken auf dem Boden ab.

»Könntest du noch einen Moment so sitzen bleiben?«, bat mich Vincent.

Seine Hand, in der er locker einen Bleistift hielt, huschte über das Papier. Jeder Strich wurde von einem leisen Kratzen begleitet. Wann hatte Vincent seine Zeichensachen geholt?

»Was tust du da?«

»Wonach sieht es denn aus?«, schmunzelte er.

Empört sprang ich auf. »Du zeichnest nicht wirklich gerade mich!«

»Du hattest mir versprochen, dass ich dich einmal zeichnen darf. Also setz dich wieder hin«, erinnerte er mich ruhig an den Abend, bevor meine ganze Welt erneut durcheinandergeraten war. Der Abend, bevor ich zum ersten Mal auf die Eisphönixe traf. Er schien eine Ewigkeit zurückzuliegen.

»Aber doch nicht jetzt. Du hast vielleicht Nerven!«

»Wieso nicht? Wir können beide im Moment nicht viel tun außer abzuwarten. Und man sollte nie eine gute Gelegenheit ungenutzt verstreichen lassen.«

Denn wir wissen nicht, wie viel Zeit wir noch haben. Dieser Satz schwang unausgesprochen zwischen uns.

»Na schön.« Ergeben setzte ich mich in die alte Position. Ich konnte sowieso nicht schlafen, also konnte ich Vincent genauso gut Modell sitzen.

»Du musst dich noch ein bisschen mehr dem Feuer zuwenden.«

Ich versuchte in die Position zu rutschen, in der ich meiner Meinung nach zuvor gesessen hatte.

»Gut so?«

»Perfekt. Magst du dein inneres Feuer wieder hervorholen?« Seine Frage klang ein wenig schüchtern.

Das innere Feuer war durchaus eine etwas intime Angelegenheit. Es vor einem anderen zu offenbaren war beinahe so, als lege man ihm sein innerstes Wesen zu Füßen.

»Das willst du auch noch zeichnen?«, stöhnte ich, tat aber, worum er mich bat.

»Sei bitte nicht böse, aber verstehst du, was ich meine, wenn ich sage, dass dein Inneres noch faszinierender ist als dein Äußeres?« Sein Blick war intensiv, erinnerte an geschmolzenes Karamell und ging mir bis unter die Haut.

Konzentriert betrachtete er mich einen Moment lang, dann senkte er seinen Kopf über den Zeichenblock und ich bewunderte die Präzision, mit der er den Bleistift führte. Er hatte noch kein einziges Mal einen Radiergummi benutzt. Er schien ganz genau zu wissen, wo er den Bleistift ansetzten musste. Jede Linie setzte er mit kräftigen Strichen. Das Blatt füllte sich mit grauer Farbe, aber Genaueres konnte ich nicht erkennen. Ich war nie gut in Kunst gewesen, hatte meistens eine 3 gehabt. Zwar hatte ich mir die Bilder immer vorstellen können, es aber nie geschafft, diese Vorstellung auf Papier zu bringen. Das Ergebnis waren krumme Gestalten gewesen, deren Proportionen nicht stimmten. Zum Glück hatte ich die Kunstnote immer mit meiner 1 in Sport ausgleichen können.

»Ich glaube, ich weiß, was du meinst.« Nachdenklich blickte ich auf die züngelnde Flamme in meiner Hand, die eine unvergleichliche Farbsymphonie bildete. »Das, was zählt, sieht man nie auf den ersten Blick. Es ist geschützt durch eine Hülle, die es zu durchbrechen gilt. Das ist das wahre Geheimnis.«

Für einen kurzen Moment begegneten sich unsere Blicke. Er sah mich an, als wäre ich das Schönste, was er in seinem ganzen Leben gesehen hatte. Ich spürte, wie mir warm ums Herz wurde. Genau so hatte ein Blick wahrer Liebe auszusehen. Ich würde ihm alles erzählen, beschloss ich. Keine Geheimnisse mehr. Nie wieder. Ich vertraute Vincent.

2. Kapitel

»Bist du fertig?«

Ich hatte keine Ahnung, wie spät es war, aber nach dem dumpfen Gefühl in meinem Kopf zu urteilen waren wir dem nächsten Sonnenaufgang näher als dem letzten Sonnenuntergang.

»Ein paar Schattierungen fehlen noch, aber du kannst gerne schon nach oben gehen und dich hinlegen. Ich komme gleich nach.«

»Gut.« Ich reckte mich und stand mühsam auf.

Vom langen Sitzen in der immer gleichen Haltung tat mir alles weh. Ich ließ meine Schultern kreisen, warf einen letzten Blick auf Vincent, der bereits wieder in seiner Zeichnung vertieft war, und stapfte die schmalen Treppenstufen nach oben ins Schlafzimmer. Angezogen wie ich war, warf ich mich aufs Bett und schlief augenblicklich ein.

***

Der Duft frisch gebrühten Kaffees wehte mir in die Nase. Ich gähnte und rieb mir verschlafen die Augen. Vincents Bettseite wirkte unberührt. Hatte er gar nicht geschlafen oder bereits seine Decke sorgsam glattgestrichen? Ich tapste nach unten. Immer dem Geruch des Kaffees folgend. Vincent reichte mir einen Becher des heißen Getränks und ich nahm gierig einen Schluck. Hoffentlich wirkte er schnell. Ich fühlte mich wie erschlagen. Auch unter Vincents Augen lagen dunkle Schatten. Die schienen neuerdings zu seinem Erscheinungsbild dazuzugehören. Im Gegensatz zu mir sah er trotzdem schön aus. Die blauvioletten Ringe ließen den honiggoldenen Ton seiner Iris noch mehr strahlen. Ich hingegen brauchte keinen Blick in den Spiegel zu werfen, um zu wissen, dass ich eher aussah, als hätte ich eben einen Boxkampf hinter mir. Ich spürte die dicken Tränensäcke unter meinen Augen nur zu gut.

»Seit wann bist du wach?«, fragte ich.

»Noch nicht sehr lange. Habe ich dich geweckt?«

»Kein Ding. Wir haben heute schließlich viel vor.« Ich warf einen Blick auf meine Armbanduhr und erschrak. Es war kurz vor halb zwölf. Wie lange hatte ich geschlafen? Acht Stunden? Und dann sah ich immer noch *so* aus? Die Welt war wirklich ungerecht.

»Ich bin gespannt, ob deine Mitbewohnerinnen etwas in Erfahrung gebracht haben.«

Ich nickte und nahm einen weiteren Schluck Kaffee.

»Hast du Hunger?«

»Ein bisschen.«

»Was hältst du von Pfannkuchen?«

»Sich ein wenig den Tag zu versüßen hat noch nie geschadet.«

»Das dachte ich mir«, schmunzelte Vincent und griff in mehrere Schränke, bis Mehl, Backpulver, Eier und Milch vor ihm auf der Theke standen. Das alles gab er in eine Schüssel, die er nach mehreren Suchanläufen in einem der unteren Schränke fand, und rührte daraus einen zähflüssigen Teig an.

»Darf ich die Zeichnung sehen?«

Er nickte in Richtung Sofa. »Der Block liegt noch dort.«

Vorsichtig nahm ich ihn in die Hände und blätterte das Deckblatt um. Leicht berührte ich mit den Fingerspitzen die Konturen meines Gesichts. Fuhr die feinen Linien nach, bewunderte die detailgetreue Zeichnung meiner Nase, die geschwungene Form meiner Lippen. Selbst meine Sommersprossen hatte er zu Papier gebracht. Das Herausstechendste war allerdings die tanzende Flamme auf meiner ausgestreckten Handfläche. Obwohl die Zeichnung Grau-Weiß war, meinte ich die einzelnen Farbnuancen erkennen zu können. Es sah unglaublich aus.

»Vincent, das ist wunderschön«, hauchte ich. »Ich hatte ja keine Ahnung, wie viel Talent du besitzt.«

»Freut mich, wenn es dir gefällt. Es gehört dir.«

»Das kann ich nicht annehmen.«

»Wieso nicht?«

Ja, wieso eigentlich nicht? Weil es zu schön war? Weil es mir vorkäme wie Diebstahl, wo Vincent doch immer eine Zeichnung von mir hatte haben wollen?

»Du solltest wirklich deine Zeit nicht mit Politikwissenschaft verschwenden, wenn du so etwas erschaffen kannst.«

Es zischte, als Vincent die erste Kelle in die Pfanne mit heißem Öl gab. Sofort roch es köstlich nach gebratenem Teig.

»Dafür ist es ein wenig zu spät, fürchte ich. Immerhin mache ich gerade meinen Master.«

»Es ist nie zu spät, ein neues Leben zu beginnen. Wenn es das ist, was du willst, dann solltest du es tun.«

Ich blickte erneut auf die Bleistiftzeichnung und staunte über die Tiefe, die dieses zweidimensionale Bild erzeugte.

»Darüber werde ich mir Gedanken machen, wenn das hier vorbei ist. Momentan kann sowieso keiner von uns beiden an die Uni.«

Er brachte mir einen Teller mit Pfannkuchen, an deren Rändern flüssiger Honig hinabtropfte.

»Leider. Es nervt mich hier untätig rumzusitzen. Ich würde viel lieber Mara und Doro helfen.«

Ein erneutes Zischen kündigte die Entstehung eines weiteren Pfannkuchens an.

»Genieße es lieber, ich habe das Gefühl, dass das hier unsere letzten ruhigen Momente sind.«

Das befürchtete ich auch. Ich musste Vincent endlich erzählen, was wir beide heute Nachmittag machen würden. Aber nicht auf leerem Magen. Ich rollte den Pfannkuchen an der Seite auf, nahm ihn mit den Fingern und biss ein großes Stück ab. Selbstverständlich schmeckte es köstlich, so wie alles, was Vincent bisher gezaubert hatte. Und was brachte ich in unser Leben ein? Nur Probleme und alte Familiengeheimnisse. Wirklich toll. Und wie es schien, war ich auf dem besten Weg in eine Depression.

Reiß dich zusammen, Caro! Na schön, maulte ich innerlich. Ich wusste ja, warum ich so verstimmt war. Weil Vincent mich unabsichtlich bemutterte.

Das verursachte mir auf Knopfdruck schlechte Laune. Ich hatte es schon bei Mara nicht ausstehen können, aber bei meinem Freund fand ich es noch einen Tick schlimmer. Als würde es irgendwie meine Selbständigkeit untergraben, wenn jemand für mich Frühstück zubereitete. Lächerlich, einfach lächerlich. Ärgerlich über mich selbst stopfte ich mir den restlichen Pfannkuchen in den Mund und spülte ihn mit einem ordentlichen Schluck Kaffee hinunter.

Nachdem wir beide fertig gegessen hatten, schnitt ich vorsichtig das Thema Robert an.

»Ich muss dir noch etwas sagen, wegen des Telefonats mit deinem Vater«, fing ich an.

»Ja?«, fragte er argwöhnisch.

Bildete ich mir das ein oder hatte sich seine Miene eben verfinstert?

»Nun ja, wie soll ich es sagen?« Ich überlegte fieberhaft, wie ich die Worte *Ich habe dich angelogen* netter verpacken konnte.

»Ich habe möglicherweise einen Teil ausgelassen, als du mich gefragt hast, was er von mir wollte.« Die Worte sprudelten nur so aus mir heraus. Je eher ich es ausspuckte, umso besser. »Robert will sich mit mir treffen. Heute. Allein. Er hat mich gewarnt dich einzuweihen. Er wollte, dass ich mich heimlich davonschleiche.«

Ich hatte keine Ahnung gehabt, dass Gesichtsfarben sich in einem so breiten Spektrum verändern konnten, aber Vincents wechselte von aschfahl zu knallrot.

»Und du hast ihm hoffentlich gesagt, er soll sich zum Teufel scheren!? Ich glaub's ja nicht! Seine Skrupellosigkeit, dich gegen mich aufzuhetzen, überrascht mich noch nicht einmal sonderlich. Ich hätte es wissen müssen.« Er lachte bitter auf.

»Er klang ehrlich besorgt. Ich glaube nicht, dass er mich gegen dich aufhetzen wollte. Viel eher ging es ihm darum, mich-«

»Caro, bitte! Ich kenne meinen Vater und du darfst kein Wort von dem glauben, was er sagt. Dass er von dir verlangt hat mich zu hintergehen, ist doch Beweis genug.«

Ich holte tief Luft. »Dein Vater ist vielleicht der Einzige, der uns weiterhelfen kann. Er hat einen Brief meiner Mutter für mich aufbewahrt.«

»Eher geht die Welt unter, als dass er unsere letzte Rettung ist. Und warum sollte er einen Brief von Sarah haben? Wo ist da die Verbindung?«

Ja, wo war die? »Keine Ahnung, aber ich muss es versuchen.«

»Wieso?« Er verzog sein Gesicht. War die Vorstellung, auf seinen Vater zu treffen, wirklich so schlimm für ihn oder überdramatisierte er die ganze Situation mal wieder?

Plötzlich war ich sauer. Durch seine Sturheit zwang er mich tatsächlich das auszusprechen, wovor ich mich so sehr fürchtete. Und die Angst davor, dass dies nun ein Bestandteil meines Lebens sein sollte, wurde noch stärker durch das laute Aussprechen der Worte: »Weil ich nicht für immer eine Gejagte sein will!«, rief ich verzweifelt.

Vincent blickte mich überrascht an, dann runzelte er die Stirn. War ihm dieser Gedanke wirklich noch nicht gekommen? »Hör zu, Vincent, ganz egal, ob mich nun Arthur oder Friedrich findet – und früher oder später wird das einer von beiden –, ich werde dann seine Gefangene sein und der jeweils andere wird nichts unversucht lassen, um mich aus dieser Gefangenschaft in die eigene zu bringen. Sie brauchen mich, wenn sie der Gewinnerseite angehören wollen. Genau so steht es in der Prophezeiung. Ich werde für den Untergang der einen oder der anderen Seite sorgen, es sei denn, ich bin zuerst tot.«

Nur mit Mühe gelang es mir, ein Aufschluchzen zu unterdrücken.

Vincents Gesichtsausdruck wandelte sich von ungläubiger Verblüffung zu Bestürzung. Er nahm meine Hände in seine und drückte sie ganz fest. »Wie lange hast du diese Gedanken schon?«

»Seit dem Gespräch mit deinem Vater«, sagte ich mit belegter Stimme.

»Und du hast nichts gesagt.« Ein bitterer Zug bildete sich um seinen Mund. »Dabei hätte ich dir helfen können.«

»Und wie?«

»Indem ich dir sage, dass es nie so weit kommen wird. Das werde ich nicht zulassen. Niemand wird dir wehtun, das verspreche ich dir.«

Er umschlang meine Schultern und ich ließ mich von ihm trösten. »Außerdem, seit wann ist der Reim, kein Reim mehr, sondern eine Prophezeiung? Ich glaube immer noch kein Wort davon. Das ist nichts als dummer Aberglaube, aber es würde zumindest erklären, warum Arthur mit dem Zauber nicht nur vorhatte die Eisphönixe von der Villa fernzuhalten, sondern auch uns darin einzusperren«, schob er beinahe widerwillig hinterher.

»Arthur hat es in seinem Tagebuch als Prophezeiung bezeichnet. Und ich denke, Friedrich hat eine ähnliche Sicht auf die Dinge wie er«, widersprach ich schwach.

»Pff, alte Männer. Was wissen die schon?«

Ich wusste, er spielte die Situation nur herunter, um mir die Angst zu nehmen, aber hinter seiner Fassade war er genauso bestürzt wie ich.

»Und was wissen wir?«

»Also, ich weiß, dass ich einer über fünftausend Jahre alten Grabinschrift irgendeines verrückten Pharaos nicht übermäßig viel Bedeutung beilege. Und du weißt hoffentlich, dass ich dich immer beschützen werde.«

Ich drehte meinen Kopf, bis meine Lippen die weiche Haut an seinem Hals berührten. »Danke«, murmelte ich.

Vincent strich mir über den Hinterkopf und hauchte mir einen Kuss auf den Scheitel.

»Trotzdem werde ich mich heute mit Robert treffen. Aber wenn du nicht mitwillst, ist das für mich okay.«

Er schnaubte: »Als wenn ich dich mit ihm allein lassen würde. Wenn du zu ihm gehst, komme ich mit. Wann habt ihr euch denn verabredet?«

»Um vier.«

»Dann haben wir noch ein wenig Zeit.«

»Kommt drauf an.«

»Worauf?«

»Wie lange wir brauchen, um zu dem Treffpunkt zu gelangen.«

»Und der wäre wo?«

Ich griff in meine hintere Hosentasche und zog das Stück Toilettenpapier heraus. Nachdem ich es auseinandergefaltet hatte, hatte selbst ich einige

Mühe, die Schrift zu entziffern. Vincent streckte ungeduldig seine Hand danach aus. Ich hob abwartend einen Zeigefinger, während ich versuchte das Gekritzel zu entziffern. »Ich glaube, ich hab's. Er will sich im *Café Duft* in der Marienstraße treffen. In ... Altöhing?«

»Altötting.«

Genau, das war auch der Name, den Robert verwendet hatte. Ich blickte erneut auf das Klopapier. Das, was ich für ein *h* gehalten hatte, waren in Wirklichkeit zwei *t*. Allerdings hatte ich keine Ahnung, wo genau Altötting lag. Ich hätte wirklich in Erdkunde besser aufpassen oder zumindest ab und zu eine Landkarte betrachten sollen, aber ich verließ mich ja aus Bequemlichkeit lieber auf das Navi in meinem Handy. »Ja, ich denke, so heißt es. Kennst du den Ort?«

Als er antwortete, klang er leicht gereizt: »Altötting ist ein Wallfahrtsort. In dem Café waren wir früher immer, wenn wir die Gnadenkapelle besucht haben. Als ob ihm ein Gebet helfen würde ...«

»Vielleicht fühlt er sich in dieser Umgebung sicherer. Lass ihn doch.« Ich zuckte die Achseln. »Wenigstens weißt du dann schon mal, wo es langgeht. Wie lange brauchen wir bis dorthin?«

»Zwei Stunden, schätze ich.«

»Ausgezeichnet. Dann bleibt noch genug Zeit für ein Gespräch mit Mara.« Ich versuchte meiner Stimme einen betont fröhlichen Klang zu verleihen, in der Hoffnung, Vincents finstere Gedanken dadurch zu verscheuchen. »Hast du mein Handy irgendwo liegen sehen?«

»Woher kommt dieser plötzliche Optimismus?«, fragte er misstrauisch.

»Ist es dir lieber, wenn wir beide so finster dreinschauen? Sieben-Tage-Regenwetter-Miene kann ich auch.«

»Man wird ja wohl noch fragen dürfen«, grummelte er.

»Ich bin auch gar nicht richtig optimistisch. Ich freue mich bloß darauf zu erfahren, was meine Mutter mir geschrieben hat. Ich meine, bis vor ein paar Monaten wusste ich nicht mal, wer sie ist, und jetzt halte ich bald einen Brief von ihr in den Händen, der nur für mich bestimmt ist. Kannst du dir vorstellen, was für ein Gefühl das ist?« Während ich redete, stellte sich tatsächlich so etwas wie aufgeregte Vorfreude ein und ich strahlte ihn erwartungsvoll an.

Meine Freude darauf steckte Vincent allerdings nur bedingt an. Der düstere Ausdruck verschwand zwar aus seinem Gesicht, wich jedoch offenkundiger Besorgnis, die meiner Euphorie einen Dämpfer verpasste. »Das freut mich natürlich für dich. Nur, Caro …«

»Ja?«

»Mach dir bitte nicht allzu große Hoffnungen. Vielleicht hat Robert auch gelogen und dieser Brief ist nur ein Vorwand, damit du dich mit ihm triffst. Ich möchte nur nicht, dass du hinterher allzu sehr enttäuscht bist.«

***

»Habt ihr was rausgefunden?«, platzte ich sofort nach Maras Begrüßung heraus. Ungeduldig wippte ich mit der Spitze meines Fußes auf und ab.

»Ehrlich gesagt, nicht wirklich. Wir haben fast die ganze Nacht daran gesessen, aber es ist wie die sprichwörtliche Suche nach der Nadel im Heuhaufen. Diese Bücher über Ägyptologie sind wirklich unglaublich dick. Ich überfliege eh nur die Seiten und auch nur in der relevanten Zeitspanne, aber trotzdem: Kaum ein Wort über Phönixe. Alles was wir bisher rausgefunden haben, sind nur Dinge, die ihr ohnehin schon wisst.« Sie klang resigniert.

»Was denn zum Beispiel?«, wollte ich dennoch wissen.

»Na ja, dass der Phönix der Gott der Wiedergeburt ist, dass er in Vogelgestalt erscheint, seine Federn die Farben des Feuers tragen und dass er aus Asche aufersteht.«

»Hm, das ist wirklich nichts Neues.«

»Tut mir leid.«

»Du kannst ja nichts dafür. Habt ihr noch ein paar Bücher übrig oder schon alle durchgesehen?«

»Nein, da wartet noch ein ganzer Stapel.« Mara seufzte leise. »Wir suchen doch nur nach diesem Reim, stimmt's?«

»Exakt.«

»Und bei euch ist alles in Ordnung? Sie haben euch nicht gefunden?«

»Das werden sie auch nicht«, versicherte ich ihr. »Wir sind vorsichtig.«

»Was habt ihr jetzt vor?«

»Wir gehen einer eigenen Spur nach. Mal sehen, was sie bringt.«

»Du wirst mir nicht mehr verraten, oder?«

Trotz der bedrückten Stimmung musste ich lächeln. »Du kennst mich einfach zu gut. Es ist nur zu eurer eigenen Sicherheit. Je weniger ihr wisst, desto besser.«

»Meinst du nicht, wir hängen ohnehin schon viel zu tief drin?« Ich konnte förmlich vor mir sehen, wie Mara ihre Augenbrauen zusammenschob.

»Trotzdem. Du weißt doch, zu viel Wissen ist ungesund.«

»Man kann nie zu viel wissen, genauso wenig, wie man zu viel lesen kann.« Unwillkürlich verdrehte ich die Augen. Bevor Mara Tobi kennengelernt hatte, war sie ein Bücherwurm wie aus dem Bilderbuch gewesen. Ständig hatte der Postbote an unserer Tür geklingelt und eine neue Buchbestellung gebracht.

»Das ist nur eine andere Form der Flucht vor der Realität. Das echte Leben spielt sich hier draußen ab und nicht in deinem Kopf, aber ich glaube, das Thema hatten wir schon.«

»Stimmt«, sie kicherte. »Und ich hatte dir, wenn ich mich recht erinnere, daraufhin gesagt: Warum nur ein Leben leben, wenn du hunderte haben kannst?«

Ein leises Lachen entschlüpfte meiner Kehle bei der Erinnerung an das Gespräch, das immerhin schon ein Jahr zurücklag. Bei diesem ungewohnt heiteren Laut, hob Vincent den Kopf und zog fragend eine Augenbraue in die Höhe. Ich signalisierte ihm, dass alles in Ordnung war. »Diese Diskussion führen wir jetzt aber nicht schon wieder.«

»Nein, wir wissen schließlich beide, wer sie gewinnen würde.«

»Das ist nicht wahr, wir hatten uns damals auf ein *Unentschieden* geeinigt. Gib mir mal Doro. Fragen wir sie halt nach ihrer Meinung.«

»Warte kurz, ich schalte dich auf Lautsprecher. Okay, jetzt sollte sie dich hören.«

»Doro«, rief ich in den Hörer. »Bücher – Top oder Flop?«

»Also im Moment eher Flop. Wenn ich noch ein weiteres dieser stinklangweiligen Geschichtsbücher lesen muss, kotze ich noch«, meinte sie.

»Ha!«, rief ich.

»Nicht so schnell, das bezieht sich nur auf ihren momentanen Zustand. Doro, hast du daran gedacht, dass sämtliche deiner Mangas ebenfalls Bücher sind?«

»Schon, aber Bücher mit wesentlich weniger Text. Außerdem sind die cool, die liest man nämlich rückwärts.«

»Das war keine richtige Antwort«, beschwerte ich mich.

»Mann, ihr nervt! Ich habe die letzten fünfundzwanzig Stunden nur zwei davon geschlafen. Könnten wir das vielleicht später klären? Ich bin schon an einem Punkt, an dem ich der Hausarbeit über Botticelli nachtrauere. Und eines kann ich euch sagen: Das ist kein gutes Zeichen!«

»O je, dann sollten wir wirklich besser aufhören«, meinte Mara. »Wenn sie das lieber machen würde, als ein weiteres Buch durchzusehen, steht es wirklich schlecht um sie.«

»Bevor ihr euch noch gegenseitig zerfleischt, schicke ich euch beiden eine dicke Umarmung durchs Telefon. Und Mara, danke für die kleine Aufheiterung! Das habe ich gerade wirklich gebrauchen können.«

»Weiß ich doch«, meinte sie nur und ich hörte das Lächeln in ihrer Stimme. »Also, halt die Ohren steif!«

»Was ist das denn für ein blöder Spruch?«, grummelte Doro im Hintergrund.

»Ihr auch«, sagte ich und legte auf.

***

Ich gesellte mich zu Vincent aufs Sofa. Dabei fiel mein Blick auf das in Leder gebundene Tagebuch. Ich unterdrückte das Verlangen, es an mich zu nehmen und darin zu blättern. Ich würde nichts Neues entdecken. Alles, was darin stand, hatte ich bereits mehrfach gelesen. Und wenn doch noch irgendwo eine Geheimbotschaft versteckt war? Der Zweifel nagte an mir.

»Vincent, glaubst du, es würde etwas bringen, auch die übrigen Seiten des Tagebuchs ans Feuer zu halten? Meinst du, es gibt noch mehr versteckte Nachrichten?«

Er sah von seinen Notizen auf. »Ich glaube eher nicht. Aber ich will dich auch nicht davon abhalten, wenn du den Drang verspürst, es zu versuchen.«

»Hmpf.«

Letztendlich siegte meine Neugier und ich stellte mich mit dem Tagebuch vor das lodernde Feuer im Kamin. Seite für Seite hielt ich es dicht an die Flammen, wartete einige Sekunden, drehte es um und fand ... nichts. Ernüchtert klappte ich es zu und warf einen Blick auf meine Armbanduhr. In einer Dreiviertelstunde würden wir aufbrechen müssen. Vincent starrte angestrengt auf seine Notizen.

»Was tust du da eigentlich die ganze Zeit?«

»Ich überlege, ob wir möglicherweise irgendetwas übersehen haben. Ob der Reim selbst vielleicht eine Art Geheimbotschaft ist.«

»Und ist er das?«

»Falls ja, hat sich mir sein Geheimnis noch nicht offenbart. Oder ich bin nicht so schlau, wie ich dachte.«

»Ich glaube, da gibt es nicht noch mehr herauszufinden. Lass uns abwarten, was der Nachmittag für Neuigkeiten bringt. Apropos, hast du schon etwas von Max gehört? Oder von Arthur?« Die letzte Frage traute ich mich kaum zu stellen.

Arthur. Allein der Name verursachte mir eine Gänsehaut. Das war nicht immer so gewesen. Anfangs hatte ich ihn für einen strengen, aber liebevollen Großvater und einen guten Lehrer im Umgang mit Phönixkräften gehalten. Leider hatte sich das ziemlich schnell als Irrtum herausgestellt.

Arthur hatte von Anfang an mein Geheimnis gekannt und gewusst, was mich so besonders machte. Nicht nur aus menschlicher Sicht, sondern auch aus Phönixsicht. Er wusste bereits vor meiner Geburt um meine besondere Fähigkeit, sowohl das Feuer als auch das Eis zu beherrschen, und er hatte Vincent darauf angesetzt mich zu überwachen. Letzterer hatte mir beigebracht die feurige Seite in mir zu beherrschen, wohingegen Pat und auch

Markus mir zeigten, wie ich mit meinen Eiskräften umzugehen hatte. Jedenfalls hatte Arthur versucht mich für seine Zwecke zu missbrauchen, die, wie wir kürzlich herausgefunden hatten, darin bestanden, mich als Waffe gegen die Eisphönixe einzusetzen, um so für den alleinigen Sieg der Feuerseite zu sorgen.

»Ich bin mir nicht sicher, ob Max im Moment auf unserer Seite steht. Arthurs Einfluss ist sehr groß und der tobt mit Sicherheit vor Wut. Ich befürchte, wenn ich Max anrufe, könnte er uns orten. Wenn, dann sollten wir es machen, während wir in Altötting sind.«

»Das hört sich für mich nach einem guten Plan an und jetzt ...«, ich nahm ihm seine Notizen aus der Hand und setzte mich auf seinen Schoß, »... sollten wir die Zeit lieber sinnvoll nutzen. Schließlich wissen wir nicht, wie viele solche Gelegenheiten wir noch haben«, raunte ich.

»Versuchst du gerade mich zu verführen? Das sollte eigentlich meine Aufgabe sein«, lachte er.

»Das ist nicht witzig.« Ich funkelte ihn an.

»O doch. Außerdem dachte ich ...«

Ich presste meine Lippen fest auf seinen Mund, damit er aufhörte zu reden. Ich wollte jetzt nicht vernünftig sein, denn dann würde ich ihn nicht küssen, sondern über unser weiteres Vorgehen nachgrübeln. Aber gerade brauchte ich Vincents Nähe so sehr und außerdem war es das, was mein Herz in diesem Moment tun wollte und mein Bauch, in dem ein ganzer Schwarm Schmetterlinge – ach was, Fledermäuse – wild mit den Flügeln schlug, ebenso. Und genau auf diese beiden sollte ich doch laut Carmen immer hören.

Vincent erwiderte meinen Kuss, zog mich an sich und vergrub seine Hände in meinen Haaren. Ich umfasste sein Gesicht, spürte das vertraute Kratzen seiner Bartstoppeln auf meinen Handinnenflächen und presste mich enger an ihn. Ich wollte ihn spüren, überall. Ich öffnete meinen Mund und ertastete seine Zungenspitze. Der Kuss war fordernd und ein Hauch Verzweiflung lag darin, aber das machte ihn nur umso süßer. Jetzt kam es mir völlig widersinnig vor jemals an ihm gezweifelt zu haben. Wie hatte ich nur eine Sekunde in Erwägung ziehen können allein zu dem Treffen mit Robert zu gehen?

Das Treffen. Augenblicklich fuhr ich hoch.

»Was hast du?«, fragte er atemlos.

Ich blickte auf meine Uhr. Es war erst eine Viertelstunde verstrichen. »Ich hatte nur gerade Sorge, wir könnten zu spät aufbrechen. Ich verliere immer sämtliches Zeitgefühl, wenn wir …« Ich ließ den Satz offen, aber Vincents hungriger Blick zeigte mir, dass er genau wusste, wovon ich sprach. Dann beugte ich mich wieder zu ihm vor, um da weiterzumachen, wo ich uns unterbrochen hatte. Doch Vincent legte seine Hände auf meine Schultern und hielt mich auf Abstand. Noch immer flackerte die Lust in seinen Augen, weshalb ich nicht verstand, wieso er mich von sich wegschob.

Er stöhnte: »Vielleicht ist die Unterbrechung besser so, auch wenn ich sämtliche meiner Willenskraft aufbringen muss, um jetzt auf dich zu verzichten, so sollten wir dennoch nichts tun, nur weil wir glauben, uns liefe die Zeit davon.«

»Aber das tut sie doch! Hast du etwa vergessen, wie meine Zukunftsaussichten sind?« Irritiert starrte ich ihn an. Was war das denn für eine Logik und seit wann plädierten Männer auf Zügelung der eigenen Lust? Irgendwas lief hier gewaltig falsch.

»Nicht gerade heiter.«

Ich schnaubte. »Das klingt, als sprächen wir vom Wetterbericht.«

»Aber ich verspreche dir, so weit wird es nicht kommen. Uns bleibt noch jede Menge Zeit und du willst das jetzt nur, weil du verzweifelt bist.«

»Ich bin nicht verzweifelt.« Ich rutschte von seinem Schoß, auf das weiche Polster und fühlte mich sehr wohl verzweifelt, weil Vincent mich zurückgewiesen hatte. »Ich wollte nur die Zeit bis zu unserem Aufbruch optimal überbrücken!«, gab ich sauertöpfisch zurück.

»Du bist süß, wenn du schmollst.« Sein Mundwinkel verzog sich zu einem unwiderstehlichen schiefen Lächeln. »Und da wir bald los müssen …«, Vincent erhob sich, »… werde ich jetzt noch schnell duschen gehen.«

»Schon klar, jetzt brauchst du eine kalte Dusche. Geschieht dir recht«, meinte ich verstimmt.

Während er sich entfernte, kicherte er leise vor sich hin.

3. Kapitel

Ein eisiger Wind pfiff mir um die Ohren, wirbelte mit einem Rascheln die letzten braunen vertrockneten Blätter vom Boden auf und wehte mir die Haare ins Gesicht. Sie nahmen mir komplett die Sicht; ich musste mich in eine andere Richtung drehen, um überhaupt etwas erkennen zu können. Ich zog den Schal enger um meinen Hals und steckte meine Hände tief in die Manteltaschen. Nicht, dass mir kalt gewesen wäre – Eisphönixhälfte sei Dank –, aber der Wind war unangenehm, es war richtig ungemütlich draußen. Das Wetter war so, wie man sich einen typischen Novembertag vorstellte. Alles eintönig Grau in Grau – beste Voraussetzungen für eine Herbstdepression. Ein leichter Nieselregen, der auf der Haut kaum spürbar war, kräuselte meine Haare auf äußerst unvorteilhafte Weise. Eine Amsel huschte unter eine Tanne, um unter dem dichten Nadelwerk Schutz zu suchen. Ich war froh, als Vincent endlich kam und das Auto entriegelte. Die welken Blätter knirschten unter jedem meiner Schritte, während ich mich der Beifahrertür näherte. Der Wind zerrte an meiner Kleidung und brachte die Enden meines Schals zum Flattern. Schnell schlüpfte ich ins Innere des Wagens, zog die Tür zu und sperrte den Wind aus.

»Soll ich das Navi einprogrammieren?« Ich betrachtete das im Armaturenbrett eingebaute Navigationsgerät skeptisch. Das hatte ich zwar noch nie bedient, aber ich war optimistisch, dass ich die Zieleingabe gerade noch so hinbekommen würde.

»Nicht nötig. Ich kenne den Weg.«

»Sag mal, isst du Landkarten zum Frühstück, oder was? Du kannst doch unmöglich immer alle Strecken kennen.«

Er warf mir einen amüsierten Blick zu, dann wendete er den Wagen und fuhr auf die schmale Straße, die uns hinab ins Tal und raus aus dem Bayerischen Wald bringen würde.

»Ich fahre eben gerne und viel Auto. Außerdem finde ich, sollte man sich in der Heimat auskennen.«

Damit war das Thema für ihn erledigt und ich vertraute ihm, dass er den Weg nach Altötting finden würde.

***

Je mehr Zeit verging, desto aufgeregter wurde ich. Was würde in dem Brief drinstehen? Was hatte mir meine Mutter zu sagen? Und wie würde Robert auf Vincents Anwesenheit reagieren? Oder sollte ich mir lieber über den umgekehrten Fall Gedanken machen? Wie Vincent reagieren würde, wenn er seinem Vater gegenüberstand? Nervös rutschte ich auf dem Sitz hin und her. Wenn wir doch nur schon da wären oder noch besser, wenn wir schon alles hinter uns hätten!

»Nervös?«, fragte Vincent.

»Möglicherweise. Und du?«

»Wieso sollte ich nervös sein? Ich kenne meinen Vater und weiß, was auf mich zukommt.«

»Du weißt nicht, was er uns zu sagen hat.«

»Ich glaube immer noch nicht, dass es etwas von Bedeutung ist. Robert will sich nur wichtigmachen und dich lockt er mit einem angeblichen Brief deiner Mutter. Ich kann verstehen, dass du jeder Spur nachgehen willst, aber sei bitte nicht allzu enttäuscht, wenn sich alles nur als großer Humbug herausstellt.«

»Wieso denkst du eigentlich immer nur das Schlimmste von deinem Vater? Ehrlich Vincent, was ist da zwischen euch vorgefallen?«

Er presste die Lippen zu einer schmalen Linie zusammen. »Das tut nichts zur Sache.«

»Das sehe ich anders und wollten wir nicht ehrlich zueinander sein?«

Er schwieg. »Du wirst nicht lockerlassen, hab ich Recht?«

»Stimmt.«

Er lächelte gequält. Der Ausdruck in seinen Augen war dabei erschreckend leer. »Also schön.« Er seufzte tief, fuhr sich mit einer Hand über das Kinn und fing an zu erzählen. »Eigentlich ist es lächerlich, aber ich konnte meinen Eltern nie verzeihen, dass sie sich so sehr aus meinem und Max' Leben herausgehalten haben. Die ganze Zeit war es Arthur, der sich um uns gekümmert hat. Sie haben zwar ebenfalls in der Villa gewohnt, bis wir volljährig waren, aber außer zu den gemeinsamen Essenszeiten, haben wir sie so gut wie nie zu Gesicht bekommen. Ganz besonders Robert konnte ich nie verzeihen, dass er uns nicht auf die spätere Rolle als Phönix vorbereitet hat. Unsere Eltern glänzten durch Abwesenheit. Wenn überhaupt, haben wir einmal im Monat einen Ausflug mit ihnen unternommen und dann waren wir oft in Altötting. Keine Ahnung, warum.« Vincent schnaubte verächtlich. »Als ob das Beten etwas geholfen hätte. Dabei waren sie nicht immer so ... gefühlskalt. Ich habe ein paar wenige Erinnerungen an frühere Zeiten. An liebevollere Eltern. Als ich ungefähr drei Jahre alt war, veränderten sie sich. Max und ich schienen ihnen offenbar lästig und sie schoben uns an Arthur ab. Es fällt mir immer noch schwer, den Arthur der letzten Wochen mit dem aus meiner Kindheit in Verbindung zu bringen. Das kannst du dir vermutlich nur schwer vorstellen, aber er war nicht immer so.«

Vincent sah zerknirscht aus. Tröstend legte ich meine Hand auf seine.

Endlich verstand ich seine abweisende Haltung seinem Vater gegenüber besser. Ich sah den kleinen rothaarigen Jungen, der bitterlich über die Zurückweisung seiner Eltern enttäuscht war, direkt vor mir. Dadurch sah ich auch meine eigene Geschichte mit anderen Augen. Vielleicht war es nicht nur nachteilig gewesen in einem Waisenhaus aufzuwachsen. Zumindest hatten mich meine Eltern niemals dermaßen enttäuschen können. Auch wenn ich mir oft einredete, ich wäre enttäuscht darüber, dass sie mich abgegeben hatten, so hatte ich sie doch nie so schmerzlich vermissen können wie jemand, der elterliche Liebe bereits erfahren durfte. Und doch hatte ich mir mein ganzes Leben lang nichts sehnlicher gewünscht, als meine Eltern kennenlernen zu dürfen.

Mir fiel die Geburtstagsnacht wieder ein, als ich auf das Wunschpapier geschrieben hatte, dass ich mir eine Spur zu meinen Eltern wünschte. Auf verquere Art und Weise und ganz anders als erwartet war der Wunsch in

Erfüllung gegangen. Immerhin befand ich mich in diesem Augenblick auf einer Spur zu meinen Eltern oder zumindest zu meiner Mutter. Ob diese Spur im Sand verlief, stand auf einem anderen Blatt geschrieben.

»Vielleicht solltest du trotzdem etwas nachsichtiger mit deinem Vater sein. Wir können es uns nicht leisten, noch mehr Phönixe zu verärgern. Ein paar Verbündete wären nicht schlecht.«

»Das ist nicht dein Ernst! Robert eignet sich kaum als unser *Verbündeter.*« Es war ihm deutlich anzusehen, wie lächerlich er diese Vorstellung fand.

»Fein! Aber wenn du schon darauf bestehst mich nicht mit ihm alleine reden zu lassen, dann bitte ich dich, dich wenigstens zusammenzureißen.«

»Als wenn ich das nicht immer täte«, knurrte er.

»Du weißt, wie ich das gemeint habe.«

Eine Weile sagte keiner von uns ein Wort. Vincent starrte stur aus der Windschutzscheibe und ich tat es ihm gleich. Ich betrachtete den dichten Wald, durch den sich die Straße schlängelte, und fragte mich, ob es an dem Wetter lag, dass die Stimmung so bedrückt war. Es war grau und finster, als würde es bald Nacht werden.

»Manchmal habe ich den Eindruck, unsere Beziehung ist auf einem Pulverfass gebaut und ich weiß nie, wann die ganze Ladung hochgeht«, meinte ich schließlich.

»Eine explosive Mischung, aber das macht es auch aufregend, oder nicht?« Vincents Augen blitzten.

»Ja klar, so aufregend, wie auf einer Ladung Dynamit zu sitzen.«

Er lachte. »So schlimm, ist es nun auch wieder nicht. Und wenigstens wird es nicht langweilig. Nichts ist schlimmer, als ein altes Ehepaar, dass abends zusammen vor dem Fernseher sitzt, weil es sich nichts mehr zu sagen hat.«

»Gerade erscheint mir diese Vorstellung doch recht verlockend. Ich würde gerne einmal nicht unter Strom stehen.«

»Da bist du nicht die Einzige.«

Verblüfft starrte ich ihn an. »Hast du etwa gerade zugegeben, dass du nervös bist?«

»Ich? Nein, da musst du etwas missverstanden haben.«

»Schon klar.« Ich verdrehte die Augen.

»Nein, wirklich.«

»Ich sagte doch, schon klar.«

»Du glaubst mir nicht.« Er blickte mich eindringlich an und ich konnte mir ein Grinsen nur schwer verkneifen.

»Schau lieber auf die Straße.«

Mit einem Seufzen wandte er seinen Blick von mir ab. »Ich mache mir nur Sorgen um dich, damit das klar ist. Wenn überhaupt, ist das der einzige Grund, warum ich eventuell einen Anflug von Nervosität verspüre«, grummelte er.

»Schon klar«, sagte ich erneut. Dann hob ich seine Hand an meine Lippen und hauchte einen Kuss auf seinen Handrücken.

***

Vincent hatte die Marienstraße auf Anhieb gefunden und fuhr auf den kleinen Parkplatz direkt vor dem urigen Café. Die Außenfassade zierte der geschwungene Schriftzug *Café Duft*. Das Wetter war nicht besser geworden, eher im Gegenteil. Dicke, schwere Regentropfen fielen während der letzten hundert Meter stetig vom Himmel. Sie prasselten laut auf das Autodach, als würde jemand einen Sack getrockneter Erbsen darauf entleeren.

»Bringen wir's hinter uns«, meinte Vincent und klang dabei, als ginge er auf seine eigene Beerdigung.

Um dem Regen zu entkommen, eilten wir die zwei Stufen zum Eingang des Cafés hinauf und Vincent hielt mir die Tür auf, wo Trockenheit und angenehm warme Luft uns empfingen. Der Raum war relativ klein, aber in bayerischer Gemütlichkeit eingerichtet, mit Tischen und Bänken aus Holz. Jede Tischplatte zierte ein Läufer mit rot-weiß-kariertem Muster sowie eine kleine Glasflasche, die als Vase diente und in der eine einzelne rote Gerbera stand. Hinter einer Theke mit frischem Gebäck stand ein junges Mädchen, das gerade einen teuer aussehenden Kaffeeautomaten bediente. Ich blickte mich suchend im Raum um. Mir wurde gerade klar, dass ich keine Ahnung hatte, wie Robert aussah.

»Ist er schon da?«, wandte ich mich an Vincent, aber die Frage hätte ich mir sparen können, denn der leere Ausdruck, der in seine Augen zurückgekehrt war, sprach Bände.

Am anderen Ende des Cafés, an einem kleinen Tisch in der Ecke, erhob sich ein Mann und winkte uns zu sich. Er wirkte ebenso wenig erfreut über Vincents Anblick wie dieser über den seinen. Ich ging voran, neugierig auf den Mann mit den rotbraunen Haaren. Als er mich sah, weiteten sich seine Augen hinter den Brillengläsern für einen Moment.

»Caroline«, begrüßte er mich freundlich mit einem warmen, festen Händedruck. »Und Vincent«, fügte er weniger begeistert hinzu.

»Hallo, Robert«, sagte dieser kühl.

»Wieso hast du ihn mitgebracht? Ich dachte ich hätte mich deutlich genug ausgedrückt«, wandte er sich in vorwurfsvollem Ton an mich.

»Weil Caro weiß, welcher Umgang gut für sie ist«, antwortete Vincent an meiner Stelle. Seine Stimme war klirrend kalt und schneidend wie ein Eiszapfen.

»Vincent«, zischte ich, »lass das!« Wenigstens hatte er den Anstand ein wenig zerknirscht auszusehen.

An Robert gewandt fügte ich hinzu: »Es tut mir leid, dass ich mich nicht an unsere Vereinbarung gehalten habe, aber ich vertraue Vincent. Und alles, was Sie mir zu sagen haben, können Sie auch vor ihm sagen.«

Wir setzten uns an den kleinen Tisch. Vincent und ich nahmen auf der einen, Robert auf der anderen Seite, mir gegenüber, Platz. Ich betrachtete ihn genauer. Robert musste circa Ende vierzig sein. Er hatte bereits tiefe Geheimratsecken und trug eine strenge rechteckige Brille. Dahinter lugten die mir bereits vertrauten, karamellfarbenen Augen hervor, die aber kleiner und unscheinbarer wirkten als Vincents. Seine ganze Erscheinung war unscheinbar. Wenn ich ihm auf der Straße begegnet wäre, hätte ich keinen zweiten Blick an ihn verschwendet, ganz im Gegensatz zu seinem Sohn, an dem ich mich vermutlich nie würde sattsehen können. Dessen anthrazitfarbener Pullover, unter dem der Kragen eines weißen Hemdes hervorlugte, stand ihm wie immer tadellos. Kein Wunder, dass das Mädchen, das nun unsere Bestellung aufnahm, die meiste Zeit ihn ansah. Vincent schien das nicht zu bemerken, er war zu beschäftigt damit, seinem Vater gegenüber die kühle Fassade aufrechtzuerhalten.

»Es ist deine Entscheidung, Caroline. Ich finde nur, du solltest niemandem vertrauen, der Arthur so nahesteht wie er.« Robert bedachte Vincent mit einem kurzen, abschätzenden Blick. »Das Risiko gehst du auf eigene Verantwortung ein. Ich denke, ich habe mich klar genug ausgedrückt, als ich sagte, du solltest niemandem vertrauen.«

In Vincents Augen lag immer noch keine Gefühlsregung. Langsam machte er mir Angst. Wie konnte ihn sein eigener Vater nur so kalt lassen?

»Ich habe Ihre Warnung durchaus verstanden, aber wie schon gesagt, gibt es für mich keinen Grund, an Vincents Loyalität zu zweifeln«, antwortete ich möglichst souverän.

»Wo wir gerade von Zweifeln sprechen«, mischte sich Vincent ein. »Warum in Gottes Namen sollten wir deinen Worten Glauben schenken? Ich bezweifle doch sehr stark, dass du etwas weißt, was für uns von Bedeutung sein könnte. Du hast dich all die Jahre aus sämtlichen Phönixangelegenheiten rausgehalten. Was kannst du da schon wissen? Du hast noch nicht einmal Max oder mich im Umgang mit unseren Kräften unterwiesen. Nein, die ganze Verantwortung blieb an Arthur hängen. Ich frage mich, was ausgerechnet du glaubst, uns über den Reim Neues erzählen zu können.« Seine Stimme klang nach wie vor berechnend und kühl und er kniff die Augen leicht zusammen.

Robert wirkte nicht im Geringsten überrascht oder wütend über Vincents Worte. Er sah viel mehr resigniert und müde aus. »Eine andere Einstellung hatte ich von dir auch nicht erwartet. Ganz Arthurs Enkel ...«

»Wie kam die Geheimbotschaft überhaupt in Arthurs Tagebuch?«, wechselte ich schnell das Thema.

»Diese Frage kann ich euch nicht so einfach beantworten. Das ist Teil einer längeren Geschichte, zu der auch deine Mutter gehört.«

»Sarah?« Ich beugte mich automatisch näher zu Robert.

Er nickte. »Und Thomas.«

»Sie kannten sie beide?«

»Sie waren ein reizendes Paar. Deine Mutter mochte ich sehr. Obwohl wir nicht lange zusammen in der Villa lebten, war sie wie eine Schwester für mich. Sie wuchs mir in der kurzen Zeit sehr ans Herz.«

Die Bedienung unterbrach das Gespräch, als sie unsere Getränke brachte. Für mich einen Vanille-Latte-Macchiato, einen Espresso für Vincent und einen Pfefferminztee sowie ein Stück Bienenstich für Robert.

»Bevor ich euch erzähle, was ich weiß, möchte ich dir eine Frage stellen, Vincent. Machst du immer noch alles was Arthur dir sagt oder denkst du inzwischen selbstständig?«

»Und da wunderst du dich, warum ich mich nie zu Weihnachten melde?« Er lehnte sich auf seinem Stuhl weit nach hinten. »Ich wäre kaum hier, wenn ich alles getan hätte, worum Arthur mich gebeten hat. Um deine Frage zu beantworten: Ich glaube Arthur längst nicht mehr. Als wir das Tagebuch gefunden haben, habe ich erkannt, wie oft er mich angelogen hat. War es das, was du hören wolltest?«

Zufrieden schob sich Robert eine Gabel voll Kuchen in den Mund. »Gut, denn die folgende Geschichte wird dir hoffentlich zeigen, was für ein Mensch mein Vater wirklich ist.« Ein verbitterter Zug umspielte seinen Mund.

Mir fiel mein erstes Gespräch mit Arthur in seinem Büro wieder ein. Schnell hatte ich begriffen, wie wenig er von seinem Sohn hielt, und offenbar sah es andersherum nicht besser aus.

Ich probierte von meiner Latte und beugte mich dann mit auf dem Tisch verschränkten Armen erwartungsvoll nach vorne. Robert holte tief Luft und fing an zu erzählen.

4. Kapitel

»Ich lernte deine Mutter im Frühling 1991 kennen. Obwohl wir fast im selben Alter waren – ich war gerade einmal acht Monate älter –, konnten wir unterschiedlicher nicht sein. Ich war bereits mit Anna verheiratet und wir hatten erst kürzlich unseren ersten Sohn bekommen. Max war ein halbes Jahr alt und ich widmete meine gesamte Freizeit meiner kleinen Familie. Sarah hingegen war ungebunden, ein ziemlicher Wildfang und richtete am Anfang einiges an Chaos an. Arthur fand ihren Mangel an Disziplin nicht sonderlich erquickend, aber ich bewunderte ihr Temperament und ihre Gelassenheit. Sie lernte schnell ihre Kräfte zu kontrollieren und nach anfänglichen Startschwierigkeiten konnte sie nach nur zwei Monaten Training bereits mit mir mithalten. Eine Tatsache, die Arthur zunächst erzürnte. Ständig hielt er mir meinen Mangel an Talent vor. Je mehr Zeit verging, desto klarer erkannte er Sarahs Potenzial und sie wurde mehr und mehr sein Liebling. Von da an wurde es immer schwieriger für mich. Wenn Arthur gekonnt hätte, hätte er vermutlich liebend gerne Sarah gegen mich eingetauscht. Er war ohnehin nie gut auf mich zu sprechen gewesen und ließ mich jeden Tag spüren, wie sehr es ihm missfiel, dass nicht Philip, sondern ich das Phönixgen geerbt hatte.«

Er räusperte sich. »Wie gesagt, Sarah lernte schnell und kurze Zeit, nachdem sie das Spüren erlernt hatte, entdeckte sie die Auren der Eisphönixe. Sie fragte mich, was es mit diesen fremdartigen Auren auf sich hatte und ich erklärte es ihr. Ich warnte sie sich den Frostvögeln allein zu nähern, aber wie ihr euch sicher denken könnt, hielt sie sich nicht daran. Sie war neugierig und neue Dinge faszinierten sie. Von den heimlichen Treffen erfuhr ich allerdings erst sehr viel später, als ich herausfand, mit wem sie so viel Zeit verbrachte, wenn sie nicht bei uns war. Der Name des jungen Eisphönix' war Thomas. Allerdings ist es mir bis heute ein Rätsel, wie die beiden sich überhaupt kennenlernen konnten, ohne aufeinander loszugehen. Es muss daran gelegen haben, dass Thomas, soweit ich weiß, ebenfalls ein ausgeprägtes Interesse für alles Neue hegte und es ihn faszinierte, was Sarah über die Feuerphönixe zu erzählen hatte. Ihr ging es im Übrigen mit den Frostvögeln nicht anders.«

Robert nahm einen Schluck Tee. »Ich kenne nicht die ganze Geschichte über ihre gemeinsame Zeit, aber ich habe mir vieles hinterher zusammengereimt. Sie trafen sich über Monate hinweg, ohne dass es einer von uns mitbekommen hatte. Aber auch das erfuhr ich erst viel später.«

Etwas machte mich stutzig. Ich dachte daran, wie schwer es gewesen war, unbemerkt mit Vincent aus der Villa zu entkommen. Dafür hatte er Arthur ein Schlafmittel in den Tee mischen müssen. »Aber wie ist das möglich? Vor Arthur kann sich niemand einfach so davonschleichen«, wandte ich ein.

Robert bedachte mich mit einem wehmütigen Blick. »Mein Vater war nicht immer so wie heute, das kam erst nachdem- Dazu komme ich noch. Jedenfalls fing Sarah an vieles zu hinterfragen. Ich weiß nicht, ob sie nach einiger Zeit den natürlichen Ekel gegenüber den Eisphönixen einfach abgelegt hatte oder ob er bei ihr nie vorhanden war, da sie ohne das Wissen um ihre Existenz aufgewachsen war, doch irgendwann wurde aus der Freundschaft der beiden mehr. Als Sarah mich schließlich einweihte, schrie ich sie an und schüttelte sie. Ich konnte nicht glauben, was sie mir da offenbarte, wollte es nicht glauben. Die kleine Sarah mit den niedlichen Sommersprossen küsste einen Frostvogel!« Robert verzog unbewusst das Gesicht. »Das weckte meinen Beschützerinstinkt. Ich wollte sie von den Eisphönixen fernhalten und drohte ihr damit, sie vor Arthur auffliegen zu lassen. Sie bot mir an, mich zu einem Treffen mit Thomas mitzunehmen, damit ich erkannte, dass unsere angebliche Feindschaft nur in unserer Vorstellung existierte. Damals war ich zu geschockt, um irgendeinen Kompromiss einzugehen. Ich warf ihr vor den guten Willen und das Vertrauen der Familie Merkur zu missbrauchen und nahm ihr das Versprechen ab, sich nicht mehr mit Thomas zu treffen. Im Nachhinein war ich zu gutgläubig. Deine Mutter hatte einen derart unschuldigen Augenaufschlag, nie hätte ich es für möglich gehalten, dass sie sich weiterhin hinter meinem Rücken mit Thomas traf.«

Robert schüttelte leicht den Kopf, als könne er es noch immer nicht glauben. »Aufgrund meiner abwehrenden Reaktion wurde Sarah vorsichtiger. Sie traf sich weiterhin mit Thomas und sie steckte ihre Nase weiterhin in Dinge, die sie nichts angingen. Aber sie tat es mit mehr Sorgfalt. So musste sie auch Arthurs Tagebuch entdeckt haben. Wenige Tage bevor sie mit Thomas durchbrannte, zeigte sie mir das Buch und den Reim.«

Sarah entdeckte das Tagebuch durch Zufall? Robert fing meinen skeptischen Blick auf und fügte erklärend hinzu: »Damals versteckte Arthur es noch nicht bewusst. Wie gesagt, er war weniger misstrauisch als heute. Das Tagebuch lag, soweit ich weiß, offen auf seinem Schreibtisch herum und als Sarah ein Buch aus dem Arbeitszimmer holen wollte, fand sie es. Und las es. Muss wohl ein Hobby der Gräfs sein, in fremder Leute Tagebücher zu lesen«, meinte er spitz.

»Und was passierte dann?«, fragte ich atemlos. Die Tischkante bohrte sich in meinen Magen. Ich hing förmlich an Roberts Lippen.

»Zu diesem Zeitpunkt hielt ich es kaum noch mit Arthur aus. Er schikanierte mich, wo er nur konnte. An Sarah hingegen hatte er einen Narren gefressen – wie wir alle. Du siehst ihr im Übrigen sehr ähnlich. Wenn du nicht eine völlig andere Haarfarbe hättest, würde ich fast meinen, ich säße Sarah gegenüber. Sie war die Schwester, die ich immer gerne gehabt hätte. Wie gerne hätte ich sie länger in unserer Familie gehabt. Leider war uns dies nicht vergönnt.«

Ich meinte hinter den Brillengläsern etwas in Roberts Augen schimmern zu sehen.

Vincent, der bisher geschwiegen hatte, mischte sich ein. »Ich finde, du tust Philip unrecht. Er wäre ein toller Bruder gewesen, wenn du ihn gelassen hättest.«

»Vince, du kennst ihn nicht so wie ich.«

»Nenn mich nicht so! Das Recht dazu hast du vor langer Zeit verloren.« Seine Stimme war scharf wie die Kante einer Scherbe. Die Heftigkeit seiner Reaktion überraschte mich.

Das Schimmern in Roberts Blick verschwand. »Wieso kannst du nicht ein bisschen mehr wie dein Bruder sein? Max hat uns doch auch verziehen ...«

»Da gibt es nichts zu verzeihen«, unterbrach Vincent ihn schneidend. »Wir sind hier, weil du uns eine Geschichte zu erzählen hast und mehr nicht.«

Robert nahm einen weiteren Schluck Tee. Seine Hand zitterte leicht. »Als Arthur einmal nicht in der Villa war, zeigte Sarah mir sein Tagebuch. Ich schimpfte sie und meinte, ich wolle nicht wissen, welche geheimen Gedanken mein Vater darin schriftlich festgehalten hatte. Doch Sarah blieb unerbittlich und bestand darauf, dass ich es mir ansah. Das war das erste Mal, dass ich diesen Reim las. Ich war völlig verwirrt und wusste nicht, was sie von mir wollte. Sie gab mir Arthurs Interpretation zu lesen und ich weiß noch, als wäre es erst gestern gewesen, wie sehr mich diese erschreckte. Ich sagte ihr, welch ein Glück es doch sei, dass sie sich nicht mehr mit Thomas treffen würde. Daraufhin begannen ihre Wangen verräterisch zu glühen und mir wurde klar, dass sie sich noch immer mit ihm traf. Ich warf ihr ein paar unschöne Dinge an den Kopf und zunächst war sie verlegen, doch dann straffte sie ihre schmalen Schultern und in ihren Augen lag ein weiser Ausdruck, wie ich ihn noch nie zuvor an ihr gesehen hatte. In diesem Moment wirkte sie nicht wie zwanzig.

Thomas habe die wahre Bedeutung des Reims entschlüsselt, verkündete sie mir. Und mit unerwarteter Vehemenz in der Stimme fügte sie hinzu, Arthur läge falsch. Ich war fassungslos, aber nicht wegen der Behauptung, Arthur könne sich irren, sondern weil sie die Dreistigkeit besaß einen Frostvogel das Tagebuch meines Vaters lesen zu lassen.

Ich fragte sie, wie sie das hatte tun können und Sarah wiegelte schnell ab, sie habe lediglich die vier Zeilen abgeschrieben und nur diese hätte Thomas zu Gesicht bekommen. Für wie dumm ich sie eigentlich halte, fragte sie mich mit hochgerecktem Kinn und blitzenden Augen. Ich wusste, ich hatte sie gekränkt und dennoch war mein eigener Stolz zu groß, um einzulenken. Ich war sauer, weil sie mich angelogen hatte und sich immer noch mit Thomas traf. Diese Tatsache machte mir mehr aus, als ich es für möglich gehalten hätte. Ich verlangte von ihr mir zu erklären, wie sie so etwas tun konnte.

Schließlich zog sie die Schultern hoch und beteuerte, es täte ihr leid, wenn ich mich hintergangen fühlte, aber so lägen die Dinge nun einmal. *Rob*, sagte sie zu mir und ein schwärmerischer Ausdruck trat in ihre Augen, *ich liebe Thomas, mehr als mein Leben.*

Es war weniger ihr Liebesgeständnis, das mich zusammenzucken ließ. Etwas in der Art hatte ich ja bereits befürchtet. Es war vielmehr die Tatsache, wie beiläufig sie meinen Spitznamen nannte, nachdem wir uns eben noch gestritten hatten. Ihr müsst wissen, Sarah war die Einzige, die mich Rob nannte. Trotz des großen Vertrauens, das sie in mich setzte, indem sie mich einweihte, fühlte ich mich, als hätte ich eben einen Schlag in den Magen einkassiert. Ich hatte das Gefühl, das Mädchen, das vor mir stand, nicht mehr wiederzuerkennen. Sie war mir innerhalb der letzten Minuten auf schockierende Weise fremd geworden. Sarah hatte Arthur und mich verraten und wofür? Für einen Frostvogel! Es war nicht die klügste Reaktion, aber nach ihrem Liebesgeständnis drehte ich mich einfach um und ließ sie stehen. Allerdings kam ich nicht weit.

Sarah packte mich von hinten an der Schulter und zwang mich stehenzubleiben und sie anzusehen. Mit hochgezogenen Augenbrauen und großen Augen sah sie mich an und wollte wissen, ob es mich nicht interessieren würde, in welchem Punkt Arthur falsch läge.

Immer noch mürrisch meinte ich, es wäre wohl eher ihr Freund von Frostvogel, der falsch läge, immerhin redeten wir hier von Arthur.

Rob, setzte sie erneut an und fragte mich, ob ich nicht wolle, dass das alles hier ein Ende fände. Schließlich würde ich dieses Leben hassen und wäre viel lieber kein Phönix, konstatierte sie.

Es war erschreckend, wie gut Sarah mich kannte. Viel besser als die meisten anderen Menschen, abgesehen von Anna.

Und für meinen Sohn würde ich mir doch ebenfalls kein solches Leben wünschen, schloss sie ihre Argumentation.

Ich korrigierte sie, indem ich auf den Plural des Wortes Sohn hinwies.

Während sie diese Information verarbeitete, weiteten sich ihre Augen und ohne Vorwarnung fiel sie mir um den Hals und gratulierte mir zu unserem zweiten Baby.

Als sie sich von mir löste, fragte sie mich vorwurfsvoll, warum ich ihr nichts von Annas Schwangerschaft erzählt hätte. Doch ihre Augen strahlten und es war mir unmöglich länger auf sie böse zu sein. Ich erwiderte ihr Grinsen und zuckte entschuldigend mit den Achseln. Wir wussten es noch nicht lange und das Thema hatte sich einfach nie ergeben. Nachdem wir beide einen versöhnlicheren Ton angeschlagen hatten, siegte meine Neugier und ich wollte wissen, wie sie glaubten, das alles beenden zu können. Sarah rezitierte den Reim, den ihr sicherlich schon auswendig könnt. Er ist sehr einprägsam und hatte sich nach einmaligem Lesen bereits unwiderruflich in mein Gehirn eingebrannt.«

»Wenn Feuer und Eis sich verbinden, wird die Macht des Phönix' entschwinden. Durch die Verschmelzung der Elemente betört, wird das Gleichgewicht zerstört«, flüsterte ich.

»Genau«, entgegnete Robert.

Ich blickte ihn erstaunt an. Hatte ich die Worte eben laut ausgesprochen? Ich war so in Roberts Geschichte vertieft gewesen, dass ich alles um mich herum ausgeblendet hatte.

»Jedenfalls«, Robert räusperte sich, »wusste Sarah, was die Worte tatsächlich zu bedeuten hatten. Es müsse ein Kind geben, welches beide Linien in sich vereine, in diesem Teil lag Arthur also noch richtig. Doch bei der zweiten Hälfte lag er falsch. Dieses Kind würde nicht für den Untergang einer Seite sorgen, sondern vielmehr würde es den Urvater unserer Linien, den wahren Phönix, auferstehen lassen und mit ihm würden sämtliche Phönixkräfte von dieser Welt verschwinden.

Ich brauchte einen Moment, bis ich das volle Ausmaß ihrer Behauptung begriff. Der uralte Kampf zwischen Feuer und Eis würde sein Ende finden und mit ihm der Phönix seinen Frieden. Sobald er seine Kräfte zurückerhalten würde, wäre es vorbei. Dennoch nagten leise Zweifel an mir. Was, wenn Sarah sich irrte und Arthur Recht behielt? Was, wenn ein solches Kind niemals geboren werden dürfte, weil es das Kräftegleichgewicht unwiederbringlich zerstören würde?

Sarah versuchte mich glauben zu machen, dass dies nur die Sichtweise eines alten Mannes war, der Angst vor dem Verlust seiner Macht hatte und dass nichts davon geschehen würde. Sie war tatsächlich überzeugt vom

Wahrheitsgehalt ihrer Worte, aber ich wusste nicht, wie viel davon dem Einfluss von Thomas entsprang. Ich fragte sie, ob sie sich absolut sicher sei oder ob es bloß die Sichtweise eines Frostvogels war, der sie für seine Zwecke missbrauchen wollte.

Meinen durchaus berechtigten Einwand tat Sarah mit einem empörten Aufschrei ab. Wie ich es wagen könne, so etwas zu behaupten? Ich kenne Thomas ja überhaupt nicht und er sei ein ehrlicher, aufrichtiger Mann, der so etwas niemals tun würde.

Mittlerweile war ich ein wenig verzweifelt. Ich verstand nicht, was sie von mir hören wollte. Sie konnte unmöglich damit gerechnet haben, dass ich alle ihre Behauptungen einfach so hinnehmen würde, ohne Fragen zu stellen.

Sie habe gehofft, ich würde mich mit ihr gegen meinen Vater verbünden, gestand sie schließlich und machte dabei einen geknickten Eindruck. Er würde mich nicht gut behandeln und das wüsste ich auch, schob sie trotzig hinterher.

Natürlich erzählte sie mir damit nichts Neues, dennoch fragte ich mich, warum sie plötzlich derart traurig war.

Lag es tatsächlich daran, dass ich ihr leidtat oder tat sie sich lediglich selbst leid? Schließlich konnte sie nicht mit solchen Nachrichten herausplatzen und dann davon ausgehen, dass diese keine Folgen nach sich ziehen würden.

Obwohl ich wusste, dass Arthurs Nähe mir nicht guttat und er mich bei jeder sich ihm bietenden Gelegenheit klein machte, schaffte ich es nicht den nötigen Mut aufzubringen, um ihm den Rücken zuzukehren. Und genau das sagte ich Sarah. Ich könne Arthur nicht verlassen, denn er war immerhin das Oberhaupt der Feuerphönixe. Meines und auch ihres. Ich konnte ihm nicht in den Rücken fallen, ich war nicht bereit die Konsequenzen dafür zu tragen. Und ich sagte ihr, dass ich auch an meine Familie denken musste, an meine Söhne.

Sarahs Gesichtsausdruck spiegelte ihre Resignation wieder, aber sie schien nicht überrascht, fast so, als hätte sie mit meiner Ablehnung gerechnet. Thomas hätte sie gewarnt, dass ich so reagieren würde, aber sie hätte ihm gesagt, er würde sich irren. Dabei wäre sie diejenige, die falschlag, sagte sie traurig.

Ich hätte gerne zu Sarah gesagt, wie leid mir das alles tat, aber ich brachte kein Wort über die Lippen. Stattdessen versuchte ich mir meine widersprüchlichen Gefühle nicht anmerken zu lassen.

Nach einer Weile verkündete Sarah, sie werde noch heute Nacht vom Anwesen verschwinden und zu Thomas gehen.

Ich blinzelte sie verständnislos an. Obwohl sie mir bereits wenige Minuten zuvor gestanden hatte, wie sehr sie Thomas liebte, brachte es mich dennoch aus der Fassung, als mir langsam klar wurde, dass sie mich verlassen würde.

Thomas und sie gehören zusammen und sie würden keinen weiteren Tag mehr getrennt voneinander verbringen, stellte sie mit fester Stimme klar.

Die Schwester, die ich nie hatte, würde mich hier mit Arthur zurücklassen. Ich spürte eine nie dagewesene Traurigkeit in mir. Ich fühlte ihren Verlust.

Sarah legte das Tagebuch an seinen ursprünglichen Platz zurück. Arthur würde nicht bemerken, dass wir darin geblättert hatten. Bevor sie ging, bat ich sie mir zu versprechen, nicht dieses Kind aus dem Reim zur Welt zu bringen.

Bedauern spiegelte sich in ihrem Blick, während sie mir mitteilte, sie könne mir dieses Versprechen nicht geben. Aber sie hätte es auch nicht vor, zumindest vorerst nicht, räumte sie ein.

Ich seufzte schwer. Ich wusste schon immer, wann ich eine Schlacht verloren hatte und bei dieser verlor ich mehr als mir lieb war.

Danach hörte ich beinahe vier Jahre nichts mehr von ihr. Ich konnte ihre Aura fühlen, wenn ich in der Stadt war, aber ich versuchte möglichst nicht an sie zu denken. Ich lenkte meine Aufmerksamkeit auf meine Familie. Auf meinen kleinen Sohn und auf Anna, die bald unser zweites Kind erwarten würde.«

Robert machte eine Pause und ich war wie versteinert. Was er uns offenbart hatte, war zu viel, um es auf einmal zu verdauen. Ich warf Vincent einen Blick von der Seite zu. Seine kühle Fassade bekam erste Risse. In seinen Augen spiegelte sich Verblüffung. Robert aß seinen Bienenstich und wich unseren Blicken dadurch geschickt aus.

Schließlich hielt ich es nicht mehr aus. »Und wie ging es weiter?«

»Der letzte Teil der Geschichte ist weniger schön, aber das ahnst du sicher bereits. Das nächste Mal, als ich von Sarah hörte, war im September 1995. Arthur kam mit ernster Miene zu mir und verkündete, dass er aus sicherer Quelle wisse, dass Sarah hochschwanger sei – von Thomas. Er holte sein Tagebuch hervor und erzählte mir von seiner Forschungsreise nach Ägypten und der Prophezeiung. All das kannte ich natürlich bereits. Arthur vertraute mir an, was er in Ägypten herausgefunden hatte, teilte mir seine Interpretation mit und bat mich mit Sarah zu reden. Auf mich würde sie angeblich eher hören als auf ihn. Arthur verlangte von mir sie davon zu überzeugen, dich abzutreiben.« Ich zuckte zusammen und Robert sah mich entschuldigend an. »Ein irrsinniges Unterfangen, wie mir in dem Moment klar wurde, als ich mich mit Sarah in einem Café traf. Sie war bereits im siebten Monat schwanger und sie liebte dich abgöttisch. Ihr Blick wurde jedes Mal weich, wenn sie die Hände auf ihren Bauch legte und diesen sanft streichelte. Ich versuchte gar nicht erst sie von einer Abtreibung zu überzeugen und zu Arthur sagte ich, es wäre unmöglich Sarah zu einer Abtreibung zu bewegen und ich würde es auch nicht wieder versuchen.

Ich dachte, Arthur hätte es akzeptiert, bis ich fünf Wochen später durch Zufall ein Gespräch von ihm mithörte. Mit wem er sprach, konnte ich nicht hören, aber er plante Thomas' Golf zu manipulieren. Es sollte wie ein Unfall aussehen. Ich bat Sarah, sich noch einmal mit mir zu treffen und warnte sie. Ich machte ihr klar, wie ernst die Situation war. Arthur spaßte nicht und er würde seinen Plan in die Tat umsetzen. Vier Tage später kontaktierte sie mich erneut und überreichte mir einen Brief, den ich für dich aufbewahren sollte. Ich fragte, was sie und Thomas jetzt vorhätten und sie erzählte es mir. Sie planten, eine Hebamme zu bestechen und die Wehen mit Hilfe von Rizinusöl vorzeitig einzuleiten. Dann wollten sie dich in ein Waisenhaus geben und die Schwangerschaft weiterhin vortäuschen.

Meinen Einwand, das würde ihnen auch nicht dabei helfen zu überleben, überhörte sie geflissentlich. Ich legte sämtliche Dringlichkeit in meine Stimme, die ich aufbringen konnte, als ich sie aufforderte von hier zu verschwinden. Ich verstand Sarah nicht. Ihr musste doch klar sein, in welcher Gefahr die beiden schwebten.

Mit einem traurigen Lächeln zeigte sie mir die Schwachstelle in meinem Vorschlag auf. Die Phönixe würden sie früher oder später aufspüren. Ihre einzige Chance wäre es, das Baby unbemerkt in ein Waisenhaus zu geben. Die Kleine könnten sie nicht aufspüren, solange sie kein Phönix sei und vielleicht würde sie das auch nie werden. Vielleicht hätte sie kein aktives Gen. Daran klammerte Sarah ihre ganze Hoffnung. Ich konnte nur staunen über ein derartig widersprüchliches Verhalten. Warum hatten sie ein verbotenes Kind gezeugt, wenn sie jetzt hofften, ihr Gen würde sich nicht aktivieren?

Da sie mich abwartend musterte und um überhaupt etwas zu sagen, fragte ich, ob es ein Mädchen werden würde, obwohl dies aus ihrer vorausgegangen Erzählung ja schon deutlich geworden war.

Dennoch wurde ihr Lächeln eine Spur breiter, wenn auch immer noch genauso traurig. Während sie dies bejahte, streichelte sie zärtlich ihren Bauch.

Und diese kleine Geste machte mich aus mir unerfindlichen Gründen sauer. Sehr sauer, um genau zu sein. Sarah versuchte nicht einmal zu überleben! Trotz meiner Wut schaffte ich es, meine Stimme gesenkt zu halten, um nicht die Aufmerksamkeit der übrigen Cafébesucher auf uns zu ziehen. Dennoch bebte meine Stimme, als ich ihr vorwarf ihr Leben einfach so wegzuwerfen für dieses Kind.

Beruhigend hatte sie mir eine Hand auf den Arm gelegt und zärtlich meinen Spitznamen genannt. Ich solle an die Leute denken. Sarah ließ ihren Blick besorgt durchs Café schweifen. Sie befürchtete, ich würde irgendetwas zum Brennen bringen. Nur mühsam gelang es mir die Beherrschung wiederzuerlangen. Ich bat sie erneut es nicht zu tun. Nicht für dieses Kind. Das sei es nicht wert.

Doch Sarah blieb hart. Es sei der einzige Weg und Thomas und sie hätten lange darüber geredet. Sie versprach vorsichtig zu sein und dankte mir für meine Warnung. Sie würden es Arthur nicht leicht machen und vielleicht würde ihnen nichts passieren und dann würden sie die Kleine so schnell wie möglich aus dem Waisenhaus zu sich holen. Sarah war wild entschlossen sich für ihr ungeborenes Kind zu opfern und ich wusste, es hätte keinen Zweck, länger mit ihr zu diskutieren. Auch diese Schlacht hatte ich verloren. Ich war wütend auf mich und wütend auf Sarah und gleichzeitig verstand ich sie auch.

Dann schob sie mir den sorgfältig verschlossenen Brief über den Tisch hinweg zu. Sie nahm mir das Versprechen ab, den Brief für ihre Tochter aufzubewahren und ihn ihr zu gegebenem Zeitpunkt zu überreichen.

Sie dankte mir, dann stand sie auf und verließ das Café. *Danke Rob,* waren ihre letzten Worte an mich gewesen. Für immer.

Drei Tage später war sie tot. Aber den Brief, den habe ich noch immer.«

Robert zog aus seiner Jackentasche einen zerknitterten, leicht vergilbten Briefumschlag hervor und reichte ihn mir. Mein Herzschlag beschleunigte sich. Mit zitternden Fingern nahm ich ihn entgegen. *Für Caroline,* stand auf dem Umschlag mit verblasster Tinte, in einer geschwungenen Handschrift geschrieben. Mehr nicht. Unschlüssig drehte ich ihn in meinen Händen. »Danke«, murmelte ich.

Dann steckte ich den Umschlag in meine Handtasche, wo ich mir seiner Anwesenheit nur allzu deutlich bewusst war. Es war, als würde der Brief nach mir rufen.

Zwei goldene Augenpaare ruhten auf mir und beobachteten jede meiner Reaktionen. »Ich ... ich glaube, ich muss das alles erst mal verdauen.«

»Das ist verständlich«, meinte Vincent und drückte meine Hand.

Robert räusperte sich und ich sah zu ihm auf. »Gibt es noch mehr?«, fragte ich mit zittriger Stimme. Ich war mir nicht sicher, wie viel mehr ich noch verkraften konnte.

»Ehrlich gesagt, gibt es da noch etwas. Es betrifft dich, Vincent, und deinen Bruder.«

»Mich?«, fragte er überrascht.

»Nun kann ich es dir endlich erzählen. Du musst mir nicht glauben und ich erwarte ganz sicher nicht, dass du mir verzeihst, aber ich möchte trotzdem, dass du es weißt.« Roberts Augen blickten Vincent ernst hinter den Brillengläsern an.

»Da bin ich aber gespannt.« Vincent deutete mit einer gönnerhaften Handbewegung an, er solle fortfahren.

»Der Unfall von Carolines Eltern stand in sämtlichen Lokalmedien. Darin wurde, wie euch sicher nicht entgangen ist, jedoch nie irgendeine Schwangerschaft erwähnt. Arthur zog schnell den richtigen Schluss, nämlich dass jemand die beiden gewarnt haben musste und sein Verdacht fiel als Erstes auf mich. Natürlich, wer hätte es sonst sein sollen? Schließlich wusste ich, dass Arthur die Schwangerschaft hatte verhindern wollen und auch aus welchem Grund. Er selbst hatte mir diesen Grund genannt. Und Philip stand Sarah niemals so nahe, wie ich es tat, also konnte nur ich es gewesen sein.

Arthur nahm mir zur Strafe euch beide weg. Dich und deinen Bruder. Ich erinnere mich noch genau an seinen Ton, der keinen Widerspruch duldete. Er würde seine Enkel von nun an selbst erziehen, auf dass sie nicht so eine Enttäuschung für ihn würden, wie ich es geworden war, sagte er zu mir. Deine Mutter und ich, wir konnten uns ihm nicht erwehren. Alles, was wir heraushandeln konnten, war, nicht aus der Villa geworfen zu werden und euch zusehen zu dürfen, wie ihr erwachsen werdet. Das Abkommen lief mit deinem achtzehnten Geburtstag aus und wir mussten die Villa endgültig verlassen. Es tut mir sehr leid, dass wir nie richtig für euch da sein konnten. Vor allem deiner Mutter brach es das Herz und jedes Mal, wenn du sie so kühl behandelst, Vincent, bricht sie hinterher in Tränen aus.«

»Das ... das wusste ich nicht.« Es war das erste Mal, dass ich Vincent stammeln hörte. »Ihr habt nie auch nur ein Wort erwähnt. Warum habt ihr nicht schon viel eher was gesagt?«

»Wie hätten wir das tun sollen? Du hättest uns nie geglaubt. Und wärst als Erstes zu Arthur gerannt, stimmt's? Du warst immer viel zu versessen auf Arthurs Anerkennung. Außerdem hätte dich dieses Wissen in Gefahr bringen können. Anna tobt bestimmt, wenn sie erfährt, dass ich es dir erzählt habe, ohne, dass sie dabei war. Aber ich fand, jetzt war der richtige Moment dafür.«

Vincent stützte die Ellenbogen auf den Tisch und vergrub sein Gesicht in den Händen. »Es tut mir leid«, war undeutlich durch seine Hände zu vernehmen. Dann sah er auf und sein Blick glühte. »Ich werde es wiedergutmachen, das verspreche ich dir. Sobald diese Sache«, er warf mir einen kurzen Blick zu, »ein Ende gefunden hat.«

Robert lächelte nachsichtig. »Schon gut. Wir verstehen dich. Uns war immer klar, wieso du so bist, wie du bist.«

Ich trank einen großen Schluck meines inzwischen kalten Vanille-Latte-Macchiatos. Ich war komplett durch den Wind und das Koffein in Kombination mit dem Zucker machte mich ganz hibbelig. Trotzdem trank ich alles, bis auf den letzten Tropfen aus. Der vertraute Geschmack meines Lieblingskaffeegetränks schenkte mir ein tröstendes Gefühl, da es mich an all die vergangenen Cafébesuche mit meinen Freundinnen erinnerte, die mir vorkamen, als hätten sie in einem anderen Leben stattgefunden.

Eines musste ich noch wissen. »Wie kam denn nun die Warnung an mich in Arthurs Tagebuch?«

»Ach das.« Robert winkte ab. »Das war erst viele Jahre später, als die Zeit anfing zu drängen. Also eigentlich erst vor ein paar Wochen. Ich wusste, dein Gen hatte sich inzwischen aktiviert und ich war mir mittlerweile sicher, dass Sarah und Thomas Recht hatten, was dich angeht. Die Frage war nur, wie du es erfahren solltest. Ich konnte dir nicht einfach den Brief überreichen oder dich kontaktieren. Du warst immerhin bei Arthur, was mich befürchten ließ, er hätte dich ebenso unter seiner Kontrolle wie Vincent oder Maximilian. Die einzige Möglichkeit war es, dich selbst herausfinden zu lassen, was dich so besonders macht und was mit deinen Eltern geschehen ist. Einer der Vorteile, ein verstoßener Sohn zu sein, besteht darin, dass Arthur nicht sonderlich auf mich achtet.« Robert lachte freudlos auf. »Ich konnte ohne Probleme die Nachricht in sein Tagebuch schreiben, als er einmal außer Haus war.«

Mittlerweile hatte ich das Gefühl, mein Kopf müsse bald platzen vor lauter Informationen. Meine Schläfen pochten und ich wollte einfach nur von hier weg, um über alles in Ruhe nachdenken zu können. Der Brief in meiner Handtasche schien mich anzuziehen wie ein Magnet. Immer wieder schwebte meine Hand unbewusst über der Tasche, als müsse sie sich versichern, dass der Brief immer noch war, wo er hingehörte.

»Wenn es stimmt, was du uns erzählt hast, dann hat Arthur einen, nein, zwei Morde begangen. Dir ist bewusst, welches Ausmaß deine Anschuldigung ihm gegenüber einnimmt?« Vincent hatte sich inzwischen gefasst und ergriff, ob aus Gewohnheit oder unbewusst, Partei für Arthur.

»Glaubst du, ich würde eine solche Lüge über meinen eigenen Vater verbreiten? Die Tatsache, zu was er fähig ist, lässt sich leider nicht leugnen und ist beschämend genug. Ich hätte nie gedacht, dass ich mich einmal dafür schämen würde, den Namen Merkur zu tragen, aber genau das ist der Fall.« Robert sah erst seinem Sohn und dann mir fest in die Augen. Eine grimmige Entschlossenheit lag darin. »Ich habe bei Sarah versagt und sie im Stich gelassen, aber ich werde den gleichen Fehler nicht noch einmal begehen. Wenn ihr meine Unterstützung braucht, lasst es mich wissen.«

»Danke, das ist sehr-«, setzte ich an, wurde aber von Vincent unterbrochen.

»Ich denke, wir kommen schon alleine zurecht. Zuerst müssen wir selbstverständlich deine Geschichte auf ihren Wahrheitsgehalt hin überprüfen und sollte sich rausstellen, dass du uns angelogen hast, dann hast du mich heute das letzte Mal zu Gesicht bekommen.« Die Kälte in seiner Stimme war zurückgekehrt, hart und klar wie ein geschliffener Diamant. Eine Spur Bitterkeit schwang darin mit. Die Bitterkeit seiner Kindheit, als er sich von seinem Vater im Stich gelassen gefühlt hatte.

Seine Schuldgefühle von vorhin schienen wie weggeblasen. Hatte er sie bereits verdrängt? Wieso schaffte er es nicht, seinem Vater zu verzeihen? Würde er es jemals können? Ein weiteres Problem unter vielen. Manchmal kam es mir so vor, als würden sie sich vermehren wie die Fliegen. Kaum hatte ich ein Problem beseitigt, tauchten schon an seiner Stelle zwei neue auf.

Ich sah mir Robert genauer an. Konnte jemand, der aussah wie ein Buchhalter uns tatsächlich derart glaubhafte Märchen auftischen? Hatte Vincent womöglich Recht oder wurde ich langsam paranoid? Vielleicht hatte er gar nicht vor uns zu helfen und das alles war ein abgekartetes Spiel? Eine Farce und Robert steckte womöglich mit Arthur unter einer Decke. Vielleicht hatten wir nur einen Köder schlucken sollen. *Einen Köder wofür?* Genau das war die Frage.

»Es ist spät«, meinte ich nach einem Blick aus dem Fenster. Inzwischen war es dunkel, nur ein paar Straßenlaternen versuchten vergeblich die Finsternis zu verscheuchen. »Wir sollten langsam aufbrechen.«

»Nichts lieber als das.« Vincent war bereits aufgesprungen und warf Robert einen letzten flüchtigen Blick zu. »Grüß Anna von mir.«

»Das werde ich. Passt gut auf euch auf.«

»Danke ... für den Brief und was du über meine Mutter gesagt hast.«

Er nickte nur.

5. Kapitel

Als wir aus dem Café traten, hörte ich das Rauschen, bevor ich die Tropfen im Lichtkegel der Straßenlaternen sah. Es hatte sich eingeregnet. Mit hochgezogenen Schultern und gesenktem Kopf, lief ich zum Auto. Dort war es kühl, aber wenigstens trocken. Vincent schaltete als Erstes die Scheibenwischer ein, die einen Schwall Wasser von der Frontscheibe fegten. Die Scheinwerfer spiegelten sich im Fenster des Cafés. Als Vincent wendete, konnte ich einen letzten Blick auf Robert werfen, der noch immer am Tisch saß und keine Anstalten machte zu gehen.

Die Straße glänzte matt im Licht der Scheinwerfer. »Glaubst du, Robert wird uns folgen?« Ich kaute auf meiner Unterlippe.

»Ich glaube nicht. Ehrlich gesagt, hat er auf mich einen ziemlich aufrichtigen Eindruck gemacht«, gab Vincent zu.

»Ja, auf mich auch.«

Dann schwiegen wir beide, bis Vincent, kurz nachdem wir das Stadtschild hinter uns gelassen hatten, an den Rand fuhr.

»Warum hältst du an?«

»Ich dachte, jetzt wäre vielleicht ein geeigneter Zeitpunkt, um mal mit Max zu telefonieren. Falls er tatsächlich mein Handy orten sollte, sind wir weit genug von der Hütte entfernt und ich würde gerne mit ihm sprechen. Außer du hältst das für keine gute Idee?«

»Doch, mach das«, ermutigte ich ihn.

Daraufhin zog er sein Handy aus der Hosentasche und schaltete es zum ersten Mal seit unserer Flucht an. Selbst von meiner Position aus sah ich, wie das Symbol für neue Nachrichten aufblinkte. Offenbar hatten Max oder Arthur mehrmals versucht, Vincent zu erreichen.

Er überflog die Nachrichten und meinte dann mehr zu sich selbst: »Das kann ja heiter werden.«

Er wählte Max' Nummer und als dieser ranging, vernahm sogar ich seine tiefe, wütende Stimme mehr als deutlich.

»Vince, verflucht, wo steckt ihr?! Und wieso meldest du dich erst jetzt? Was denkst du eigentlich? Dass es mein Hobby ist, dir stündlich Nachrichten zu schreiben und dich anzurufen, denn das-«

»Max, beruhige dich«, schnitt Vincent ihm das Wort ab.

»Sag du mir nicht, dass ich mich beruhigen soll! Ich bin hier der ältere Bruder und die sind immer im Recht.«

»Ach, berufst du dich mal wieder auf das Brudergesetz, dass du dir als Kind ausgedacht hast?«

Es war erstaunlich. Obwohl sie sich stritten, war da immer noch dieser vertraute, leicht spöttische Umgangston. Ich lehnte mich leicht in Vincents Richtung, um besser mithören zu können.

»Und schon damals warst du ein Gesetzesbrecher. Konntest einfach nie auf mich hören«, tadelte Max, aber er klang dabei weniger aufgebracht als zuvor. »Ehrlich, Vince, ich habe mir Sorgen gemacht, nachdem du und Caro einfach abgehauen seid, ohne irgendeine Nachricht zu hinterlassen. Hast du eine Vorstellung davon, was du mir damit angetan hast? Arthur war außer sich.«

»Das tut mir leid, Max, aber es ging nicht anders«, beteuerte Vincent zerknirscht. »Bist du noch bei Arthur?«

»Irgendeiner muss sich ja um ihn kümmern. Ich hatte schon Angst, er würde einen Herzinfarkt bekommen, so sehr hat es ihn aufgeregt, dass Caro auf einmal weg war. Und dann erfahre ich von Arthur, dass ihr sein Tagebuch geklaut habt, und er glaubt, dass ihr deswegen abgehauen seid.« Nun klang er doch wieder gereizt.

»Was hat dir Arthur noch alles erzählt?«, hakte Vincent sofort nach. »Weißt du von dem Reim in seinem Tagebuch?«

Max schnaubte. »Ja, aber mich überrascht, dass ihr beide auch nur ein Wort davon glaubt. Deswegen abzuhauen ist doch lächerlich.«

»Das mag schon sein, Max. Aber auch wenn wir es nur für reinen Aberglauben halten, Arthur und Friedrich tun das nicht und deshalb dürfen sie auch nicht herausfinden, wo Caro und ich uns befinden.«

»Und das wäre wo?«

»Ich fürchte, das kann ich dir ebenfalls nicht sagen. Jedenfalls nicht, solange du noch bei Arthur bist«, meinte Vincent bedauernd.

»Warum zum Teufel hast du dann überhaupt angerufen?«

»Weil ich mich erkundigen wollte, ob Arthur uns bereits auf der Spur ist. Sucht er nach uns?«

»Was glaubst du denn? Dass es ihm egal ist, wenn ihr euch ihm einfach widersetzt und er jetzt Däumchen dreht? Natürlich versucht er euch aufzuspüren!«

»Dann halt ihn davon ab. Es ist wirklich wichtig, dass er uns nicht findet.«

»Und wie soll ich das anstellen? Du sagst mir ja nicht einmal, worum es hier überhaupt geht«, grummelte Max.

»Max«, Vincent rieb sich die Nasenwurzel und klang schrecklich müde. »Wir besprechen das, sobald du wieder in unserer Wohnung bist. Sorg einfach dafür, dass Arthur nicht weiter nach uns sucht. Denkst du, du kriegst das hin?«

»Was tut man nicht alles für nervige, kleine Brüder?« Max stöhnte auf. »Dir ist schon klar, dass ich geliefert bin, wenn Arthur das rauskriegt?«

»Ich würde dich nicht darum bitten, wenn es nicht wirklich wichtig wäre«, presste Vincent hervor.

»Gut, ich mach's ja. Kommt ihr denn irgendwann zurück nach München, damit wir die Sache klären können?«

»Irgendwann schon«, Vincent warf mir einen bedeutungsschweren Blick zu. »Wir können schließlich nicht ewig davonlaufen.« Sein Blick fing meinen auf und hielt ihn fest. Ich knabberte schon wieder an meiner Unterlippe, dann nickte ich leicht. Vincent hatte Recht. Wir würden nicht ewig davonlaufen können. Aber solange wir nicht mehr wussten, war es unsere einzige Option.

»Ich werde in der Wohnung auf euch warten«, versprach Max.

»Danke. Bis dann, Max.« Vincent beendete das Gespräch und starrte gedankenverloren an mir vorbei. Er wirkte bedrückt, weshalb ich nach seiner Hand griff und sie ermutigend drückte.

»Ist doch eigentlich ganz gut gelaufen. Am Ende war er schon wesentlich weniger sauer«, meinte ich aufmunternd.

»Ich hab nur gerade ein schlechtes Gewissen, dass wir ihn mit Arthur allein zurückgelassen haben.« Vincent fuhr sich mit der anderen Hand durch die Haare. »Wir hätten Max mitnehmen sollen, dann wäre Arthurs Zorn nicht auf ihn alleine gefallen.«

»Hey, mach dir nicht so viele Vorwürfe. Hinterher ist man immer schlauer, aber ich finde, wir beide haben das bisher doch ganz gut gemacht und wirklich viel herausgefunden. Sherlock Holmes wäre sicherlich stolz auf uns«, grinste ich.

»*Das* werden wir wohl wirklich nie herausfinden.«

Vincent löste seine Hand aus meiner, startete den Motor und lenkte den Wagen auf die Straße. Um uns herum war nichts als Dunkelheit und das Prasseln des Regens machte mich schläfrig. Die vielen Informationen hatten mich ziemlich erschöpft.

Ich lehnte mich zurück und schloss die Augen, konnte aber keine Ruhe finden. Ich fühlte mich wie in diesen ersten Tagen, als ich erfuhr, dass ich ein Phönix war. Völlig überfordert von zu vielen Informationen. Meine Gedanken fuhren eine Runde Looping-Achterbahn nach der anderen. Es gab nur eines, was mir jetzt helfen würde.

»Darf ich das Radio anschalten?«

»Klar, nur zu.«

Ich suchte den Knopf auf dem Armaturenbrett und drückte darauf. Sofort erklang die rauchige Stimme eines Sängers aus den achtziger Jahren. Ich wechselte den Sender. Ich wollte etwas Modernes, Rockiges, das mich für den Moment meine Sorgen vergessen ließ. Ich wollte in der Musik aufgehen. Ich fand eine Band, die mir zusagte und drehte die Lautstärke auf. Am liebsten wollte ich alles vergessen. Vincent. Mein ganzes Leben. Mich. Langsam verstand ich, warum manche Menschen zum Alkohol griffen. Auch sie wollten etwas vergessen, wollten sich, wenn auch nur für einen kurzen Moment, frei und unbeschwert fühlen, ohne Sorgen, ohne Gedanken an das Morgen zu verschwenden. Einfach nur im Hier und Jetzt leben und sich gut fühlen. Eine gefährliche Verlockung.

Die Straße verschwand im Dunkel der Nacht, während wir uns langsam unserer Hütte näherten. Der Weg schlängelte sich durch den Wald, beständig bergauf. Die Sicht reichte nur wenige Meter weit, was auch an dem anhaltenden Regenschauer lag. Die Dunkelheit wirkte bedrohlich. Hinter jedem Baum vermutete ich versteckte Gestalten, bildete mir ein aufblitzende Augen zu sehen und erschrak, als ein Uhu dicht vor der Windschutzscheibe vorbeiflog und auf der anderen Straßenseite im Wald verschwand. Aber wir wurden nicht verfolgt. Ich konnte niemanden spüren.

Die Musik dröhnte noch immer aus den Lautsprechern, zu laut, um sich unterhalten zu können. Was durchaus meine Absicht gewesen war. Wenn ich nur wüsste, was ich tun sollte, wem ich vertrauen konnte. Warum gab es für solche Fälle keine Hotline, die man anrufen konnte, wenn man Beratung brauchte? Aber diese Entscheidung musste ich ganz alleine treffen. Mein Bauchgefühl sagte mir, dass ich Robert vertrauen konnte und bisher hatte es mich nicht im Stich gelassen. Aber die eigentliche Frage war doch, wie ich Arthur und Friedrich davon überzeugen konnte, dass von *mir* keine Gefahr ausging. Niemals würde ich absichtlich eine der beiden Linien auslöschen, das wäre so, als würde ich eine Hälfte von mir töten. Ich brauchte sie beide. Feuer und Eis. Sie waren alles was ich hatte, woraus ich bestand, was mich ausmachte. *Meine Familie.* Umso schlimmer war das Wissen, von beiden gejagt zu werden und das taten sie bereits, ganz sicher. Die Frage war nur, wer mich zuerst finden würde. Wer war schneller? Feuer oder Eis? Wer würde dieses absurde Wettrennen, dessen Trophäe ich war, gewinnen? Die Flammen oder der Reif?

Ich hatte mich nie als Beute gesehen, hatte immer darauf bestanden meine Unabhängigkeit zu wahren. Es war beinahe absurd, dass die Anstrengungen eines ganzen Lebens, zwanzig Jahre Selbstständigkeit, darauf hinausliefen auf der Flucht zu sein. Vor der eigenen Familie.

***

»Willst du darüber reden?«

Ich schüttelte bloß den Kopf und zog die Knie näher an mich heran, damit Vincent sich neben mich aufs Sofa setzen konnte.

»Und lesen willst du ihn auch nicht?« Vincent warf einen Blick auf den Brief, der ungeöffnet neben mir lag.

Ich hatte ihn schon mehrmals in die Hände genommen. Die Neugier drängte mich ihn zu öffnen, aber dann hatte ich Angst, dass mir sein Inhalt nicht gefallen könnte und legte ihn zur Seite. Von wo aus er mich vorwurfsvoll anstarrte und stumm *Öffne mich!* zu schreien schien.

»Jetzt habe ich schon so lange auf eine Nachricht meiner Eltern gewartet, da kommt es auf ein paar Stunden mehr oder weniger auch nicht mehr drauf an.«

»Das, was dort drin steht, könnte uns vielleicht weiterhelfen.«

Ich wich seinem durchdringenden Blick aus, starrte stur zum Feuer im Kamin.

Ich meinte ihn leise seufzen zu hören. »Soll ich ihn für dich lesen?«

»Untersteh dich!«, rief ich empört.

»Ich hatte auch nicht wirklich geglaubt, dass du zustimmen würdest. Ich verstehe nur nicht, wie du hier seelenruhig rumsitzen kannst, wenn dort drin vielleicht die Antwort auf unsere Fragen steht. Bist du denn gar nicht neugierig?«

»Natürlich bin ich das.«

»Aber?«, hakte er nach.

Ich wich seinem Blick aus. »Willst du es wirklich wissen?«

»Natürlich.«

»Ich habe Angst.« Meine Worte waren kaum mehr als ein Hauchen.

»Du brauchst keine Angst zu haben. Und wenn du jemanden zum Reden brauchst, bin ich immer für dich da.«

»Ich weiß und doch ... Was ist, wenn da drin steht, dass ihr Tod meine Schuld ist? Und das ist er ja auch. Wenn es mich nicht gäbe, dann wären sie jetzt noch am Leben.« Ich schluckte hart.

»So darfst du nicht denken.«

Ich drehte den Kopf und sah ihn direkt an. »Ach nein?«

Auf Vincents Gesicht zeichnete sich Bestürzung ab. »Nicht du hast sie umgebracht, sondern Arthur. Außerdem wussten deine Eltern, worauf sie sich einließen. Sie kannten das Risiko. Ich denke nicht, dass sie dir an irgendetwas die Schuld gaben. Und du solltest das auch nicht tun.« Tröstend schlang er seine Arme um mich und wiegte mich wie ein kleines Kind.

Vielleicht hatte er Recht. Meine Selbstzweifel waren fehl am Platz. Sie würden uns nicht weiterbringen.

»Und was ist mit dir?«, fragte ich schließlich.

»Was soll mit mir sein?« Verwunderung lag in seiner Stimme.

»Ich meine mit deinen Eltern. Verzeihst du ihnen, dass sie nie für dich da waren, als du noch ein Kind warst?«

Ich spürte, wie er sich hinter mir versteifte. War ich mit meiner Frage zu weit gegangen?

»Ich kenne jetzt Roberts Version und falls sie der Wahrheit entspricht, dann wäre eine Entschuldigung wohl angebracht.« Etwas leiser fügte er hinzu: »Und die würde kaum ausreichen. Ich war ihnen gegenüber grausam. Wie könnte ich mein Verhalten all die Jahre lang jemals mir gegenüber rechtfertigen?«

Seine Arme hielten mich noch fester, aber dieses Mal nicht, weil ich ihn brauchte. Der Selbsthass, mit dem er sich strafte, war heftig.

»Sie verstehen es, Vincent. Sie wissen, warum du distanziert warst und nehmen es dir nicht übel. Deine Eltern haben dich immer geliebt, sie konnten es dir nur nicht so zeigen, wie sie es sich gewünscht hätten. Das hat Arthur nicht zugelassen. Auf ihn sollten wir unsere negative Energie konzentrieren und nicht auf unsere Selbstzweifel. Arthur trägt die Schuld an dem Dilemma, in dem wir uns befinden!« Ich redete mich in Rage. »Wir sollten einfach zurückgehen und die Villa stürmen. Mit Robert an unserer Seite sind es drei gegen zwei und Max wird sich bestimmt gegen Arthur stellen, wenn er die Wahrheit erfährt. Genau das sollten wir tun!«

Auf einmal war ich unglaublich wütend. Auf Arthur, der mich benutzt hatte, auf Friedrich, der mich auf seiner Seite wissen wollte, auf meine Eltern, weil sie mich im Stich gelassen hatten, auf …

»Caro.« Vincent umfasste sanft meine Hände und löste die Finger, die ich unbewusst zur Faust geballt hatte. Sofort ebbte die Wut ab. Ich schnupperte. Es roch merkwürdig. An meinem Rücken spürte ich Vincent beben.

»Ich sag es dir ja nicht gerne, aber du hast eben unser Obst gegrillt. Nicht, dass ich etwas gegen gebackene Bananen einzuwenden hätte, aber ich hätte doch zuerst ein herzhaftes Abendessen bevorzugt.«

»Was?« Hektisch drehte ich den Kopf nach hinten und sah das brennende Obst in der Schüssel. Vincent gab den Versuch, sein Lachen zu unterdrücken auf, als er meinen Gesichtsausdruck sah.

Ich gab ihm einen Klaps auf die Schulter und sprang auf. »Das ist nicht witzig! Es hätte auch etwas anderes als die Obstschale sein können.«

Schnell flitzte ich zur Küchenzeile und warf die gesamte Schüssel in die Spüle. Dann drehte ich den Wasserhahn auf. Zurück blieb ein Haufen undefinierbarer schwarzer Klumpen, die nur noch vage an ihre ursprüngliche Form erinnerten.

Zwei starke Arme legten sich von hinten um meinen Bauch. Vincent war leise hinter mich getreten und fing an an meinem Ohrläppchen zu knabbern. Ein wohliger Schauer lief durch meinen gesamten Körper. »Wenigstens dein Temperament hast du nicht verloren«, raunte er und küsste zärtlich meinen Hals hinab bis zu meinem Schlüsselbein.

»Dafür könnte ich gleich noch etwas anderes verlieren.« Mein schwacher Versuch, mich aus seiner Umarmung zu lösen, scheiterte kläglich. Ein weiterer Schauer lief an meinem Rücken hinab, als Vincent sanft meinen Nacken küsste. Mit meiner Selbstbeherrschung war es nicht weit her.

»Ich denke, darauf lasse ich es ankommen«, seine Stimme klang heiser und dann glitten seine Hände an meinen Rippen hinab, über meine Hüfte, bis zu meinem Hintern. Ich musste mich an der Spüle abstützen, weil meine Beine drohten unter mir nachzugeben. Mit letzter Willenskraft drehte ich mich um. Dieses Mal hielt er mich nicht davon ab.

»Nicht.« Es war kaum mehr als ein Flüstern. Ein schwacher Versuch, ein Hauch von einer Brise, um das Feuer in mir zum Erlöschen zu bringen, aber es war bereits zu spät. Ich brannte lichterloh, aber es war ein neues, anderes Brennen. Glühendes Verlangen.

Vincents Augen loderten voller Leidenschaft. Ihr Anblick raubte mir den Atem. Wie konnte er jetzt an so etwas denken? Wie konnte *ich* an so etwas denken? Es gäbe so viele wichtigere Dinge ...

»Sonst was?«, fragte er hart und das machte mich nur noch mehr an.

Ich vergaß sämtliche Einwände und wie von allein wanderten meine Finger zu seinem Hosenbund, schoben seinen Pullover, samt darunterliegendem Hemd, in die Höhe und berührten seinen flachen, muskulösen Bauch. Langsam fuhr ich die behaarte Linie, die von seinem Bauchnabel hinab in tiefere Regionen führte, entlang. Vincent erstarrte unter meiner Berührung, dann riss er mich an sich und küsste mich wild und ungestüm. Daraufhin vergaß ich alles um mich herum und das war gut so. Ich hatte mir diesen Moment des Vergessens verdient. Seine Berührungen hinterließen eine brennende Spur auf meiner Haut und es hätte mich nicht gewundert, wenn ich geschmolzen wäre wie Eis in der Sonne. Vincents Körper strahlte eine Hitze aus, dass mir der Schweiß ausbrach. Ich musste dringend ein paar Schichten Kleidung loswerden. Mein Herz schlug hart gegen meine Rippen. Völlig unerwartet riss Vincent meine Füße vom Boden. Ein überraschter Laut entwich meinen Lippen. Er trug mich in Richtung der kleinen Treppe, die ins Schlafzimmer führte. Während ich in seinen Armen lag, wünschte ich mir, er würde mich nie wieder loslassen. Noch nie hatte ich mich stärker und schwächer zugleich gefühlt.

6. Kapitel

Ein merkwürdiges Dudeln riss mich aus meinem Schlaf. Ich brauchte einen Moment, ehe mir klar wurde, dass mein neues Handy dieses Geräusch machte. Verschlafen tastete ich danach, bis ich es zu fassen bekam.

»Ja?«

»Caro, es ist etwas Schreckliches passiert.« Die Stimme brach, als müsse sie einen Schluchzer unterdrücken.

»Doro?«, fragte ich bestürzt, »Was ist denn los?«

Ich hörte ein leises Schniefen. Dieses Verhalten war absolut untypisch für Doro. Ich hatte in all der Zeit, die wir uns kannten, noch nie erlebt, dass sie weinte. Mein Magen zog sich krampfhaft zusammen, mein Herz klopfte hart gegen meine Brust.

»Doro, was ist los? Bist du verletzt?« Die Panik in meiner Stimme war deutlich zu hören und rief Vincent auf den Plan. Er setzte sich neben mir im Bett auf und legte mir eine Hand leicht auf den Rücken.

»Was ist passiert?«, fragte er leise.

Ich konnte ihn nur angstvoll anblicken. Dann sprach ich erneut ins Handy. »Doro, atme mal tief durch und dann der Reihe nach. Was ist passiert?«

Sie atmete zitternd ein. »Mara. Sie ... Sie ist nicht nach Hause gekommen. Es ist alles meine Schuld. O Gott, wenn ich sie doch nur nicht allein hätte gehen lassen.«

Mir wurde schlecht. »Vielleicht ist sie bei Tobi«, sagte ich tonlos. »Hast du es bei ihm-«

»Nein, sie ist nicht bei Tobi«, fiel sie mir ins Wort. »Wir hatten die Ägyptenwälzer durchgesehen und Mara wollte nochmal kurz in die Unibibliothek, um ein paar weitere Bücher zu holen. Es war schon spät, nach 22 Uhr, und ich muss irgendwann über den Büchern eingeschlafen sein. Ich habe gar nicht gemerkt, dass sie ... dass sie nicht zurückgekommen ist, bis ich … schließlich aufgewacht bin.« Doro putzte sich geräuschvoll die Nase.

Vincent, der jedes Wort mitbekommen hatte, sah genauso aus, wie ich mich fühlte: zerschlagen, erschöpft und blass.

»Wieso hast du sie alleine gehen lassen? Ihr solltet doch vorsichtig sein …«

»Ja, danke, Caro«, zischte Doro. »Als würde ich mir nicht schon selbst genug Vorwürfe machen. Natürlich hätte ich sie begleiten sollen, aber es ist eben die ganze Zeit über nichts passiert und da sind wir leichtsinnig geworden. Kannst du mir helfen sie wiederzufinden? Mit deinen Phönixkräften geht das doch, oder?«

»Tut mir leid«, sagte ich zerknirscht. »Das mit dem Aufspüren funktioniert nur bei anderen Phönixen. Aber wir werden Mara auch so finden. Das dürfte nicht allzu schwierig sein. Schließlich gibt es nur zwei Möglichkeiten, wo sie sein kann.«

»Arthur oder Friedrich.« Die Bitterkeit in Vincents Stimme fraß sich wie Säure in mein Gehirn.

Die Vorstellung, Mara könne bei einem von beiden sein, war entsetzlich. Mein Mund fühlte sich ganz ausgetrocknet an. »Ganz genau.«

»Sie werden ihr doch nichts tun, oder?« Doro klang so hilflos, dass ich am liebsten meine Arme um sie geschlungen hätte.

Bilder tauchten vor meinem geistigen Auge auf: Mara eingesperrt bei Arthur, die ihm hilflos ausgeliefert war. Und Mara bei den Eisphönixen, wo Valentina und Veronika ihr drohten ihre Gliedmaßen zu erfrieren. Ob sie ihr wirklich etwas antaten, konnte ich nicht sagen.

»Ich weiß es nicht.« Ich fühlte mich schwach, als hätten sämtliche Kräfte meinen Körper zeitgleich verlassen.

Das Telefon entglitt meinen Fingern und landete mit einem dumpfen Aufprall auf den Holzdielen. Vincent hob es auf und sprach mit Doro.

»Doro, hör zu. Sie werden Mara nichts tun, sie wollen sie lediglich als Druckmittel verwenden. Wir werden alles tun, um sie da rauszuholen und du musst mir versprechen nichts auf eigene Faust zu unternehmen. Verlass die Wohnung nicht, hast du verstanden? Unter gar keinen Umständen.«

»Okay, aber es muss doch etwas geben, was ich tun könnte.«

»Da gibt es rein gar nichts. Den größten Gefallen, den du uns tun kannst, ist in der Wohnung zu bleiben, wo du sicher bist.«

Ich war froh, dass wenigstens Vincent seine Fassung zurückerlangt hatte und nun alles Weitere regelte. Ich war unfähig, an irgendetwas anderes als Mara zu denken. Die fürsorglichste, liebevollste Person, die ich kannte. Jeder andere von uns hätte es besser weggesteckt, entführt zu werden, aber ausgerechnet sie hatte es getroffen. Ob sie große Angst hatte?

»Okay«, sagte Doro erneut und in diesem einem Wort lag ihre ganze Niedergeschlagenheit.

»Hör zu, Doro.«

»Ja?«

»Bitte mach dich nicht fertig! Es ist nicht deine Schuld, dass Mara entführt wurde. Höchstwahrscheinlich hätten sie euch beide mitgenommen, wenn du sie begleitet hättest. Sei lieber froh, dass das nicht der Fall war. So können wir schneller helfen.«

Doro schnaubte empört. »Also wirklich! Caro, wie hältst du es nur mit ihm aus?«

»Gewöhnung«, meinte Vincent schlicht. »Aber das klärt ihr zwei am besten bei eurem nächsten Kaffeeklatsch und wir machen uns jetzt auf die Suche nach Mara.« Vincent warf mir einen fragenden Blick zu und deutete auf das Handy, doch ich brachte noch immer kein Wort heraus.

»Ihr meldet euch, wenn ihr etwas rausgefunden habt?«

»Das werden wir.« Vincent legte auf und betrachtete mich stumm. Dann kniff er die Augen leicht zusammen, während er nachdachte. »Ich denke, ich weiß, wer Mara hat. Es muss so sein, alles andere wäre unlogisch.«

Damit war er einen Schritt weiter als ich. Ich hatte keine Ahnung, bei wem von beiden Mara war. »Und wer glaubst du ist es?«

»Friedrich.«

»Wieso bist du dir da so sicher?«

»Wenn es Arthur wäre, dann hätte Max doch gestern erwähnt, dass der eine Entführung plant. Friedrich hingegen kann uns nicht kontaktieren. Er kennt weder deine noch meine Nummer ...«

Was Vincent sagte, hatte durchaus Sinn. Trotzdem konnte ich mir nicht vorstellen, dass Friedrich ... Er war doch der Nettere der beiden. Arthur war der, dem ich sämtliche Skrupellosigkeiten zutraute. Aber Friedrich?

»Du bist nicht überzeugt?«

»Das klingt schon logisch, aber ...« Plötzlich fiel mir etwas ein. »Vincent, ich hatte mit Vic E-Mail-Kontakt!« Ich war ganz aufgeregt. »Wenn die Eisphönixe es waren, dann haben sie mir bestimmt eine Mail geschrieben. Ich muss nur irgendwie in mein Postfach gelangen ...«

»Dann nichts wie los.« Vincent war bereits aufgesprungen und auf halbem Weg die Treppe hinunter. »Wir fahren so weit mit dem Auto, bis wir Internetempfang haben.«

Ich war nicht ganz so schnell, denn ich suchte noch meine Schuhe. Ich machte mir nicht erst die Mühe, meine Schlafanzughose gegen eine Jeans einzutauschen. Es war dunkel und wir waren in Vincents Auto. Es würde mich sowieso niemand zu Gesicht bekommen. Als ich sie endlich gefunden hatte, schlüpfte ich hinein und rannte die Treppe hinunter.

***

Vincent brauste den Berg in einem Tempo hinab, das ich unter normalen Umständen als rasant empfunden hätte. Im Moment konnte es mir allerdings nicht schnell genug gehen. Ungeduldig wippte ich mit meinen Füßen auf und ab und starrte unablässig auf das Datenempfang-Symbol meines Handydisplays. Immer noch nichts. Die Kiefern, Fichten, Tannen und was da sonst noch alles wuchs, waren einfach zu dicht, als dass sie ein Signal zu uns durchgelassen hätten. Erst als wir fast im Tal angekommen waren, tat sich etwas. Ich stieß einen erleichterten Seufzer aus. »Fahr rechts ran, Vincent! Ich hab Internetempfang.«

Während der Wagen langsamer wurde, loggte ich mich in meinen Uni-Mail-Account ein. Meine Hände zitterten leicht, während ich darauf wartete, dass die Mails geladen wurden. Endlich baute sich die fertige Seite vor mir auf. Drei neue Nachrichten zeigte es mir an. Eine davon war von Victoria.

Mit rauer Stimme las ich die Mail stockend vor: »Caro, bitte melde dich, sobald du die Mail gelesen hast. Es tut mir wirklich sehr leid und das alles war sicher nicht meine Idee. Aber so stehen die Dinge nun mal und da ich die Einzige bin, die dich kontaktieren kann, bleibt die Aufgabe an mir hängen, dir die unschönen Neuigkeiten zu überbringen: Nachdem du weg warst, hat Friedrich Pat und Val damit beauftragt, deine Mitbewohnerinnen zu überwachen und sie, sollte sich eine passende Gelegenheit ergeben, ihm zu bringen – nicht freiwillig. Na ja und die Gelegenheit ergab sich heute Abend, als Mara alleine unterwegs war. Sie ist jetzt bei uns, aber sei unbesorgt, ihr wird nichts geschehen. Zumindest nicht in den nächsten achtundvierzig Stunden – das hat Friedrich versprochen. Bis dahin hast du diese Nachricht hoffentlich gelesen und dich bei mir gemeldet. Es ist wirklich wichtig, Caro, bitte ruf mich zurück.« Darunter hatte sie noch ihre Handynummer notiert. Das leuchtende Display war die einzige Beleuchtung, von den Scheinwerfern abgesehen, und das kühle weiße Licht verbreitete einen unheimlichen Schimmer.

»Ganz toll, damit sind nun wir am Zug. Ich hasse es erpresst zu werden.« Vincents Tonfall war hart, mit einer Spur Abscheu darin, wie immer, wenn er von den Eisphönixen sprach. Seine linke Gesichtshälfte lag im Schatten und die rechte wurde nur unzureichend beleuchtet. Durch die scharfen Konturen wirkten seine Züge hart.

»Na, dann herzlichen Glückwunsch, denn dich erpressen sie ja nicht. Das Ganze gilt nur mir. Friedrich will mich auf seiner Seite haben, wenn es Ernst wird. *Denn ich werde für den Untergang einer Linie sorgen*«, verkündete ich unheilvoll. In diesem Moment erlosch der Bildschirm und es war schwer, Vincents Ausdruck zu deuten. Missfallen? Ärger?

»Glaubst du allen Ernstes, ich würde dich alleine in die Höhle der Frostvögel gehen lassen? Wir werden das zusammen durchziehen.« Er sagte es mit einer Entschiedenheit, die mich nicht an seiner Absicht, er würde mich überallhin begleiten, zweifeln ließ.

»Vielleicht sollten wir erst mal klären, was sie von uns wollen. Vielleicht müssen wir nirgendwo hingehen. Okay, das glaube ich zwar selbst nicht, aber ich werde jetzt trotzdem Vic anrufen und es ist mir egal, wenn ich sie aufwecke. Ich hoffe sogar, dass ich sie aus dem Schlaf reiße.«

»Diese Einstellung gefällt mir schon viel besser.« Vincent verzog die Lippen zu einem grimmigen Lächeln.

Entschlossen wählte ich die Nummer, stellte auf Lautsprecher und wartete. Nach dem fünften Klingeln ging Vic ran und zu meinem Bedauern klang sie nicht das kleinste bisschen unausgeschlafen. Nicht mal schlecht gelaunt, wenn man die Uhrzeit bedachte, zu der ich anrief.

»Hallo?« Ihre vertraute ruhige Stimme erfüllte das Auto.

»Vic, hier ist Caro. Ich habe deine Mail gelesen und du kannst mir glauben, ich bin stocksauer! Was fällt euch ein, Mara zu entführen? Einen unschuldigen Menschen, der-«

»Warte mal. Ich kann verstehen, dass du sauer bist. Wirklich, das wäre ich auch, aber zum einen kann ich nichts dafür – ich bin hier nur der Mittelsmann – und zum anderen geht es ihr gut. Val kümmert sich um sie.«

»*Val kümmert sich um sie* ist für mich keine Definition von gut!«, schrie ich sie an. »Ich will gar nicht wissen, was sie ihr angetan hat! Wie viele ihrer Gliedmaßen hat Val denn noch *nicht* eingefroren?«

»Alle! Wir sind schließlich keine Monster.« Vic klang verletzt, aber das war ich auch. »Komm einfach zu uns und Mara darf gehen. Das hat Friedrich versprochen.«

Vincent schüttelte vehement den Kopf.

»Ich muss das kurz überdenken. Bleib dran, ja?«

Ich bedeckte den Lautsprecher mit meiner Hand und beugte mich zu Vincent, der sofort mit seiner Schimpftirade begann. »Was fällt diesen dreckigen Frostvögeln ein? Das kommt überhaupt nicht in Frage! So einfach dürfen wir es ihnen nicht machen, dich in die Finger zu kriegen.«

»Aber welche anderen Optionen haben wir? Wir haben nicht das geringste Druckmittel gegen sie in der Hand.«

»Das ist nicht ganz richtig. Du bist das Druckmittel. Dich wollen sie mehr als alles andere.«

»Wenn wir nicht hingehen, tun sie Mara etwas an. Veronika, Valentina und sogar Friedrich traue ich mittlerweile alles zu und ich weiß nicht, wie lange die anderen sie davon abhalten können.«

»Und wenn du hingehst, dann haben sie dich und damit genau das erreicht, was sie wollten. Außerdem ist deine Anwesenheit längst keine Garantie dafür, dass sie Mara freilassen werden.«

»Dann dürfen wir eben nicht zu ihnen gehen, sondern treffen uns mit ihnen an einem anderen Ort.«

»Das kann nicht dein Ernst sein! Nein, Caro.«

Entschlossen straffte ich meine Schultern. Ich hatte meine Entscheidung bereits getroffen. »Wir können nicht ewig vor ihnen davonlaufen. Das hast du gestern selbst gesagt. Und wir wussten, dass der Tag kommen würde, an dem wir uns ihnen stellen müssen. Ich hätte nur gedacht, es wäre Arthur, der mich in die Finger kriegt …« *Und dass der Tag nicht so schnell kommen würde.*

Flehend sah Vincent mich an. In seinem Blick lag die stumme Bitte mich nicht für Mara zu opfern. Ihn nicht allein zurückzulassen. Sein Leid tat mir selbst genauso weh. Ich wollte ihn nicht verlassen, aber es war der einzige Weg, um Mara zurückzubekommen. Das wusste Vincent genauso gut wie ich. Er senkte ergeben den Blick und seine dichten Wimpern warfen einen schwarzen, halbmondförmigen Kranz auf seine Wangenknochen. Eine Welle der Zuneigung erfüllte mich. Ich würde Vincent für immer und ewig lieben.

»Was heißt hier ewig?« Vincent hob den Blick. Sein Tonfall war bitter.

Ich zuckte schuldbewusst zusammen. Konnte er etwa Gedanken lesen?

»Wir sind gerade Mal seit zwei Tagen auf der Hütte. Wir hatten bisher kaum Zeit, uns einen Plan zu überlegen.«

Gut, er konnte keine Gedanken lesen. »Vic hat gesagt, wir haben achtundvierzig Stunden. Dann lass uns diese Zeit nutzen.«

Ich nahm die Hand vom Lautsprecher. »Vic?«

»Ich bin noch dran.«

»Ich habe mich entschieden. Wir treffen uns morgen Abend um 19 Uhr.«

»Das ist die richtige Entscheidung, Caro. Du weißt noch, wo sich das Hauptquartier befindet?« Sie klang erleichtert und seltsamerweise war ich das auch. Ich wusste nun endlich wie es weitergehen würde. Meine Zukunft würde nicht länger einer ständigen Flucht gleichen. Ich stellte mich meinem Schicksal und ich würde ihm mit erhobenem Haupt entgegentreten.

»Ich habe nicht gesagt, ich würde zu euch kommen. Ich möchte Mara in Sicherheit wissen, deshalb wird der Austausch an einem öffentlichen Ort stattfinden. Stimmst du zu?«

»Wenn es das ist, was du willst.«

»Ja, das will ich. Dann treffen wir uns morgen Abend am Christkindlmarkt. Direkt vor dem Rathaus.« Ohne ihre Antwort abzuwarten, kappte ich die Verbindung.

»Am Christkindlmarkt? Findest du das nicht ein wenig zynisch?«

»Na und wenn schon. Zumindest werden dort jede Menge Menschen um uns herum sein, so dass niemand seine Kräfte benutzen kann.«

Vincent schüttelte ungläubig den Kopf, dann grinste er. »Du bist ein verrücktes Huhn.«

»Phönix«, verbesserte ich ihn.

»Hast du einen Plan?«

»Noch nicht, aber ich bin sicher, uns fällt bis dahin etwas ein.«

***

Inzwischen trank ich meine dritte Tasse Kaffee, es war früher Nachmittag und wir hatten immer noch keinen Plan. All unsere Ideen liefen darauf hinaus, dass ich mit den Eisphönixen würde mitgehen müssen, denn wie sollten wir ihnen Mara in aller Öffentlichkeit entreißen, ohne Aufsehen zu erregen? Vielleicht war die Idee, sich auf dem Weihnachtsmarkt zu treffen, doch nicht so brillant, wie ich zuerst gedacht hatte.

»Dann musst du mich eben befreien. Das hast du schließlich schon einmal geschafft«, meinte ich erschöpft und ohne wirklich an die Genialität dieser Idee zu glauben.

»Und genau aus diesem Grund, wird es nicht ein weiteres Mal funktionieren. Zumindest nicht, ohne Blut zu vergießen.«

Ich erschauderte. So weit waren wir also schon, dass wir über mögliche Verluste nachdachten.

Ich schüttelte stoisch den Kopf. »Es muss noch einen anderen Weg geben.«

»Ich wüsste nicht welchen.«

Da waren wir schon zu zweit. Wenn wir nur nicht in der Unterzahl wären, dann könnten wir sie vielleicht allein durch unsere zahlenmäßige Überlegenheit dermaßen beeindrucken, dass sie mich freiwillig gehen ließen. Das brachte mich auf eine Idee.

»Vincent, du hast mal gesagt, es gäbe nicht so viele von uns. Bezog sich das nur auf München oder gibt es vielleicht doch noch mehr Phönixe?«

»Du meinst auf der ganzen Welt?«

»M-hm.«

»Es gibt schon noch ein paar mehr, aber die haben sich im Laufe der Jahrhunderte weit über alle Kontinente hinweg verstreut. Worauf willst du eigentlich hinaus?«

»Ich dachte nur, wenn wir ein wenig Verstärkung hätten, könnten wir die Eisphönixe vielleicht allein durch die Tatsache, dass wir in der Überzahl sind, zum Einlenken bewegen.«

»Vergiss das mal schnell wieder.«

»Wieso?« Beleidigt schob ich die Unterlippe vor. Warum tat er meinen Vorschlag gleich ab? So schlecht fand ich ihn gar nicht.

»Du glaubst doch nicht wirklich das Märchen von der Auferstehung des Phönix' sei wahr? Das ist reines Wunschdenken und sonst nichts. Wem glaubst du, würden die anderen mehr Glauben schenken, Arthurs Interpretation oder Roberts?«

Ich musste schlucken. Das hatte ich nicht bedacht. Natürlich würden sie alle sofort Arthurs Überzeugungskraft verfallen. Ich glaubte ja nicht einmal selbst an Roberts Version. Zerknirscht sah ich ihn an.

»Und genau aus diesem Grund ist es eine schlechte Idee, noch mehr Phönixe in die Sache hineinzuziehen. Du wärst sofort ihr erklärtes Ziel.«

»Der gemeinsame Feind«, murmelte ich traurig.

»Ja«, stimmte er freudlos zu.

Ich fühlte mich wieder wie das Reh im Visier des Jägers. Ich ballte meine Hände zu Fäusten, damit Vincent nicht sah, dass sie vor Furcht leicht zitterten.

»Das bringt doch alles nichts.« Ich erhob mich.

»Wo willst du hin?«

»Ich brauche einen Moment für mich allein. Ich werde ein wenig spazieren gehen.« Vielleicht half die frische Luft dabei einen klaren Kopf zu bekommen. Und vielleicht kamen mit einem klaren Kopf auch ein paar frische Ideen.

»Verlauf dich nicht.«

»Keine Sorge, falls ich die Orientierung verlieren sollte, kann ich dich ja einfach aufspüren. Eingebautes GPS-Gerät«, ich tippte auf meinen Kopf. »Schon vergessen?«

Ich huschte ins Dachgeschoss, um meinen Mantel zu holen, den ich zuvor achtlos aufs Bett geworfen hatte. Ich schnappte ihn mir. Dabei fiel mein Blick auf die halboffene Reisetasche, aus der eine Ecke des Briefs lugte. Kurz entschlossen steckte ich ihn ein.

7. Kapitel

Draußen schlug mir ein eisiger Wind entgegen. Die Luft roch bereits nach Schnee. Es würde nicht mehr lange dauern, bis er fiel, zumindest hier oben. Ich überlegte, ob ich den gleichen Weg nehmen sollte, den ich mit Vincent schon einmal gegangen war, entschied mich dann aber dagegen. Das Leben war zu kurz, um zwei Mal dem gleichen Weg zu folgen. Ich wollte etwas Neues sehen.

Der andere Wanderweg führte mich ebenfalls mitten in den Wald. Der Boden war bedeckt mit braunen Nadeln. Jeder Schritt fühlte sich unendlich weich an. Es roch würzig nach Baumharz, Tannenzapfen und Nadelbäumen. Einige große Baumwurzeln auf dem Weg bildeten Stolperfallen. Hin und wieder sah ich ein paar vereinzelte Pilze und grünes Moos bedeckte den Boden und einige Baumstämme.

Sobald die Hütte außer Sichtweite war, lief ich los. Das vertraute Brennen meiner Oberschenkel und die Bewegung halfen mir, meine innere Unruhe loszuwerden. Mein Atem stieg in weißen Wölkchen vor mir auf. Ich rannte und rannte, den Blick starr auf den Boden fokussiert. Die weichen Nadeln waren ein angenehmer Untergrund. Sie federten meine Schritte ab und ich vergaß völlig die Zeit. Erst als ich nicht mehr konnte, hielt ich an und suchte mir einen Baumstumpf, auf den ich mich setzen konnte. Mein Brustkorb hob und senkte sich, mein Atem ging schwer und mein Puls raste. Meine Schläfen pochten und ich legte für eine Weile meinen Kopf auf die Knie.

Plötzlich war da wieder dieses Glühen. Es kam direkt aus meiner Manteltasche. Der Brief rief nach mir, drängte mich ihm endlich die ihm gebührende Aufmerksamkeit zu schenken. Die Hitze fraß sich durch den Stoff und ich konnte dem überdeutlichen Verlangen, ihn anzufassen und zu lesen, nicht länger widerstehen. Andächtig zog ich den Brief heraus und sofort ließ das Glühen nach. Jetzt hatte er meine Aufmerksamkeit. Meine Erschöpfung war vergessen. Langsam drehte ich den Brief in den Händen, betrachtete ihn von allen Seiten und traute mich doch nicht ihn zu öffnen. Er fühlte sich dick an und war völlig zerknittert.

Die verblasste Handschrift meiner Mutter sah schön aus. Leicht verschnörkelt und wesentlich ordentlicher als die meine. Wie ich Schönschrift in der Grundschule immer gehasst hatte! Egal, wie sehr ich mich auch angestrengt hatte, es hatte nie über eine 3 hinausgereicht. Meine Schrift war schon immer spitz und abgehackt gewesen und das hatte sich im Laufe der Zeit eher verschlechtert als verbessert. Undeutlich war mir bewusst, dass ich mich durch die alten Erinnerungen nur selbst ablenken wollte. Aber ich durfte jetzt nicht feige sein. Wer wusste schon, wann ich das nächste Mal die Gelegenheit haben würde, um ungestört diesen Brief zu lesen. Den Brief *meiner Mutter.*

Ich ließ mir das Wort durch den Kopf gehen. Diese Phantomgestalt, diese gesichtslose Person, deren Foto ich erst vor wenigen Tagen zum ersten Mal zu Gesicht bekommen hatte. Wie es wohl für sie gewesen sein mochte, diesen Brief zu verfassen. An eine Tochter, die sie niemals würde kennenlernen. Ich war gespannt, was sie mir zu sagen hatte. Ihre Gedanken, die sie nur für mich zu Papier gebracht hatte, waren bereits über zwanzig Jahre alt und doch waren sie für mich neu und von Bedeutung. Sie hatten die Bedeutung, die ich ihnen beimaß. Carmen hatte das mal zu mir gesagt. *Die Dinge haben nur die Bedeutung, die du ihnen gibst.*

Aufregung überkam mich und gleichzeitig Beklemmung. Ich brauchte eine ganze Weile, bis ich den Mut fand, meinen Finger unter das Kuvert zu schieben und es vorsichtig aufzureißen. Es raschelte, als ich das Briefpapier herauszog. Während ich es entfaltete, hielt ich den Atem an. Etwas purzelte auf meinen Schoß. Ein Foto, das zwischen die Seiten geklemmt gewesen war. Ich betrachtete es eingehend. Die Personen, die darauf abgebildet waren, waren mir nicht neu, aber trotzdem fremd. Es war eine Aufnahme meiner Eltern. Die Fotografie wirkte ein wenig unscharf, so wie es alte Fotos oft taten. Thomas hatte den Arm um Sarah gelegt und zog sie nah an sich heran. Sein anderer Arm war mit ihrer Hand verschränkt, die sie auf ihrem Babybauch abgelegt hatten. Beide sahen glücklich aus. Wenn auf jemanden die

Beschreibung *strahlend* passte, dann auf sie. Es musste ein schöner Sommertag gewesen sein. Beide trugen dünne Kleidung und im Hintergrund war das dunkle Wasser eines Sees zu erkennen. Vorsichtig legte ich das Foto zurück in den Briefumschlag und widmete mich den handgeschriebenen Zeilen meiner Mutter.

Liebste Caroline,

ich hoffe so sehr, dass Du diesen Brief niemals lesen musst, denn wenn Du es tust, bedeutet es, dass wir nicht für Dich da sein konnten und das tut mir unendlich leid. Aber es bedeutet auch, dass wir nicht vollständig versagt haben und dass unser kleiner Trick funktioniert hat, denn Du bist am Leben und das ist das Wichtigste. Es ist alles, was wir uns immer für Dich gewünscht haben. Ein Leben zu haben, auch wenn wir darin nicht vorkommen können. Dein Vater und ich bedauern es zutiefst, Dich nicht aufwachsen sehen zu können, Dich nicht in den Armen halten und trösten zu können, wenn Du hinfällst, Deinen ersten Schultag zu verpassen, Deinen ersten Freund und so vieles mehr. Aber Du musst wissen, dass wir Dich immer lieben werden. Wir haben Dich von der ersten Sekunde an geliebt. Leider werden uns nur ein paar wenige Stunden mit Dir vergönnt sein, wenn Du morgen das Licht der Welt erblickst, mein süßer Engel. Wir lieben Dich über die Grenzen der Zeit hinaus und ich weiß, eines Tages, werden wir Dich wiedersehen. Und dann kannst Du mir all das erzählen, was ich verpasst habe.

Bevor ich noch sentimental werde, wechsle ich lieber das Thema, denn das soll kein trauriger Brief über den Verlust einer Mutter werden, vielmehr soll es eine Botschaft voller Hoffnung und Liebe an Dich sein. Etwas, das Du später in den Händen halten kannst, ein Stück von Deinen Eltern, ein Stück

Erinnerung, ein Stück Vergangenheit. Ich möchte, dass Du verstehst, warum wir getan haben, was wir getan haben. Ich fürchte, mir wird am Ende die Hand abfallen, denn das wird ein wirklich langer Brief.

Ich möchte damit beginnen, wie ich Deinen Vater zum ersten Mal traf. Ich war alleine in der Stadt unterwegs und spielte ein wenig mit meinen neuerlernten Fähigkeiten. Ich wollte wissen, ob ich Rob auch von hier aus spüren könnte, was natürlich nicht ging. Dabei stieß ich auf mir völlig fremde Auren. So etwas hatte ich noch nie zuvor gespürt und sie zogen mich magisch an. Und da sah ich sie. Zwei Eisphönixe, die sich von der Sommerhitze im Park abkühlten und sich - wenn niemand hinsah - gegenseitig mit Reif überzogen. Ich war sofort fasziniert von der Anmut ihrer Eiskristalle und von ihrem strahlenden Lachen. Ganz besonders schön fand ich das Lachen des etwas schmächtigeren Jungen. Es wirkte warm und seine eisblauen Augen bildeten einen faszinierenden Kontrast zu seinem Lächeln. Neugierig wie ich war, ging ich auf sie zu und war überrascht, um nicht zu sagen gekränkt, von ihrer Reaktion. Beide waren zuvor zu abgelenkt gewesen, um meine Anwesenheit zu bemerken, aber als ich auf sie zuging, schraken sie vor mir zurück und ich meinte sie zischen zu hören. Ich fragte, was los sei. Ob ich irgendwie komisch riechen würde, denn ich hätte neulich meine Haarshampoo-Marke gewechselt. Der ältere - Markus - sah mich nur irritiert an, aber Thomas lachte schallend los. In diesem Moment wusste ich, wir würden Freunde werden. Die beiden erzählten mir, was sie waren - Eisphönixe - und wir redeten bis spät in die Nacht. Mir war klar, ich musste Thomas wiedersehen und ihm schien es genauso zu gehen. Markus war ein wenig skeptisch, um nicht zu sagen abgeneigt, mir gegenüber, aber das war in Ordnung, ich hatte ja Thomas. Er erzählte mir all das, was Arthur mir verschwiegen hatte. Beantwortete alle meine Fragen geduldig. Wie sie lebten, was ihre Fähigkeiten anging, warum er vor mir zurückgeschreckt war. Markus fand es nicht gut, dass sein kleiner Bruder so viel Zeit mit einem Feuerphönix verbrachte. Aber hatte ich schon erwähnt, dass Thomas einen so liebenswürdigen Blick hat, dass man ihm nichts abschlagen kann? Er wickelte Markus um den Finger und dieser versprach, dicht zu halten. Schon bei unserem zweiten Treffen küsste mich Dein Vater und von diesem Moment an war mir klar, es würde nie einen anderen geben.

Ich versuchte mit Rob darüber zu sprechen, aber er blockte beim Thema Eisphönixe völlig ab, also stellte ich meine eigenen Recherchen an. Mich faszinierten die Gegensätzlichkeit unserer Linien und ihre Entstehungsgeschichten. Ich nahm mir Literatur aus Arthurs Arbeitszimmer und las bis spät in die Nacht hinein. Arthur war begeistert von meinem Feuereifer und lobte mich für meine ehrgeizigen Studien. Er ließ mir meist meinen Willen - aus irgendeinem Grund genoss ich seine Zuneigung und ich konnte unbehelligt in seinem Arbeitszimmer ein- und ausgehen. Und so stieß ich auf sein Tagebuch und zwar wortwörtlich. Ich fegte es aus Versehen vom Tisch und es landete offen auf dem Boden. Beim Aufheben konnte ich nicht anders, als diese vier merkwürdigen Zeilen zu lesen, die sich auch noch reimten. Ich spürte, dass sie etwas bedeuteten, etwas äußerst Wichtiges bedeuteten. Nachdem ich sie abgeschrieben und noch immer niemand nach mir gesehen hatte, blätterte ich weiter und las die Interpretation von Arthur.

Am nächsten Tag erzählte ich Thomas von meiner Entdeckung und zeigte ihm den Reim. Dein Vater - der sich schon immer gerne mit Symbolik und verborgenen Hinweisen beschäftigt hat - sah es als Herausforderung und hatte schon bald eine Interpretation herausgearbeitet, die sich nur schwer widerlegen ließ. Ich war mir sogar äußert sicher, dass er Recht hatte und Arthur sich irren musste. Ich wollte damit zuerst zu Robert gehen, aber er glaubte mir nicht. Er hielt Thomas für einen Lügner und mich für eine Schnüfflerin, die das Vertrauen seines Vaters missbrauchte. Ich verstand nicht, warum er Arthur in Schutz nahm, da dieser nie ein gutes Wort für Robert übrighatte und ich verstand auch seine Ablehnung Thomas gegenüber nicht. Aber das war nichts im Vergleich zu Arthurs Ablehnung. Ich hatte vorgehabt, ihm zu erzählen, was wir herausgefunden hatten, aber so weit kam ich nicht, denn er regte sich fürchterlich über die Tatsache auf, dass ich mich hinter seinem Rücken mit einem Eisphönix getroffen hatte. Er bekam regelrecht einen Tobsuchtanfall. Das Ende vom Lied war, dass ich mich von Arthur abwendete und zu Thomas ging, womit ich ihn sehr verletzte.

Ich fühlte mich jedoch nicht wohl in Thomas' Familie. Ganz besonders diese Veronika ist eine wahre Giftspritze - ein Wunder, dass sie überhaupt einen Mann abbekommen hat. Mir zuliebe zog Thomas von zu Hause aus und wir fanden eine kleine Wohnung am Stadtrand von München. Wir waren sehr glücklich und sehr verliebt. Es waren einige tolle Jahre, auch wenn es zu wenige waren.

Je länger wir uns mit der Geschichte der Phönixe befassten und mit der seit Ewigkeiten andauernden Rivalität, desto klarer wurde uns, was wir tun mussten. Denn sie alle lagen falsch mit ihrer vorgetäuschten Feindschaft. Dass Eis und Feuer sich vertragen, ja, sogar lieben konnten, dafür waren wir der

Beweis. Jemand musste der Sache ein Ende bereiten und ich gebe zu, es war egoistisch von uns, diese Verantwortung Dir aufzubürden. Aber Du, mein Liebling, bist unsere große Hoffnung auf bessere Zeiten. Die Welt hat genug eigene Kriege zu führen, niemand braucht die Streitigkeiten verfeindeter Phönixe. Außerdem ist es an der Zeit, unsere Kräfte zurückzugeben. Der Phönix muss neu auferstehen und Du kannst dies vollbringen. Es ist viel verlangt und wir beide würden Dir gerne den Rücken stärken, aber ich weiß, Du bist eine starke Persönlichkeit und schaffst das auch allein. Wir vertrauen auf Dich und Deine innere Stärke. Du musst zu Ende bringen, was wir bereits begonnen haben. Das ist von größter Wichtigkeit, denn wenn Du es nicht tust, dann wären wir umsonst gestorben. Ich will Dir keine Vorwürfe machen, denn wir haben unser Schicksal selbst gewählt und mir ist klar, wie ungerecht Dir das erscheinen mag, da Dir Dein Schicksal bereits vor Deiner Geburt vorherbestimmt war, aber ich möchte, dass Du begreifst, wie wichtig Deine Mission ist. Denn die anderen begreifen es, auch wenn sie die falschen Schlüsse gezogen haben. Du musst auf der Hut sein, denn sie werden Dich jagen. Aber egal, was Du tust, denk immer daran: Du bist nicht allein. Dein Vater und ich, wir sind stets an Deiner Seite und unsere Liebe wird Dich stark machen!

Für immer Dein.
Mama und Papa

Ein paar Tränen tropften auf den unteren Rand des Briefes, machten das Papier durchsichtig und wellig. Schnell hielt ich es von mir weg, bevor ich noch mehr Schaden anrichten konnte. Die letzten Worte *Mama und Papa* waren einfach zu viel gewesen und nun liefen mir heiße Tränen über die kalten Wangen. Meine Finger waren steif und die Nägel blau verfärbt von der

Kälte. Ich hatte jegliches Zeitgefühl verloren. Wie lange saß ich schon hier? Ein paar Minuten oder doch eher eine Stunde? Ein leises Rauschen erfüllte die Umgebung, als der Wind durch die Zweige blies. Doch kein Windhauch kam bei mir an. Es war beinahe gespenstisch still. Wenn nicht das Rauschen gewesen wäre, hätte die Szene etwas von einem Horrorfilm gehabt. Seit die Sonne hinter den Bergen verschwunden war, wurde es merklich dunkler. Dazu der dichte Wald, der das restliche Licht herausfilterte, so dass nur noch wenig bis zu mir durchdrang.

Ich faltete den Brief zusammen und steckte ihn ordentlich in den Umschlag, hinter das Foto, zurück. Dann stand ich auf, klopfte mir Staub und Moos von der Hose und machte mich auf den Rückweg, bevor es zu dunkel wurde. Mit der schwindenden Sonne wurde es schlagartig noch kühler. Wenigstens war ich zur Hälfte ein Eisphönix, sonst hätten meine Zähne jetzt sicherlich laut geklappert. Ich beschleunigte meine Schritte, verfiel in eine Mischung aus Joggen und Gehen. Der Weg nahm und nahm kein Ende. War ich auf dem Hinweg tatsächlich so weit gelaufen? Es wurde zusehends dunkler um mich herum und in der Ferne vernahm ich den Schrei einer Eule. Neben mir raschelte etwas im Gebüsch und nun rannte ich richtig. *Sei nicht albern! Das sind nur die Nerven. Du bist aufgewühlt wegen dem Brief. Das ist alles.*

Trotzdem begann ich an mir zu zweifeln. War ich etwa in die falsche Richtung gelaufen? Nicht den Weg zurück, sondern tiefer in den Wald hinein? Während des Rennens sah ich mich schon halb nach einem Unterschlupf für die Nacht um, bis mir plötzlich einfiel, dass ich einfach Vincent spüren konnte.

Am liebsten hätte ich mir gegen die Stirn geschlagen. Ich blieb stehen und streckte meine Sinne nach allen Richtungen aus, suchte nach Vincents vertrauter Aura. Nur wenige Augenblicke später hatte ich sie gefunden. Ganz in der Nähe. Das hieß, ich war auf dem richtigen Weg und es war nicht mehr weit bis zur Hütte. Mit neuem Mut, setzte ich meinen Laufschritt fort. Der Wald machte eine Biegung um einen Felsen herum und ich prallte beinahe gegen Vincent. Erschrocken fuhr ich zusammen.

»Wie kommst du denn hierher?« Deshalb hatte sich seine Aura so nah angefühlt.

»Zu Fuß, was denkst du denn?«

»Ich präzisiere: Was tust du hier?«

»Dich suchen. Weißt du eigentlich wie lange du schon fort bist? Ich habe mir schreckliche Sorgen gemacht.«

»Sorgen, ich könnte den Weg zurück doch nicht gefunden haben?«

»Ja.«

»Die sind völlig unbegründet. Ich konnte dich doch jederzeit aufspüren.«

Er zog mich in seine Arme. »Ich weiß und trotzdem habe ich mir Sorgen gemacht. Verrückt oder?«

»Du solltest dringend einen Psychiater aufsuchen«, meinte ich liebevoll neckend und kuschelte mich an seine Brust.

Seine Schultern bebten, während er leise in mein Haar lachte. »Dir scheint es wirklich gut zu gehen, wenn du immer noch zu schlagfertigen Antworten in der Lage bist.«

Verblüfft starrte ich ihn an.

»Was ist?«, fragte er mit einem verschmitzten Ausdruck auf dem Gesicht.

»Du hast Recht«, stammelte ich.

»Das höre ich öfters«, gab er zurück und in seinen Augen lag ein liebevoller Ausdruck. »Aber würdest du mir trotzdem verraten, womit ich Recht hatte?«

»Mir geht es gut. Ich fühle mich ... irgendwie ganz. Nicht mehr zerrissen und ich glaube, ich weiß jetzt, was ich zu tun habe.«

Sein Ausdruck wurde ernster. »Ich schätze, das ist gut. Aber woher der plötzliche Sinneswandel?«

»Ich habe den Brief gelesen«, sagte ich, als würde das alles erklären und vielleicht tat es das auch.

Vincent schien mit dieser Erklärung zufrieden, jedenfalls für den Moment. »Wenn du darüber reden willst, bin ich für dich da. Das weißt du, oder?«

»Ja, das weiß ich.« Dankbar lächelte ich ihn an.

Vincent nahm meine Hand und zusammen machten wir uns auf den Rückweg.

Bevor wir die Hütte erreichten, fasste ich einen Entschluss.

»Vincent«, ich blieb stehen. »Ich möchte dir gerne etwas zeigen. Etwas von mir.«

Neugierig, mit einer Spur Besorgnis, wartete er darauf, dass ich mit meinen Erklärungen fortfuhr. Stattdessen sah ich mich suchend am Boden um.

»Was wird das?«, fragte er mit einem nervösen Unterton.

»Sofort.« Ich hob abwartend einen Finger in die Luft.

Und dann hatte ich einen entdeckt. Ich bückte mich und hob den kleinen Tannenzapfen auf. Er fühlte sich rau an auf meiner Handfläche. Ich stellte mich vor Vincent und konzentrierte mich auf die Kälte in meinem Herzen. Etwas, dass ich schon viel zu lange nicht mehr getan hatte. Auf dem Zapfen bildeten sich viele winzige Eiskristalle. Sie überzogen die gesamte Oberfläche, als hätte jemand den Zapfen mit Puderzucker bestäubt.

»Caro, das sieht wunderschön aus«, meinte Vincent andächtig.

Meine Wangen färbten sich rosa, aufgrund des unerwarteten Lobs. »Du solltest es mal mit eigenen Augen sehen. Die Kraft der Eisphönixe ist nicht nur bösartig und schmerzvoll«, ich dachte an Vincents Arm, den Val hatte erfrieren lassen, »sie kann die Dinge auch schöner machen.«

Hatte der Zapfen zuvor braun und langweilig ausgesehen, glich er jetzt einem Kunstwerk aus strahlend weißem Reif.

»Das wusste ich doch längst.«

»Du wusstest es?« Mir blieb der Mund offen stehen.

»Natürlich. Nicht die Kraft an sich ist gut oder böse, sondern der Phönix, der sie benutzt und du ...« Er machte eine kleine Pause, seine Stimme wurde weicher. »Du machst nicht nur die Dinge schöner. Du hast meine ganze Welt schöner gemacht.«

Mir blieben die Worte im Hals stecken und obwohl es wirklich sehr kalt war, glühte ich innerlich. Ich schlang meine Hände um Vincents Hals und zog ihn zu mir heran. In dem Moment, in dem unsere Lippen aufeinandertrafen, fiel die erste Schneeflocke auf meine Nasenspitze, wo sie augenblicklich schmolz.

»Vincent, sieh nur, es schneit.«

Andächtig legte ich meinen Kopf in den Nacken. Immer dichter segelten die dicken Flocken zur Erde hinab. Je näher sie kamen, desto größer wurden sie, bis sie auf meinem Gesicht auftrafen und zu Wasser wurden. Wie Tränen benetzten sie meine Wangen, während ich den Tanz des Winters bestaunte. Weichen Daunen gleich, wirbelten die Schneeflocken um uns herum. Schnell war der ganze Boden von einer dünnen weißen Schneeschicht bedeckt. Er fiel mittlerweile so dicht, dass ich kaum noch etwas erkennen konnte, aber das musste ich auch nicht. Alles was ich sehen musste, befand sich dicht vor mir. Eine Flocke verfing sich in meinen Wimpern und ich schloss für einen Moment die Augen, um sie wegzuwischen. Eine kalte Hand schob sich in meine. Als ich aufblickte, war Vincents zimtfarbenes Haar von weißen Flecken übersät. Hier trafen sie aufeinander. *Feuer und Eis.*

***

Ich hatte Vincent nichts von dem Inhalt des Briefes erzählt. Die Worte meiner Mutter gehörten mir und ich wollte sie ganz für mich alleine haben. Außerdem, was hätte es schon geändert? Es bestätigte nur, was Robert uns bereits verraten hatte: Ich war der Schlüssel zur Wiederauferstehung des Phönix' und ich hatte keinen blassen Schimmer, wie ich dazu beitragen sollte. Wie agierte man als Schlüssel? Wo war das Schloss? Und wie bitte ließ man einen ägyptischen Gott auferstehen? Am Ende hatte Vincent vielleicht Recht und an der Prophezeiung war gar nichts dran. Vielleicht war es wirklich nur die Grabinschrift eines verrückten Pharaos. Wer wusste das schon?

Vier kurze Zeilen, die nicht nur mein Leben, sondern auch das von Arthur, Sarah und Thomas nachhaltig bestimmt hatten. Zweiundzwanzig Worte, die die Macht besaßen, alles zu verändern. Mit erschreckender Klarheit erkannte ich, wie mächtig Worte sein konnten. Waffen in den Händen derer, die damit umzugehen wussten. Die Geschichte hatte gelehrt, dass Worte Menschen dazu verleiten konnten, Dinge zu glauben und für ihren Glauben zu kämpfen und zu sterben. Worte konnten Lügen verbreiten, aber sie konnten auch verzaubern und Wunderbares schaffen. Und wenn sie von Herzen kamen, konnten sie mächtiger sein als jede Drohung, jede Lüge und jede Furcht. Denn sie konnten Hoffnung schüren, wo alles aussichtslos schien, und sie konnten unbeschreibliches Glück hervorbringen. All das hatte ich in den letzten Tagen und Wochen selbst erfahren.

8. Kapitel

Vielleicht war es die Angst davor, was der morgige Tag bringen mochte, oder das Gefühl, die Zeit verrinne unaufhaltsam wie eine Handvoll Sand durch die Finger. Jedenfalls versuchte ich jede einzelne Sekunde, die mir mit Vincent vergönnt war, auszukosten. Natürlich immer mit dem nagenden Gefühl im Hinterkopf, Mara in dieser Sekunde allein bei den Eisphönixen zu wissen. Aber sie hatten versprochen ihr nichts zu tun und ich glaubte ihnen, auch wenn mir sowieso keine andere Wahl blieb. Wenn ich mir anfing auszumalen, was mit Mara geschehen könnte, sollten sie ihre Meinung ändern, dann hätte ich keine ruhige Sekunde mehr und dabei bedeuteten mir doch gerade diese letzten gemeinsamen Momente mit Vincent so viel. Verstohlen beobachtete ich ihn dabei, wie er ein paar neue Scheite in den Kamin legte, denn das Feuer war während unserer Abwesenheit ausgegangen.

»Caro? Würdest du bitte mal herkommen?« Ein merkwürdiger Unterton schwang in seiner Stimme mit.

Ein beklemmendes Gefühl begleitete mich, als ich zu ihm trat. »Was ist denn?«

Er warf mir einen langen, intensiven Blick zu, in dem eine Mischung aus Liebe, Sorge und Angst lag. Er räusperte sich: »Bestimmt wird es gar nicht nötig sein, aber ich hätte ein besseres Gefühl dabei, wenn ich dich morgen gehen lasse und du vorher noch ein wenig geübt hast. Es ist schließlich schon eine Weile her, seit du das letzte Mal versucht hast ganz gezielt ein Feuer zu entfachen.«

Eine ungute Ahnung machte sich in mir breit, als die versteckte Sorge seiner Worte zu mir durchdrang.

»Du ziehst es in Betracht, dass ich mich verteidigen muss«, stellte ich fest. »Denkst du wirklich sie würden ...« Ich konnte den Gedanken nicht zu Ende bringen. Das war völlig absurd. Soweit würde es garantiert nicht kommen.

»Ich weiß es nicht, aber es kann nicht schaden, wenn du noch ein wenig übst.«

Mein Magen zog sich bei seinem unheilvollen Ton krampfhaft zusammen.

»In Ordnung.« Meine Stimme war plötzlich belegt und ich fühlte mich nicht so, als wäre irgendetwas in Ordnung.

Dennoch drehte ich mich zu dem Kamin um und versuchte meine Gedanken frei zu machen, um mich besser auf mein inneres Feuer zu konzentrieren. Als ich die vertraute Hitze gefunden hatte, ließ ich zu, dass sie sich in meinem Körper ausbreitete und lenkte sie auf die Scheite. Es knisterte leise, als das Holz Feuer fing.

Ich hörte wie Vincent hinter mir leise ausatmete. Ich hatte es geschafft, sämtliche Scheite zum Brennen zu bringen. Meine bisher beste Bilanz.

»Das war wirklich gut.«

»Danke.« Ich drehte mich zu ihm herum.

Trotz des Lobs lag immer noch Sorge in seinem Blick und auch ich fühlte keine wirkliche Erleichterung. Vorsichtig hob ich meine Hand zu seinem Gesicht und strich sachte über die dunklen Ringe unter seinen Augen. Die Erschöpfung der letzten Tage machte sich bei uns beiden bemerkbar. Ich unterdrückte ein Gähnen, denn ich wusste, selbst wenn ich mich hinlegen würde, so würde ich doch keinen Schlaf finden.

»Es wird schon alles gut gehen«, versuchte ich uns einzureden.

Die Zweifel standen ihm ins Gesicht geschrieben, dennoch versuchte er zuversichtlich zu klingen. »Natürlich wird es das.«

***

Am nächsten Morgen sah die Welt völlig anders aus. Leider bezog sich das nicht auf unsere Probleme, sondern lediglich auf den Ausblick, der sich uns durch die Scheibe der Panoramaterrasse erbot. Der Schnee von gestern war tatsächlich liegen geblieben und über Nacht war noch eine ganze Ladung frischer hinzugekommen. Es sah nach einem Winterwunderland wie im Bilderbuch beschrieben aus. Die Äste der Nadelbäume bogen sich unter der Last der Schneemassen leicht nach unten und die Erde war unter einer zentimeterdicken Schneedecke begraben. Fast schien es, als wäre die Zeit stehen geblieben. Die Landschaft wirkte friedlich und unberührt. Harte Steinkanten und Unebenheiten im Boden waren unter den Millionen von Schneeflocken verschwunden. Dieses Bild aus Reinheit und Unschuld störten lediglich die Spuren einer Meise, die auf der Terrasse herumgehuscht war und zeigten, dass die Zeit eben doch nicht stehen geblieben war.

»Vincent«, flüsterte ich, denn alles andere wäre mir viel zu laut vorgekommen. »Dann bleibt es bei unserem Plan?«

Ich sah wie er sich neben mir versteifte, jedoch nicht den Blick vom Fenster abwandte. »Dich gegen Mara auszutauschen, nur um dann zu versuchen, dich zu befreien, würde ich nicht gerade als Plan bezeichnen.«

Die Bitterkeit in seiner Stimme ließ mir einen Schauder den Rücken hinab laufen. »Es ist besser als nichts.«

Er drehte sich langsam zu mir um. »Mir gefällt das alles nicht.«

»Aber du hast auch keine bessere Idee«, gab ich zu bedenken.

»Nein, leider nicht«, räumte er ein. »Aber du lässt dir nicht wieder das Herz einfrieren, ja?«

»Glaub mir, einmal ist schon zu viel für ein ganzes Leben.«

»Vielleicht gelingt es uns doch, ihnen Mara zu entreißen. Warum haben wir diese Idee eigentlich so schnell verworfen?«

»Weil wir in der Öffentlichkeit sind und sie sich Mara nicht einfach so entreißen lassen werden.« Darüber hatten wir schon gestern diskutiert und egal, wie wir es drehten und wendeten, es ergaben sich keine weiteren Möglichkeiten. Ich presste meine Nase beinahe gegen das Glas, so sehr sehnte ich mich danach frei und unbeschwert zu sein.

»Ich weiß.« Er seufzte. »Ich habe die ganze Nacht darüber nachgedacht, aber mir will einfach keine andere Lösung einfallen.«

Beklemmung machte sich erneut in mir breit. »Mir auch nicht«, hauchte ich kaum hörbar gegen die Scheibe, die unter meinen Worten beschlug.

***

Wir brachen zeitig auf, weil Vincent wegen des Schnees mehr Fahrzeit einplante und ich noch in die WG wollte, um frische Klamotten anzuziehen – ich lebte schon viel zu lange aus der Reisetasche. Außerdem freute ich mich darauf Doro wiederzusehen. Auch wenn es kein fröhliches Wiedersehen sein würde. Ohne Mara war unsere WG einfach nicht komplett.

Seltsamerweise trauerte ich der Zeit auf der Hütte nicht hinterher, sondern war fast schon erleichtert, dass sich endlich etwas tat. Ich war einfach nicht gemacht für ein Leben auf der Flucht. Ich stellte mich lieber meinen Ängsten und den Phönixen.

Je mehr wir uns dem Tal näherten, desto weniger Schnee lag. Weiß wurde durch Grau abgelöst, als die Sonne hinter einer undurchdringlichen Schicht aus Wolken verschwand und dicke Nebelschwaden aufzogen. Als wir uns München näherten, waren wir vom Nebel umzingelt, der sich über die Felder schlängelte und die Sicht verschleierte. Dadurch mussten wir erneut unser Tempo drosseln und ich war froh, dass Vincent so viel Zeit eingeplant hatte. Während der Fahrt wechselten wir kaum ein Wort, was mir die Gelegenheit gab, meinen Gedanken nachzuhängen.

Das Foto meiner Eltern hatte ich in meinem Portmonee verstaut, damit es mich ab jetzt überallhin begleitete. Ich holte es hervor und betrachtete es eingehend. Meine Eltern hatten an mich geglaubt und ich würde es auch tun. Entschlossen blickte ich in die Zukunft, auf das, was auch immer auf mich wartete.

Vincent parkte den M4 am Straßenrand, unweit von unserer Haustür entfernt. Ich konnte es kaum erwarten Doro in die Arme zu schließen und endlich mein Zimmer zu betreten. Mir kam es vor wie eine Ewigkeit, seit ich das letzte Mal hier gewesen war. Ich hatte kaum die Wohnungstür geöffnet, da stürmte Doro schon in den Flur, einen Regenschirm hoch über den Kopf erhoben. Wie angewurzelt blieb sie stehen.

»Caro, was tust du hier? Du kannst doch nicht einfach nach Hause kommen, ohne vorher Bescheid zu sagen. Meine Güte, du hast mir fast den Herzinfarkt meines Lebens beschert. Ich dachte ihr wärt Eisphönixe und wollt mich ebenfalls holen kommen.« Langsam ließ sie den Schirm sinken und legte sich ihre Hand auf die Brust, wie um ihre Worte zu unterstreichen.

»Und da stürmst du mit einem Regenschirm raus, weil du nicht nass werden willst?«, fragte ich skeptisch, konnte mir aber ein Grinsen nicht ganz verkneifen.

»Mann, bist du blöd. Tut mir leid, dass mein Zimmer keiner Waffenkammer gleicht.« Doro fiel mir in die Arme und zerquetschte mich beinahe in ihrer ungestümen Art.

»Ich freue mich auch dich wiederzusehen«, meinte ich versöhnlich. »Und wir hätten dich wirklich vorher anrufen können.«

»Aber was tut ihr beide nun hier?«

»Caro wollte sich ein paar frische Sachen anziehen«, erklärte Vincent.

Langsam ließ sie mich los und schnüffelte an mir. »Das hast du auch dringend nötig. Benutzt du eigentlich das Parfüm, das ich dir zu Weihnachten geschenkt habe?«

»Hey!«, ich gab ihr einen Klaps auf den Oberarm. »Ich stinke nicht. Hör auf, solche Märchen zu erzählen.«

Doros Grinsen reichte von einem Ohr zum anderen. »Ich kann nichts dafür, es macht einfach Spaß dich aufzuziehen und ich hatte schon so lange nichts mehr zum Lachen.« Augenblicklich wurde sie wieder ernst. »Wo wir schon beim Thema sind. Was unternehmt ihr wegen Mara? Geht es ihr gut?«

»Wir haben einen Plan«, beantwortete Vincent ihre Frage, bevor ich etwas erwidern konnte. »Wenn alles glattläuft, ist sie heute Abend wieder hier.«

Er warf mir einen bedeutungsvollen Blick zu und ich verstand. Ich durfte Doro nicht mehr erzählen. Je weniger sie wusste, desto besser. Sie könnte uns sowieso nicht helfen.

»Ist es gefährlich? Muss ich euch die Daumen drücken?«

»Überhaupt nicht. Ich bin sicher, wir werden uns mit den Eisphönixen einig.« Ich versuchte möglichst viel Zuversicht in meine Stimme zu legen. Eine Einigung würde kaum das Problem werden, eher, wie ich aus dem ganzen Schlamassel wieder herauskam.

»Sicher, dass es so leicht wird? Du guckst so komisch«, wandte Doro ein.

»Natürlich«, meinte Vincent selbstsicher. Er war einfach der bessere Schauspieler von uns beiden.

»Ich zieh mich mal kurz um.« Mit diesen Worten griff ich mir die Reisetasche und verschwand damit in meinem Zimmer.

Ich stellte die Tasche auf dem Bett ab und riss die Tür des Kleiderschrankes auf. Mein geliebter Kapuzenpulli purzelte mir entgegen. Ich fing ihn auf und drückte ihn tröstend an mich. Das waren noch Zeiten, als mein größtes Problem darin bestanden hatte etwas Schickeres als dieses ausgeleierte Oberteil zum Anziehen zu finden. Ich legte ihn zusammen und verstaute ihn ordentlich im Schrank. Meine Wahl fiel auf ein korallfarbenes, langärmliges Shirt mit Knöpfen an Ärmeln und Ausschnitt und eine dunkelblaue Jeans. Nachdem ich mich umgezogen hatte, kämmte ich mir noch schnell meine schulterlangen Haare, dann zog ich den Brief meiner Eltern aus der Reisetasche, strich zärtlich mit den Fingern über das Kuvert und räumte ihn in eine Schublade.

Als ich zu den beiden stieß, saßen sie zusammen am Küchentisch. Zwischen ihnen lag ein Haufen Bücher. Vincent blätterte in einem und Doro hatte ihre Ellenbogen auf dem Tisch aufgestellt, stützte mit ihren Fäusten ihre Wangen ab, was nach einer Mischung aus Langeweile und Resignation aussah.

»Was treibt ihr beiden da?« Ich setzte mich neben Doro und sah auf den Stapel mit Büchern. Alle drehten sich um ägyptischen Götterglauben und Pharaonen.

»Vincent glaubt, er findet vielleicht etwas, das wir *übersehen* haben.«

»Ich sagte, vielleicht stoße ich noch auf einen interessanten Hinweis, der euch entgangen ist«, korrigierte er sie, ohne aufzusehen.

Doro warf ihm einen wütenden Blick zu, den er allerdings nicht bemerkte. »Wir haben alles so lange durchgesehen, bis uns die Texte zu den Ohren raushingen. Wenn dort etwas stehen würde, dass euch irgendwie weiterhelfen könnte, dann wüsstet ihr es bereits.«

»Schon gut, ich weiß deine Mühe zu schätzen«, beschwichtigte ich.

»Nein, du verstehst nicht. Ich würde euch wirklich gerne helfen. Dass ich nichts tun kann, macht mich fertig. Ich komme mir so nutzlos vor.«

»Du hast uns bereits sehr geholfen. Dank dir müssen wir nicht selbst alle Bücher durchlesen.«

»Aber gebracht hat es nichts. Nur in einem einzigen Buch war ein Foto der Tafel mit der Inschrift des Reims.«

»Und dort stand nichts weiter dazu?«

»Leider nicht.« Sie fuhr sich durch ihre kurzen schwarzen Haare und zerzauste sie.

»Kann ich es trotzdem mal sehen?«, fragte Vincent. Interesse blitzte in seinen Augen auf.

»Klar.« Doro suchte eine Weile in dem Stapel, bis sie das entsprechende Buch gefunden hatte. Sie zog es hervor und schlug es an der mit einem Post-it markierten Stelle auf. »Hier, bitte.« Sie schob es zu Vincent rüber.

Ich beugte mich über den Tisch, um die Tafel zu betrachten. Es war eine kleine Sepia-Fotografie von mittelmäßiger Qualität, die von meiner Position aus auch noch auf dem Kopf stand. Darauf waren vier Spalten mit Hieroglyphen abgebildet.

»Es ist in ägyptischen Schriftzeichen geschrieben«, meinte ich enttäuscht.

»Natürlich ist es das«, gab Vincent zurück.

»Und was bringt dir das jetzt, wenn du es nicht lesen kannst?«, fragte ich genervt.

Er ging nicht darauf ein. »Habt ihr eine Lupe da?«

»Kommt sofort«, Doro sprang auf und sauste in ihr Zimmer.

Sie kam mit einer großen, runden Lupe zurück, bei der ich sofort wieder an *Sherlock Holmes* denken musste. Sie reichte sie ihm.

»Danke«, murmelte Vincent abgelenkt.

Eingehend betrachtete er die Fotografie. »Interessant.« Kleine Falten bildeten sich auf seiner Stirn.

Nun stand ich doch auf und trat hinter Vincent, um über seine Schulter zu spähen. Doro beugte sich ebenfalls gespannt vor.

»Was siehst du?« Ich versuchte mit durch die Lupe zu schauen, was natürlich nicht klappte.

»Über den Hieroglyphen ist eine verblasste Zeichnung von einem Phönix, der der Sonne entgegenfliegt.«

»Zeig mal her.« Ich entwand seinen Fingern die Lupe und beäugte die Fotografie ebenfalls. Die Federn schienen aus Feuer und Eis gleichermaßen zu bestehen. Der Phönix hatte seinen Kopf stolz erhoben und flog in Richtung Sonne. Die Zeichnung stellte seine Auferstehung dar. Zusammen mit dem Reim, ließ dessen Bedeutung nicht sehr viel Interpretationsspielraum. Hatten meine Eltern also tatsächlich Recht gehabt?

»Glaubst du, das ist das Original?«

»Ich denke schon. Vieles spricht dafür.« Er konnte seine Anspannung gut verbergen. Nur das leichte Beben der Lupe verriet ihn. »Denkst du das Gleiche wie ich?«

»Ich will es auch mal sehen«, drängte Doro und ich reichte ihr die Lupe.

»Dass hier die Auferstehung des Phönix' gezeigt wird?«, antworte ich auf Vincents Frage. »Sieht ganz danach aus. Aber wieso hätte Arthur das unerwähnt lassen sollen? Wie konnte er dermaßen falsche Schlüsse ziehen?«

»Genau das hat mich auch stutzig gemacht.« Vincent schnippte mit den Fingern und legte den Kopf schief. »Es sei denn ... Doro, gibst du mir noch mal das Buch?«

Sie schob es ihm rüber und er blätterte nach hinten ins Quellenverzeichnis. Sein Zeigefinger glitt über die einzelnen Nachweise, bis er an einer Stelle stoppte und darauf tippte. »Das könnte es erklären.«

»Was steht dort?«

»Die Aufnahme stammt von 1921 und Arthur hat, soweit ich weiß, die Tafel im Original besichtigt. Vielleicht ist der obere Teil mit dem Bild beim Transport beschädigt worden oder völlig verblichen.«

»Hm, das wäre möglich.«

»Und was hat es jetzt mit dieser Auferstehung auf sich? Kann mir das mal jemand erklären?« Doros Blick huschte zwischen Vincent und mir hin und her.

»Je weniger du weißt, desto besser ist es für dich.« Doro funkelte ihn an, aber Vincent nahm es ungerührt zur Kenntnis.

Ich zuckte hilflos die Achseln. »Tut mir leid, aber da stimme ich ihm zu.«

»Hmpf.« Plötzlich änderte Doro ihre Taktik und sah mich aus großen grünen Augen treuherzig an. »Sag mal, Caro, vertraust du mir überhaupt? Kannst du dir vorstellen, wie ich mich fühle, wenn ich immer von allem ausgeschlossen werde?«

»Doro«, stöhnte ich, »das ist nicht fair. Du weißt genau, dass ich dich nie ausschließen würde.«

»Ach wirklich, weiß ich das?« Sie schob ihre Unterlippe vor.

»Es ist nur zu deinem Besten.«

»Ja klar, das sagst du jetzt und irgendwann erzählst du mir gar nichts mehr und ich stehe ganz alleine da. Ich werde einsam und verlassen sterben.«

Hilfesuchend sah ich zu Vincent, der sich königlich zu amüsieren schien. »Argh, Doro«, seufzte ich.

Ihr Blick wurde noch eine Spur trauriger. Wie machte sie das nur? »Ich verspreche dir, ich werde dir alles erzählen, wenn die Sache hier überstanden ist.«

»Jedes Detail?«

»Jedes.« Ich seufzte und wandte mich an meinen nicht sehr hilfreichen Freund. »Sie wird mir Löcher in den Bauch fragen.«

»Bis du aussiehst wie ein Schweizer Käse«, bestätigte Doro.

Ich unterdrückte das Verlangen laut aufzuschreien und versuchte es mit Ablenkung. »Wie geht es eigentlich Tobi seit der Sache mit Mara?«

Doro kräuselte die Lippen. »Hm. Wenn du mich so direkt fragst, habe ich schon verdammt lange nichts mehr von ihm gehört.«

»Du meinst er ist ...« Ich wurde blass.

Vincent hörte nun ebenfalls interessiert zu. Wir tauschten einen bedeutungsvollen Blick. Hoffentlich war es nicht das, was ich befürchtete. »Wann hast du das letzte Mal von ihm gehört, Doro?«, fragte er.

»Was?« Sie schaute verwirrt zwischen uns hin und her. Ich sah förmlich, wie der Groschen bei ihr fiel. »Oh nein, nun malt mal nicht gleich den Teufel an die Wand. Tobi geht es gut. Also nicht gut, ihm geht es genau genommen beschissen. Na, ihr wisst schon.«

»Glaubst du Arthur könnte ...«, begann ich.

»Eher unwahrscheinlich. Dann hätten wir längst etwas mitbekommen«, meinte Vincent.

Doro verfolgte unser Gespräch, als wären wir übergeschnappt. »Nicht jeder, der sich einen Tag nicht meldet, ist gleich entführt worden.«

»Ich rufe ihn trotzdem an, nur um sicher zu gehen. Doro, gibst du mir mal seine Nummer?«

Sie suchte in ihrem Handy Tobis Kontakt heraus und ich tippte in meine Tastatur.

Nach dem achten Klingeln wurde ich langsam nervös. *Er geht nicht ran,* formte ich mit den Lippen und fragte mich im selben Moment, warum ich es nicht laut aussprach. Bestimmt sprang gleich die Mailbox an.

»Was gibt's?«

»Tobi!«, stieß ich erleichtert hervor.

»Caro?«, er klang erstaunt. »Solltest du nicht irgendwo in den Bergen sein? Wieso rufst du an? Ist es wegen Mara? Hast du etwas von ihr gehört?«

In der ganzen Zeit, die ich ihn nun bereits kannte, hatte er noch nie so viele Fragen auf einmal gestellt.

»Nein, noch nicht. Aber ich wollte dir Bescheid geben, dass wir Mara heute Abend zurückbringen. Du kannst herkommen und mit Doro auf sie warten.«

»Kommt nicht in Frage. Ich gehe mit euch«, sagte er entschieden.

»Das ist keine gute Idee. Warte lieber in der WG auf sie.«

»Nein.« Ich hatte selten so viel Entschlossenheit in einem Wort gehört. »Ich werde dabei sein, wenn ihr sie befreit. Wo muss ich hinkommen?«

Ich knirschte mit den Zähnen. Jeder Versuch, Tobi umzustimmen, wäre zwecklos. Doch konnte ich es verantworten ihm zu erlauben, uns zu begleiten? Andererseits, wenn es um Vincent ginge, würde ich nicht auch darauf bestehen mitzukommen? Es gab kaum etwas Schlimmeres, als untätig rumzusitzen und das Gefühl zu haben, nichts beitragen zu können.

»Schön, aber du überlässt das Reden uns, hast du verstanden? Du bleibst im Hintergrund und mischt dich nicht ein.«

»Geht klar.«

»Dann komm um sieben zum Neuen Rathaus. Wir treffen uns davor.«

»Danke«, sagte Tobi und in diesem einen Wort lagen so viele Emotionen.

»Schon gut. Dann bis später.«

»Bis dann.«

Ich legte das Handy auf den Tisch und wich Vincents Blick geschickt aus. Ich brauchte ihn nicht anzusehen, um zu wissen, dass er meine Entscheidung missbilligte.

»Da die Stimmung sowieso schon schlecht ist, kann ich ja mal fragen. Zeigst du mir ein paar deiner Kräfte?«

»Jetzt?«

»Wieso nicht? Ihr habt noch massig Zeit und ich bin neugierig.«

»Das ist kein Zaubertrick«, meinte Vincent angespannt.

»Ich weiß und es ist das Coolste, von dem ich jemals gehört habe. Und jetzt will ich es sehen«, verlangte Doro und klang dabei ein bisschen wie ein kleines Kind.

»Macht dir das keine Angst? Es ist unmenschlich«, gab ich zu bedenken.

»Angst? Vor dir? Wohl kaum. Zeigst du es mir nun, bitte?«

Sie würde ja doch keine Ruhe geben. »Hast du ein Teelicht da?«, fragte ich genervt.

»Kommt sofort.« Doro flitzte begeistert aus der Küche und Vincent verdrehte die Augen.

Eigentlich hätte ich auch gerne die Augen verdreht, aber ich verstand Doro. Den kleinen Gefallen konnte ich ihr schon tun, vor allem, wenn ich daran dachte, was mir heute Abend noch bevorstand. Da wollte ich die Zeit mit ihr und in Freiheit lieber auskosten. »Lassen wir ihr halt den Spaß«, meinte ich leise. »Sie hatte zwei schwere Tage.«

Ich dachte an Max, der in solchen Vorführungen viel geübter war als ich. Ihm wäre bestimmt etwas Kreativeres eingefallen als eine Kerze anzuzünden.

Doro kam wedelnd mit einer Packung Teelichter zurück, die sie vor mir auf dem Tisch platzierte. Ich nahm eins heraus, stellte es auf den Tisch und lenkte mein inneres Feuer auf den Docht. Ich ließ die Wärme aus mir herausgleiten und in Sekundenschnelle brannte das Teelicht.

»Abgefahren.« Staunend betrachtete Doro die kleine, zuckende Flamme. »Und was ist mit deinen anderen Kräften?«

Ich stand auf, nahm eines der Trinkgläser, die auf der Anrichte standen, in die Hand und konzentrierte mich auf die das Glas unmittelbar umgebende

Luft. Reif entstehen zu lassen fiel mir noch nicht so leicht wie ein Feuer zu entfachen, weshalb ich etwas länger brauchte. Ich sog die Kälte aus meinem Herzen und bemühte mich sie nicht direkt in das Glas fließen zu lassen, das sonst in meiner Hand zerspringen würde. Ich spürte, wie sich die Luft abkühlte. Eine dünne Reifschicht bildete sich um das Glas und auf meiner Hand. Das Gefühl war nicht unangenehm, trotzdem frustrierte es mich, dass ich meine Kräfte nicht genau genug steuern konnte, um nur das Glas mit Reif zu überziehen. Ich stellte es auf den Tisch und Doro berührte die weißen Eiskristalle mit ihrem Zeigefinger. Der Reif fing bereits an zu schmelzen und einzelne Tropfen rannen am Glas hinab, wo sie sich als kleine Pfütze um das Glas sammelten.

»Und du kannst das auch?«, wandte sich Doro an Vincent.

»Nur den Feuerteil.«

»Den kann er besser als ich. Keine falsche Bescheidenheit, Vincent.« Ich zwinkerte ihm zu.

»Ich doch nicht.« Er grinste schelmisch.

»Heißt das, du könntest jetzt alle verbliebenen Teelichter auf einmal anzünden?«

Er nickte. »Caro könnte das aber auch.«

»Nicht so gut wie du. Ich würde vermutlich den Tisch dazwischen ebenfalls entzünden. Nur die Teelichter zum Brennen zu bringen, erfordert eine enorme Konzentration. Ich hab es noch nie mit mehr als fünf gleichzeitig versucht.«

»Dann probier es mal.« Doro packte bereits die restlichen Teelichter aus und stellte sie in einer Reihe vor mir auf den Tisch.

»Doro …«

»Was? Das ist doch eine gute Übung, oder nicht? Ich will nur, dass du optimal vorbereitet bist.«

»Natürlich ist es nur das, was du willst, und keine weitere Demonstration meiner Kräfte.«

»Besser hätte ich es nicht ausdrücken können«, grinste sie.

»Vincent, mach du das. Dann ist sie vielleicht so eingeschüchtert, dass sie endlich damit aufhört.«

»Das glaube ich nicht«, meinte er, doch eine halbe Sekunde später brannten alle Teelichter.

Doros Augen wurden groß. »Falls ihr beide Mal arbeitslos werdet, dann habt ihr jedenfalls eine großartige zweite Karriere als Zauberkünstler vor euch. Das können nicht viele von sich behaupten.«

Ich kicherte. »Copperfield ist nichts gegen uns, was?«

9. Kapitel

Wir hatten uns zu Fuß zur U-Bahn-Station begeben, von wo aus die U6 direkt zum Marienplatz fuhr. Meine Fingerknöchel traten weiß hervor, so fest hielt ich die Metallstange umklammert. Nicht, weil ich befürchtete, während der Fahrt das Gleichgewicht zu verlieren, sondern weil ich etwas brauchte, an dem ich mich festhalten konnte. Etwas Beständiges. Durch die Menschen um mich herum war die Luft schrecklich stickig und meine Handflächen wurden feucht. Der Nächste, der nach mir seine Hand an der gleichen Stelle auf der Metallstange platzierte, würde vermutlich angewidert das Gesicht verziehen, sich die Hand an der Hose abwischen, an einer neuen Stelle zugreifen und sich an seinen letzten Vortrag über Bakterienverbreitung an Türklinken und U-Bahn-Stangen erinnern.

Gerade ließen wir den Odeonsplatz hinter uns. An der nächsten Station mussten wir bereits aussteigen. Eigentlich mochte ich dieses Gefühl unter der Erde und damit den engen Tunnelschächten ausgeliefert zu sein nicht besonders, aber meine Anstrengungen, vor Vincent meine aufkeimende Aufregung zu verbergen, ließen mich die Enge vergessen. Ich wollte Vincent unter keinen Umständen noch mehr beunruhigen. Ich wusste, wie sehr er die Vorstellung hasste mich gehen zu lassen. Ihm sagte unser Plan noch weniger zu als mir, aber es war die einzige Möglichkeit, Mara unbeschadet zurückzubekommen. Außerdem wollte ich sie keinen Tag länger in der Gesellschaft von Valentina und Veronika wissen.

Die U-Bahn wurde langsamer und die Menschen um uns herum strömten in Richtung der Türen. Ich ließ mich vom Sog der Massen in Richtung Ausgang mitreißen, wohl wissend, dass ich keine andere Wahl hatte. Ich fühlte mich fremdgesteuert, als würden sich meine Beine ohne mein Zutun in Richtung der Treppen bewegen, die hinaus auf den Marienplatz führten. Die Melodie weihnachtlicher Lieder drang an mein Ohr, noch bevor ich die Lichterketten und Stände sah. In München lag zwar noch kein Schnee, trotzdem war diese gewisse zauberhafte Atmosphäre in der Luft zu spüren, die den Wochen vor Weihnachten beiwohnte. Der Schein der Lichter, mit dem Rathaus als Kulisse, war, trotz des leichten Nebels oder gerade deswegen, einmalig. Durch die feinen grauen Schwaden wirkte alles ein wenig unscharf und weniger grell, was dem Zauber keinen Abbruch tat. Die Menschen strömten zum Eingang des Christkindlmarktes und ich spürte Vincents Anwesenheit neben mir.

»Sie sind noch nicht da«, stellte er fest.

»Kein Wunder.« Ich blickte auf meine Uhr. »Wir sind fast eine halbe Stunde zu früh dran. Was meinst du, drehen wir noch eine Runde?«

»Bist du dafür in der Stimmung?«, fragte er ungläubig.

»Eigentlich nicht, aber wenn ich nur dastehe, drehe ich noch völlig durch. Komm, lenken wir uns ein bisschen ab.« Ich ergriff seine Hand und zusammen schlenderten wir der himmlischen Musik entgegen.

Je näher wir kamen, desto mehr roch es nach einer Mischung aus gebrannten Mandeln und Bratwurst. Wie sich diese Kombination hatte durchsetzten können, war mir ohnehin ein Rätsel. Bratwürste waren so ziemlich das Unweihnachtlichste, was ich mir vorstellen konnte.

Die nasskalte Luft kroch mir unter die Kleidung und biss sich in meine Haut. Vereinzelt standen ein paar Heizstrahler herum, unter denen sich die Menschen eng beisammen stellten, lachten, redeten und Glühwein tranken. Wir kamen an Ständen mit Lebkuchen, Kerzen und weiterem Glühwein vorbei. Ich rümpfte die Nase, als wir den Bratwurststand passierten, vor dem sich eine lange Schlange gebildet hatte. Ein paar Meter weiter dominierte glücklicherweise wieder der Geruch nach gebrannten Mandeln und Crêpes. Ein Verkäufer bot Wollmützen an und ich strich im Vorübergehen mit meinen Fingern darüber. Leider konnte ich so etwas nicht tragen. Ich hatte kein Mützengesicht. Ich fand immer, dadurch wurde noch mehr Aufmerksamkeit auf meine Augen gelenkt, deren Farbe mir völlig unpassend zu meinen Haaren erschien.

An einem Stand mit Holzschnitzereien blieb ich stehen. Ich bewunderte die filigrane Arbeit, mit der aus einer dünnen Holzplatte eine Schneeflocke herausgefräst worden war, die nun als Weihnachtsbaumanhänger diente. Die einzelnen Verbindungen, die die Schneeflocke zusammenhielten, wirkten dünn und zerbrechlich. Ich wandte mich dem nächsten Anhänger zu, als mir jemand hart auf die Schulter klopfte.

»Na sieh mal an, wen man hier trifft. Hätte nicht gedacht dich noch mal zu Gesicht zu bekommen.« Der bittere Ton alarmierte mich.

Ich drehte mich zu ihr um. Vor mir stand Daniela, die Lippen geschürzt fixierte sie mich. Ihre braunen Locken quollen an den Seiten einer roséfarbenen Mütze hervor. Dazu hatte sie einen passenden Schlauchschal um ihren Hals geschlungen, der die Hälfte ihres Kinns verdeckte.

»Wir sind nur kurz hier«, verteidigte ich mich. »Eigentlich schon so gut wie weg.« Nicht auszudenken, wenn Daniela mir nicht mehr von der Seite weichen würde, wo gleich das Treffen anstand.

»Wir?« Sie warf einen abschätzenden Blick auf Vincent, der hinter mir stand. »Seid also wieder zusammen, was? Schön, dass ich das auch endlich mal erfahre«, meinte sie bitter.

Ich schluckte. Das letzte Mal, als ich Daniela gesehen hatte, war mein Herz noch gefroren und ich war alles andere als nett zu ihr gewesen. Vermutlich hatte ich die spitzen Bemerkungen ihrerseits mehr als verdient.

»Äh, ja genau. Wir sind wieder zusammen. Das ist eine längere Geschichte, die ich dir ohnehin bald erzählen wollte«, beteuerte ich.

»Schon okay. Warum solltest du es auch mir gleich als erste erzählen, wo ich doch nur in jeder Vorlesung neben dir sitze? Auf Uni hast du ja offensichtlich eh keinen Bock mehr, aber ein Tässchen Glühwein geht immer, was?«

Ich starrte sie entsetzt an. Sah ich etwa so aus, als würde ich mich hier volllaufen lassen? Vincent gluckste und täuschte dann ein Husten vor. Seine Augen blitzten spöttisch. Daniela versuchte ihn so gut es ging zu ignorieren und bedachte stattdessen mich mit einem giftigen Blick. Ihre Wangen färbten sich leicht rosa.

»So ist das nicht-«, setzte ich an.

»Und wie ist es dann? Klär mich bitte auf.«

Erst jetzt bemerkte ich, dass die Tasse Glühwein, die sie mit beiden Händen umklammert hielt, leicht vibrierte. Offenbar nicht ihre erste. »Daniela, ich würde nichts lieber tun, als wieder an die Uni zu gehen, aber ... Momentan ist es schwierig.«

»So schwierig, dass du nicht mal auf die SMS einer Freundin reagieren kannst?« Ihr Tonfall machte deutlich, dass sie kein Wort von dem glaubte, was ich ihr erzählte.

»Mein Handy ist kaputtgegangen. Schon seit einer Ewigkeit. Und ich hatte noch keine Gelegen-«

»O ja, natürlich, das Handy ist *kaputt*. Und wie beschäftigt du bist, sehe ich auch!« Daniela warf einen weiteren wütenden Blick auf Vincent. »Hör zu, ich verstehe ja, dass gerade alles neu und aufregend ist. Aber irgendwann ebbt die Phase frischer Verliebtheit ab und dann brauchst du nicht bei mir angekrochen kommen! Ich hätte echt nicht gedacht, dass du eine von denen bist, die ihre Freundinnen fallen lassen, kaum dass sie einen Freund haben.«

Ihre Worte versetzten mir einen Stich ins Herz. »Daniela-«

»Du brauchst dich nicht zu entschuldigen. Ich will dein Mitleid nicht. Und noch ein Tipp für die Zukunft: Sag das nächste Mal einfach, wenn du die Nase voll hast, dann nerven dich die Leute auch nicht mit SMS.« Sie sah aus, als würde sie gleich mit dem Fuß auf dem Boden aufstampfen.

»Das ist nicht wahr«, verteidigte ich mich. »Vincent ist nicht der Grund, warum ich mich nicht gemeldet habe. Ich musste ein paar ... persönliche Dinge regeln. Sobald das geklärt ist, komme ich auch wieder an die Uni.«

»Und er hilft dir bei deinen ›persönlichen‹ Dingen?« Sie malte mit einer Hand Anführungszeichen in die Luft.

»Die Sache ist weit komplizierter, als du es dir überhaupt vorzustellen vermagst und Caro trägt daran keinerlei Schuld«, mischte sich Vincent ein. »Bist du nicht etwas zu alt, um hier eine Szene zu machen, Daniela? Ein vergleichsweise eifersüchtiges Verhalten erwartet man bei Kindergartenkindern, aber nicht bei Studenten.«

Daniela lief knallrot an, was sich mit dem roséfarbenen Ton von Mütze und Schal biss. Sie fand Vincent noch immer attraktiv und zu meiner eigenen

Schande freute es mich, als er mir vor ihren Augen seinen Arm um die Schultern legte.

Trotzdem hatte ich das Gefühl, noch etwas sagen zu müssen, um die Situation zu entschärfen. »Weißt du, er versteht mich.«

»Vielleicht hätte ich dich auch verstanden, wenn du dich mir anvertraut hättest.« Daniela war wütend, verletzt und leicht angetrunken. Eine ausgesprochen ungute Kombination. Dennoch konnte ich es ihr nicht verübeln. Ich war ihre einzige Freundin an der Uni. Wir hatten bisher alles zusammen gemacht, saßen in jeder Vorlesung beieinander, gingen immer gemeinsam mittags in die Mensa zum Essen und ich hatte sie in ihren Augen ohne jeden Grund fallen gelassen. Sie hatte jedes Recht, wütend auf mich zu sein.

»Das hätte ich getan, wenn es möglich gewesen wäre«, beteuerte ich.

Sie kniff die Augen zusammen. »Deine Unisachen kannst du jedenfalls von jemand anderem abschreiben.« Damit machte sie auf dem Absatz kehrt und rauschte davon.

Betreten blickte ich ihr hinterher, bis sie in der Menge verschwunden war.

»Nimm es dir nicht allzu sehr zu Herzen. Sie hatte bereits den einen oder anderen Glühwein intus, sonst hätte sie das nicht gesagt.«

»Eben. Alkohol macht die Menschen ehrlich. Was bedeutet, ich bin wirklich eine miese Kommilitonin.« Ich verzog das Gesicht.

»Ach was. Wie sagt man so schön: Gelegentliche Meinungsverschiedenheiten erhalten die Freundschaft.«

»Ich glaube es heißt: Kleine Geschenke erhalten die Freundschaft.«

Vincent hob lässig die Schultern. »Kann sein. Trotzdem ist es nicht weniger wahr. Man sollte sich in einer Freundschaft auch mal die Meinung sagen dürfen und nicht immer nur dem anderen nach dem Mund reden. Vielleicht setzt sich meine Redewendung ja durch. Das würde mir gefallen, denke ich.«

»Ach du.« Ich verdrehte die Augen, musste dabei aber leider grinsen, was die Wirkung deutlich abschwächte.

Vincent schaffte es einfach immer wieder die richtigen Worte zu finden und mich in kürzester Zeit aufzubauen. Vielleicht wäre er doch kein schlechter Politiker …

Er zog mich weiter. Hand in Hand schlenderten wir wie ein ganz normales Paar an den ahnungslosen Besuchern des Christkindlmarktes vorbei. Dabei fühlte ich mich unerträglich fehl am Platz. Ich war nicht wie die Menschen um mich herum, auch wenn ich es mir wünschte. Warum drehte keiner den Kopf zu uns um und deutete auf uns? Konnten sie nicht spüren, wie anders wir waren?

Lachende Kinder hielten Tüten mit gebrannten Mandeln in den Händen, Erwachsene wärmten sich ihre Finger an Tassen voll dampfendem Glühwein. Ein Mann knackte die Schale einer heißen Maroni, schälte sie und reichte sie seiner Freundin. Wir kamen an dem riesigen Weihnachtsbaum vorbei, der das Zentrum des Christkindlmarktes markierte und ein nahezu perfektes kegelförmiges Äußeres besaß. Die Tannenzweige waren mit zahlreichen Lichterketten behangen, die ein funkelndes, weißliches Licht ausstrahlten. Wie kleine, dicht aneinandergereihte Sterne.

Die leise Flötenmusik und die Engelsgesänge im Hintergrund schallten plötzlich schrecklich falsch in meinen Ohren wider. Hier war rein gar nichts himmlisch, wenn das einer wusste, dann ich. Schließlich trug ich göttliches Blut in meinen Adern, das göttliche Blut aus *zwei* Linien. Aber ich fühlte mich weder überlegen noch mächtig, sondern einfach nur erschöpft. Ich wollte alles so schnell wie möglich hinter mich bringen, auch wenn mein Magen bei dem Gedanken an die bevorstehende Trennung von Vincent rebellierte. Ich wollte ihn nicht verlassen, aber es war die einzige Möglichkeit. Die einzige Möglichkeit, bei der niemand zu Schaden kam.

Vincent blieb stehen, dann drückte er meine Hand fester. »Sie kommen.«

Ich fühlte mich, als würde ein Zug auf mich zurasen. Ich wollte es nicht, aber der Zusammenprall war unvermeidlich. Mir drehte sich der Magen um.

»Noch sind sie am anderen Ende der Kaufingerstraße, aber sie werden bald da sein. Lass uns schon mal in die Nähe des Rathauses gehen.«

Ich nickte nur. Mein Mund fühlte sich trocken an. Ich ließ mich von Vincent durch die Menschenmassen ziehen, bis wir die Fassade des Neuen Rathauses erblickten. Davor, das Gesicht im Schatten, stand Tobi. Als er uns erkannte, winkte er. Mechanisch hob ich den Arm und erwiderte seine Geste. Am liebsten hätte ich mich übergeben. Vincent zog mich mehr in Richtung Tobi, als dass ich ging.

»Caro, Vincent«, begrüßte er uns mit einem angespannten Nicken. Tobias war ebenfalls nervös.

»Schön, dich zu sehen«, brachte ich schwach heraus.

Tobi legte den Kopf schief. »Mensch, Caro, du siehst noch genauso scheiße aus wie beim letzten Mal, als wir uns gesehen haben.«

»Na, besten Dank auch«, gab ich patzig zurück.

Die Sorge um Mara setzte auch ihm sichtlich zu, was seine harsche, unbedachte Äußerung erklärte. Dennoch war es hart zu hören, dass ich offenbar genauso beschissen aussah, wie ich mich fühlte. Nur allzu deutlich spürte ich die immer näher kommenden Auren der Eisphönixe und ich hatte Angst vor dem, was passieren würde. Würden sie Wort halten und uns Mara widerstandslos übergeben?

»Ich dachte, Vincent wollte sich um dich kümmern. Du siehst aber überhaupt nicht aus, als ginge es dir besser«, stellte Tobi fest.

»Ihr ging es gut, bis deine Freundin so schlau war nachts alleine zur Uni zu fahren, obwohl wir sie ausdrücklich davor gewarnt hatten«, nahm Vincent mich unwillkürlich in Schutz.

»Es ist wohl kaum Maras Schuld, wenn ihr sie mit in den Abgrund reißt, mit euren verkorksten Leben. Das, was ihr seid, ist widernatürlich.«

Ich zuckte zusammen. Wo war der nette Typ hin, der mir nicht mal einen Pizzakarton zum Tragen geben wollte, weil das »Männersache« wäre? Ich schrieb es Tobis Nervosität zu und versuchte mir seine Worte nicht zu sehr zu Herzen zu nehmen. Wir waren eben alle etwas angespannt, angesichts dessen, was uns gleich bevorstand.

»Wenn du mir nicht geholfen hättest Caro zu befreien, dann würde ich dir jetzt zeigen, was es heißt sich im Abgrund zu befinden«, erwiderte Vincent gefährlich leise.

Die Drohung zeigte Wirkung. Tobi wich ein Stück von uns zurück, die Hände zu Fäusten geballt.

»Vincent, lass gut sein. Müssen wir uns wirklich streiten? Wir stehen doch alle auf derselben Seite. Komm schon, Tobi, du weißt, dass wir weder dir noch sonst jemandem etwas Böses wollen.«

Tobi lockerte seine Finger, um eine lässige Haltung bemüht, blieb aber weiterhin auf Abstand.

Vincent hatte den Blick bereits von ihm abgewandt und sah in die andere Richtung, aus der wir die Eisphönixe erwarteten. Ich konnte seine Anspannung fast spüren.

Vor dem langgezogenen Rathausgebäude von knapp hundert Metern Länge wirkten wir drei wie Ratten. Klein und unscheinbar. Ich legte meinen Kopf in den Nacken, um das Münchner Kindl zu erspähen, welches auf der Spitze des Turms stand. In dem Turm befand sich das berühmte Glockenspiel, welches zwei Ereignisse der Stadtgeschichte zeigte und zu bestimmten Uhrzeiten vorgeführt wurde. Ich hatte es schon ein paar Mal beobachtet und mich unter den vielen Touristen mit gezückten Kameras seltsam deplatziert gefühlt. Als wäre es ein Skandal, das Glockenspiel zu beobachten, ohne Fotos zu machen.

»Gleich können wir sie sehen«, murmelte Vincent.

Ich konnte sie ebenfalls ganz in der Nähe spüren und machte mich daran, ihre Auren zu zählen. Sie waren alle gekommen. Sechs gegen drei. Zweieinhalb. Fast musste ich lachen. Diese Feiglinge! Trauten sich selbst hier, in aller Öffentlichkeit, nicht uns Auge in Auge gegenüberzutreten. Angesichts dieser Überzahl, fühlte ich mich, als hätte ich einen Schlag in den Magen bekommen. Mich fröstelte. Ihre kalten Auren verursachten mir eine Gänsehaut, was nicht einmal der Schnee in den Bergen oder der nasskalte Nebel hier geschafft hatten. Wobei das nicht ganz richtig war, genau genommen waren es nur drei Auren, die mir unnatürlich kalt erschienen.

»Stell dich zu uns. Sie kommen jeden Moment in Sichtweite«, winkte ich Tobi zu uns her.

Zögerlich trat er näher, aber mir war es lieber, wenn er weniger abseits stand. Wir mussten als Einheit auftreten. Die letzten Sekunden verkrochen quälend langsam. Wie die Zeit an Silvester, bevor es an den Countdown geht.

Das hier wäre ein guter Ort für ein Spektakel. Die Kulisse war schon einmal filmreif. Hinter uns die prächtig verzierte Außenfassade des Neuen Rathauses, vor uns das Treiben auf dem Christkindlmarkt und über uns der schwarze Himmel ohne Sterne. Wie überaus passend, dass mir genau in diesem Moment ein Tropfen mitten ins Auge fiel. Selbst der Himmel fand diesen Tag zum Heulen. Ich blinzelte, bis meine Sicht wieder klar wurde. Ein weiterer Tropfen fiel zu Boden und dann noch einer. Leiser Regen prasselte auf uns hinab. Wenigstens hatte ich den Mantel gegen den dunkelblauen Parka getauscht, dessen Kapuze ich mir schützend über den Kopf zog, denn als notorische Regenschirm-Vergesserin hatte ich diesen natürlich nicht dabei.

Die Regentropfen hingen wie kleine Perlen in Vincents Haaren und schimmerten matt im Licht der Straßenbeleuchtung. »Versprich mir, Mara sicher nach Hause zu bringen«, bat ich ihn eindringlich.

»Selbstverständlich.«

»Ich werde Mara nach Hause begleiten. Sie ist meine Freundin. Kümmere du dich lieber um deine«, sagte Tobi grimmig.

Vincent hatte offenbar beschlossen ihn zu ignorieren, denn er sah mir unablässig in die Augen. »Ich werde alles tun, um dich so schnell wie möglich da rauszuholen.«

»Das weiß ich doch.«

»Am besten machst du es dir gar nicht erst gemütlich, denn du wirst nicht lange dort sein.« Vincent lächelte, doch sein Lächeln erreichte nicht seine Augen.

Es handelte sich nur noch um Sekunden, bis die Eisphönixe in Sicht kommen würden. Ich musste mich von Vincent verabschieden. Diese letzten Sekunden würden nur uns gehören. Ich blendete Tobi und alles um mich herum aus. Meine Hände legten sich auf seine Wangen. Seine Bartstoppeln stachen mir auf der Haut, als ich sein Gesicht zu mir herunterzog. Ich schloss meine Augen. Der Kuss schmeckte süß und qualvoll zugleich. Nach Versprechen und Abschied. Vincent legte seine Arme um mich und gab mir das trügerische Gefühl von Sicherheit und Geborgenheit, das sich jeden Augenblick in Luft auflösen würde. Doch noch war es nicht so weit. Noch konnte ich ihn berühren, bei ihm sein. Mein Herz blutete bei der Vorstellung, ihn verlassen zu müssen.

Als Vincent den Kopf hob und damit unseren Kuss beendete, schnürte sich mir die Kehle zu. Das war es dann also. Er spähte über mich hinweg in die Ferne. Ohne mich umzudrehen, wusste ich, dass die Eisphönixe auf uns zukamen. Vincents warmer Atem streifte mein Gesicht. Ich sog ein letztes Mal seinen wunderbaren Geruch nach Zimt und Vanille ein. Schloss ihn, zusammen mit meinen Gefühlen, in meinem Innersten ein, wo er mich immer begleiten würde. Ich war nicht allein. In meiner Erinnerung und in meinem Herzen würde Vincent stets bei mir sein. Und es war nur eine Trennung auf Zeit.

Aus Vincents Blick war alles Liebevolle verschwunden. Stattdessen wirkte er hart und metallisch, wie echtes Gold. »Sei stark«, raunte er mir zu. Diese zwei Worte waren kaum mehr als ein Windhauch, nur für meine Ohren bestimmt und sie bedeuteten so viel mehr.

Vincent drehte mich leicht herum und ich straffte die Schultern. Aus den Augenwinkeln sah ich, wie er neben mir eine lässige Haltung einnahm. Tobi hingegen wirkte nicht halbwegs so entspannt wie Vincent. Auch ich bemühte mich um einen möglichst neutralen Gesichtsausdruck, doch ich wusste, ich konnte das Feuer in meinen Augen nicht verbergen. Tief in mir drin brodelte es und es war nur eine Frage der Zeit, bis der Vulkan ausbrechen würde. Mein Temperament würde mir eines Tages zum Verhängnis werden. Nichts war wichtiger, als einen kühlen Kopf zu behalten. Ich durfte mich nicht provozieren lassen. Wenn ich einen Fehler machte, dann nahmen sie Mara womöglich wieder mit und bestraften sie für mein Fehlverhalten.

Friedrich und Veronika gingen voran, dahinter kamen Valentina, Patrick und Victoria, als Letzter Markus. Die Vier bildeten eine Art Raute, in deren Mitte ich Maras braunen Haarschopf erspähte. Er stach unter den weißblonden Häuptern der anderen hervor wie ein Fremdkörper. Etwa drei Meter vor uns, blieben sie stehen.

Friedrich ergriff als Erster das Wort. »Caroline, wie schön dich zu sehen.« *Als wäre ich freiwillig hier.* »Wie ich sehe, hast du einen menschlichen Freund mitgebracht. Möchtest du ihn nicht vorstellen?« Keinem von uns entging die offensichtliche Beleidigung. Friedrich hatte sich nicht die Mühe gemacht, Vincent zu begrüßen. Dieser Mangel an Höflichkeit war ein erster Faustschlag gegen Vincent.

»Er ist niemand«, versuchte ich erfolglos von Tobi abzulenken.

»So, so. Ein Niemand.« Friedrichs eisblaue Augen nahmen Tobias ins Visier. »Das ist keine sehr nette Beschreibung deiner sicherlich herausragenden Persönlichkeit. Siehst du das genauso? Bist du ein Niemand?«

»Ihr haltet meine Freundin gefangen. Lasst sie sofort gehen«, presste Tobi hervor und ich rechnete es ihm hoch an, dass er sich nicht provozieren ließ.

»Immer schön auf das Wesentliche fokussiert. Das sind Charaktereigenschaften, die ich durchaus zu schätzen weiß. Das Mädchen ist also deine Freundin«, Friedrich warf einen Blick auf Mara, als sähe er sie mit ganz neuen Augen. »Interessant. So einem jungen Glück will ich selbstverständlich nicht im Wege stehen. Und als Zeichen meines guten Willens, werde ich sie euch übergeben. Unversehrt, versteht sich.«

Ich wartete darauf, dass Mara zu uns kam, doch nichts geschah. Ich konnte noch immer keinen Blick auf ihr Gesicht werfen. Pat stand direkt davor.

»Worauf wartet ihr?«, fragte Vincent angespannt. Hass und Abscheu lagen in seinem Blick. Der gleiche Ausdruck spiegelte sich in Valentinas Augen und selbst Pat konnte nicht verbergen, dass ihn die Anwesenheit eines Feuerphönixes anwiderte.

»Oh, das.« Veronika schaffte es gelangweilt und boshaft zugleich auszusehen. »Valentina muss erst noch ihre Lippen auftauen, damit eure kleine Freundin wieder sprechen kann.«

»Sie muss was?« Ich spürte, wie die Zorneshitze in mir hochkroch. In meinem Magen brodelte es.

Valentina grinste mich schadenfroh an. »Sie hat versucht, um Hilfe zu rufen, und das mussten wir unterbinden«, flötete sie. »Es hätte zu viel Aufmerksamkeit auf uns gezogen.«

Ich vergaß sämtliche Vorsicht und stürmte auf sie zu. Mein Gesicht war nicht länger ausdruckslos, sondern vor Zorn gerötet. Einen Moment überlegte ich, ob ich mich auf Val stürzen sollte. Doch ich entschied, dass sie das nicht wert war. Pat wusste, was gut für ihn war und machte einen Schritt zur Seite. Maras Anblick schockierte mich. Ihre Lippen waren dunkelblau und mit feinen Eiskristallen überzogen, als hätte sie Zucker auf den Lippen. Nur leider war es bei weitem nicht so süß und ich konnte nur erahnen, wie schmerzhaft es sein musste, die Lippen durch Eis versiegelt zu bekommen.

»Beende das!«, fuhr ich Val an. »Auf der Stelle!«

»Keine Sorge. Ihre hübschen Lippen werden keinen bleibenden Schaden behalten, dafür war die Zeit zu kurz. Sie wird ihr Gefühl zurückerhalten.«

»Caro, komm mit Mara zurück. Ich mache das schon.« Ein nervöser Unterton schwang in Vincents Stimme mit. Es gefiel ihm nicht, mich inmitten der Eisphönixe zu sehen. An diesen Anblick gewöhnte er sich besser schon mal.

Ich ergriff Maras Arm und zog sie hinter mir her. Keiner stellte sich uns in den Weg. Sie ließen uns widerstandslos passieren. Tobi wollte zu Mara laufen, die Augen schreckgeweitet, doch Vincent hielt ihn mit einer Armbewegung zurück. Während wir uns ihm näherten, bemerkte ich seinen konzentrierten Gesichtsausdruck. Er hatte die Augen leicht zusammengekniffen und fixierte Maras Mund. Ich betrachtete sie besorgt. In ihren Augenwinkeln schimmerten Tränen. Das Eis um ihre Lippen verschwand und langsam wandelte sich das Dunkelblau zu Hellblau und schließlich zu Weiß. Ich konnte nur erahnen, welche Schmerzen Mara in diesem Moment haben musste. Wenn das taube Gefühl des Eises wich und langsam wieder Blut in die Lippen floss. Es musste sich anfühlen wie tausend Nadeln, die gleichzeitig in die Haut piksten. Dennoch kam kein Ton über ihre Lippen. Ob aus Selbstbeherrschung oder weil sie immer noch nicht sprechen konnte, wusste ich nicht. Als wir die Jungs erreichten, konnte Vincent Tobi nicht länger zurückhalten. Er breitete schützend seine Arme um Mara aus. Ein leises Wimmern entwich ihrer Kehle.

»Mara, kannst du wieder sprechen?«, fragte ich sie ganz leise.

Sie wandte ihren Kopf zu mir, denn Tobi ließ sie nicht los. Er würde die nächsten Tage nicht mehr von ihrer Seite weichen. »Ich … ich glaube schon«, kam es steif über ihre Lippen, die durch die Bewegung aufplatzten. Es bildeten sich feine blutige Risse.

Ich atmete auf. Mara ging es gut.

»Danke«, wisperte sie in Vincents Richtung.

»Schon gut.« Für einen kurzen Moment verschwand der harte Ausdruck in seinen Augen, bis er sich wieder zu den Eisphönixen umdrehte.

»Wie rührend«, höhnte Veronika und in diesem Moment hasste ich die Frau sogar mehr, als ich Arthur jemals gehasst hatte. Sie hatte mein Herz gefrieren lassen und sie hatte ihrer Tochter befohlen, Mara so schmerzhaft zum Schweigen zu bringen. Das Wort *Hass* beschrieb nicht einmal ansatzweise meine Gefühle ihr gegenüber.

»Mutter, das reicht jetzt.« Vics Worte drangen kaum hörbar, wie ein Windhauch, an mein Ohr.

»Du hattest deinen Spaß, Veronika«, dröhnte Friedrichs Stimme. »Kommen wir nun zum Geschäft. Ich habe meinen guten Willen bereits unter Beweis gestellt und euch Mara unversehrt übergegen. Nun seid ihr dran, euren Teil der Abmachung einzuhalten.«

»Das nennst du unversehrt?« Vincents Stimme bebte vor unterdrücktem Zorn und seine Augen blitzten.

Da teilte ich seine Meinung völlig. Unter *unversehrt* verstand ich ebenfalls etwas anderes.

»Sie kann doch wieder sprechen, oder etwa nicht?«, meinte Val herablassend.

Das Gefühl, etwas abfackeln zu müssen, wurde übermächtig. »Wollen wir mal sehen, ob du noch sprechen kannst, nachdem deine Zunge gekocht wurde«, zischte ich.

»Nicht.« Vincent legte mir eine Hand auf die Schulter. »Das ist es doch, was sie wollen.«

»Irgendwie mochte ich dich lieber, als dein Herz noch gefroren war«, gab sie ungerührt zurück.

»Das kann ich mir denken. Da war ich ja auch nur eine stumpfsinnige Marionette. Leicht zu kontrollieren und keine Gefahr für euch. Aus diesem Grund hast du mir doch überhaupt erst dieses Angebot unterbreitet, stimmt's?«

»Wer weiß. Vielleicht dachte ich aber zu diesem Zeitpunkt tatsächlich, ich könnte über deine Fehler hinwegsehen, wie etwa die falsche Mutter zu haben. Aber wenn ich es mir recht überlege, werde ich dich doch nie leiden können.«

»Wie kannst du es wagen meine Mutter als Fehler zu bezeichnen«, fauchte ich. Von der feurigen Wut war nur noch wenig übrig. Stattdessen griff eine eiskalte Klaue nach meinem Herz und zerquetschte es. Die Hassgefühle in mir schienen übermächtig zu werden.

»Sie meint es nicht so«, sprang Pat beschwichtigend ein. »Val, sag ihr, dass du es nicht so gemeint hast!«

»Das werde ich nicht.«

»Warum nicht?« Selbst Pat entglitten bei so viel Boshaftigkeit die Gesichtszüge.

»Weil ich es genau so gemeint habe«, entgegnete Val ruhig. »Jeder hier weiß, dass Caroline eine Anomalie ist, dass sie eine Gefahr für uns alle bedeutet.«

Bei diesen Worten presste Veronika ihre Lippen zu einem schmalen, blutleeren Strich zusammen und fixierte mich mit einem Ausdruck, den ich nicht so recht zu deuten wusste.

»Mach dich nicht lächerlich, als wenn …«

»Das ist nicht der richtige Zeitpunkt, um diese Diskussion zu führen«, schnitt Friedrich Pat das Wort ab.

Markus schaute betreten, Pat wirkte beleidigt und Vic warf mir einen flehenden Blick zu. Nur Valentina grinste, trotz der Rüge, selbstgefällig.

»Wie schön«, Veronika klatschte in die Hände und es klang, als fände sie es alles andere als schön. »Dann kommen wir nun endlich zur Sache.« Ihre Augen waren reinstes Eis. Klar und kalt. »Ich habe schließlich nicht den ganzen Abend Zeit.«

Ich fragte mich, was Veronika noch vorhatte. Sie sah nicht aus wie jemand, der sich abends mit Freunden traf. Vermutlich wollte sie einfach nur auf ihre Chaiselongue zurückkehren und ein paar Eiswürfel knacken.

Ich reckte mein Kinn in die Höhe. »Erst will ich ein paar Zugeständnisse eurerseits.«

»Ich denke nicht, dass du in der Position für weitere Forderungen bist, Kindchen.« Obwohl Friedrich sich alle Mühe gab, wie ein gütiger Großvater zu klingen, fühlte ich mich unbehaglich.

Ein Schatten huschte über Vincents Gesicht. Das war genau das, was er befürchtet hatte. Wir waren nicht in der Position, etwas heraus zu handeln.

Ich versuchte es dennoch. »Ich möchte, dass ihr weitere Versuche, mein Herz zu gefrieren, unterlasst.«

»Sonst was?« Veronika zog amüsiert eine Augenbraue in die Höhe. »Sonst kommst du nicht mit? Ich fürchte, da hast du gar keine andere Wahl.«

»Ich gebe dir mein Wort«, sagte Markus. Alle blickten ihn erstaunt an. »Ich werde nicht zulassen, dass Veronika oder Valentina es noch einmal versuchen. Und von uns anderen hast du nichts zu befürchten. Ich hoffe, das weißt du.«

»Er hat Recht«, meinte Friedrich. »Wir sind schließlich keine Unmenschen.«

Nein, ihr seid überhaupt keine Menschen, so wie ich.

»In Ordnung. Ich komme zu euch.«

Vincent presste die Lippen zu einem Strich zusammen. Ich warf einen letzten Blick in seine schönen, honiggoldenen Augen, die von einem Schleier getrübt wurden: Traurigkeit.

Ich versuchte mich an einem Lächeln. Es würde alles gut werden, daran musste ich nur fest genug glauben.

»Wir warten«, flötete Veronika.

»Du brauchst keine Angst zu haben«, versuchte Markus mich zu ermutigen zu ihnen zu kommen, aber das war nicht der Grund weshalb ich zögerte.

Ich machte mir Sorgen um Vincent. Würde er es verkraften, mich ein weiteres Mal an die Eisphönixe zu verlieren? Aber Vincent war stark, viel stärker als ich. Wenn es jemand hinbekam, dann er. Mein Blick brannte sich in seinen, dann drehte ich mich um und ging langsam auf die anderen zu. Es ist kein Abschied für immer, redete ich mir ein. Nur eine Trennung auf Zeit. Doch warum fühlte ich mich dann, als würde ich zu meiner eigenen Hinrichtung gehen? Ich kannte sie doch. Vic und Pat mochte ich sogar ausgesprochen gerne. So schlimm würde es schon nicht werden. Außerdem würde Vincent mich schon bald holen kommen. Dieser letzte Gedanke spendete mir ungeheuren Trost. Nur deshalb schaffte ich es, die Maske der Gleichgültigkeit erneut aufzusetzen. Stark auszusehen war immer besser als Schwäche zu zeigen. Schwächen konnte man ausnutzen, gegen einen verwenden und aus genau diesem Grund, durfte ich ihnen meine größte Schwäche nicht zeigen: Wie sehr ich die Menschen, die ich eben hinter mir zurückließ, liebte. Wie sehr es mich schmerzte ihnen den Rücken zuzuwenden. Schwäche war ein Luxus, den ich mir nicht leisten konnte.

Ein letztes Mal drehte ich mich zu den Dreien um. Mara stand an Tobi gelehnt da. Sie sah völlig fertig aus. Tobi schien hauptsächlich erleichtert darüber, Mara wiederzuhaben, doch in seinem Blick lag auch Kummer. Vincent hob ich mir für den Schluss auf. Er schenkte mir sein typisches schiefes Lächeln, bei dem mir das Herz aufging. Ich wusste, wie viel Überwindung es ihn kostete, mir dieses letzte Geschenk zu machen. Dann sah ich wieder nach vorne, wo mich Pat und Vic in ihrer Mitte aufnahmen.

Pat rang sich ein aufmunterndes Lächeln ab und Vic hakte sich bei mir unter und tätschelte mir den Arm. Tatsächlich hatte diese Geste etwas Tröstliches. Wie auf ein stummes Zeichen hin, setzten sich alle in Bewegung. Jetzt war es an mir, eine gute Schauspielerin zu sein und die Rolle meines Lebens zu spielen. Jemanden zu spielen, der keine Angriffsfläche bot, der keine Schwäche zeigte. Zumindest nicht vor Val und Veronika, deren bohrenden Blick ich im Rücken spürte wie einen Eiszapfen, der sich in mein Rückenmark bohrte. *Sei stark.*

10. Kapitel

»Wir möchten dich lediglich in unserer Nähe wissen. Das verstehst du doch sicher?«, beendete Friedrich seinen kleinen Monolog, in dem er mir erläutert hatte, weshalb sie zu solch drastischen Maßnahmen wie der Entführung meiner Mitbewohnerin gegriffen hatten. Die Eisphönixe befürchteten, Arthur würde mich als Werkzeug benutzen, um ihre Linie auszulöschen.

»Natürlich, aber eure Sorge ist unbegründet. Ich würde nie-«

»Ach nein?«, fiel mir Veronika höhnisch ins Wort. »Selbst dann nicht, wenn dich dein kleines Feuerblut darum bitten würde?«

Wütend ballte ich unter dem Tisch die Hände zu Fäusten. »Das würde Vincent niemals tun«, presste ich hervor. Der Gedanke allein war absurd. »Abgesehen davon, treffe ich meine eigenen Entscheidungen.«

Es war anstrengend mit Friedrich und Veronika alleine zu sein. Ich wünschte mir, Pat wäre in meiner Nähe, um mir den Rücken zu stärken, oder Markus.

Friedrich beugte sich zu mir vor. Eine Warnung lag in seinem Blick, wobei sein Tonfall weiterhin freundlich blieb. »Wenn das so ist, dann wird es dir sicherlich nicht schwerfallen, die richtige Entscheidung zu treffen. Wir sind deine Familie, Caroline. Und in einer Familie kümmert man sich umeinander. Ich versuche nur uns alle zu schützen.«

Irgendwie drehten wir uns im Kreis. Wie sollte ich ihnen bloß begreiflich machen, dass sie von mir nichts zu befürchten hatten? Veronika sah mich immer noch an, als würde sie mir kein Wort glauben, und am liebsten hätte ich ihr das Gesicht zerkratzt für das, was sie und Val Mara angetan hatten. Aber ich durfte nicht ausrasten. Das würde mir auch nicht weiterhelfen. Ich musste ruhig bleiben und darauf vertrauen, dass es Vincent ein weiteres Mal gelingen würde mich von hier zu befreien.

»Am besten gehst du nun auf dein Zimmer und denkst über Friedrichs Worte nach.«

Zornig funkelte ich Veronika an, weil sie mit mir redete, als wäre ich acht Jahre alt. »Ich bin durchaus in der Lage, die Situation zu begreifen«, stieß ich hervor.

»Daran zweifelt auch niemand«, meinte Friedrich. »Dennoch solltest du bedenken, dass Liebe vergänglich ist, aber die Familie bleibt für immer.«

Ich nickte langsam. Mir war klar, wieso er das sagte und seine Worte verfehlten auch nicht ihre Wirkung. Obwohl ich mir meiner Liebe für Vincent sicher war, fing ich nun an über Pat, Markus und Friedrich nachzudenken. Meine einzigen lebenden Blutsverwandten. Ich wollte keinen von ihnen verletzen und doch würde ich es tun müssen, denn schließlich konnte ich unmöglich hierbleiben. Mein Platz war an Vincents Seite und ich würde alles dafür tun, um dorthin zu gelangen.

***

Der beißende Geruch von kaltem Rauch und verkohltem Stoff lag schwer im Raum. Ich schritt zum Fenster, darauf bedacht, nicht in die schwarzen Flecken zu treten, und riss es auf. Kalte, reine Luft strömte hinein und vertrieb langsam den Gestank meines Wutanfalls. Zufrieden betrachtete ich das Ausmaß der Zerstörung. Sobald ich allein im Zimmer gewesen war, das ich im Übrigen schon zuvor bewohnt hatte, hatte ich meine unterdrückte Wut an der hässlichen königsblauen Sitzecke ausgelassen. Davon war jetzt nur noch ein verkohlter, undefinierbarer Klumpen übrig. Sobald alles lichterloh gebrannt hatte, hatte ich mich besser gefühlt.

Um das Feuer unter Kontrolle zu halten, hatte ich den petrolfarbenen Teppichboden im Halbkreis um die Sitzecke mit einer Eisschicht bedeckt. So konnte ich mit Genugtuung dabei zusehen, wie die züngelnden Flammen sich durch den Stoff fraßen und ihn langsam vernichteten. Rotes Feuer auf königsblauem Stoff – fast schon ein poetisches Bild. Es erinnerte mich an mein eigenes inneres Feuer. Dem Raum hatte es eindeutig an warmen Farben gemangelt und ich hatte sie ihm gegeben. Leider war das Feuer mittlerweile erloschen und der Raum wirkte erneut kühl.

Jetzt verstand ich endlich, was Doro gemeint hatte, als sie sagte, ihr werde schlecht beim Anblick des vielen Blaus. Es war wirklich *zu* blau. Wer für das Farbkonzept verantwortlich gewesen war, musste entweder farbenblind gewesen sein oder verrückt nach Kälte. Ich tippte auf Letzteres und hatte dabei Veronika im Verdacht. So wie sie Eiswürfel snackte wie andere Leute Popcorn, war die Raumgestaltung wohl in ihre Hände gefallen und das hier war ihre Definition von Ästhetik.

Es tat gut, die Maske der Selbstbeherrschung nicht länger aufrechterhalten zu müssen. Ich war keine begnadete Schauspielerin und es hatte mir alles an Disziplin abverlangt, auf dem Weg zum Hauptquartier Veronika und Valentina nicht mein Temperament spüren zu lassen. Ich hatte mich wirklich zusammenreißen müssen, um nichts in Brand zu stecken. Das hatte ich nun nachgeholt und es hatte gutgetan meiner Wut Luft zu machen. Und zumindest der Teil mit dem Kühlen-Kopf-Bewahren klappte nun auch deutlich besser. Meine Wangen glühten nicht länger. Der eisige Wind hatte sie abgekühlt.

Ich schloss das Fenster und ließ mich aufs Bett fallen. Die einzigen Geräusche in dem Raum waren mein leiser Atem und das monotone Ticken meiner Uhr. Wenigstens die hatten sie mir gelassen, wenn schon nicht mein Handy. Ohne die Uhrzeit zu kennen, würde ich wohl durchdrehen. Es war schon schlimm genug, dass mir Veronika mein Handy weggenommen hatte, bevor sie mich in dem Zimmer eingesperrt hatte. Schon wieder! Das nächste Mobiltelefon sollte dann gefälligst einer von ihnen bezahlen! Mein Blick schweifte ein weiteres Mal über die verwüstete Sitzecke. Langsam bekam ich eine Ahnung, wie sich Rockstars fühlen mussten, wenn sie Hotelzimmer zertrümmerten. Es war irgendwie befreiend und befriedigend.

Nachdem die Wut im wahrsten Sinne des Wortes verraucht war, kam die Gedankenflut.

Was hatte Friedrich wirklich vor? Plante er mich als Waffe zu benutzen oder wollte er mich nur in seiner Nähe wissen, wie er gesagt hatte? Um seine Familie zu schützen. Würde er es tatsächlich wagen, mich zu benutzen und damit das Risiko einzugehen, das Gleichgewicht zusammen mit den Feuerphönixen für immer zu zerstören? Das konnten sie unmöglich beabsichtigen und selbst wenn: Wie wollten sie mich dazu bringen, so etwas zu tun? Freiwillig würde ich ihnen dabei nicht helfen. Und erpressen konnten sie mich schlecht, nachdem sie Mara und damit ihr letztes Druckmittel aus der Hand gegeben hatten. Vielleicht hatte Friedrich auch keinen konkreten Plan. Er hatte schließlich alles, was er brauchte, um in der vorteilhafteren Position zu sein: mich und Zeit. Oder besser gesagt, er glaubte es zu haben.

Vincent hatte versprochen bald hier zu sein und er würde sein Wort halten. Allerdings war das auch schon wieder so ein Problem. Wie wollte er mich hier rausholen? Noch mal meine Freunde in die Sache hineinzuziehen war keine gute Idee. Zumal die Eisphönixe sich mich sicherlich nicht ein zweites Mal unter der Nase wegschnappen ließen. Vielleicht fragte er Max. Und dann? Die Eisphönixe würden sie spüren, bevor sie überhaupt in Sichtweite des Anwesens kamen. So ein Mist! Es hatte seinen Grund gehabt, dass uns schon auf der Hütte kein guter Plan hatte einfallen wollen. Es gab einfach keinen!

Es klopfte sachte gegen meine Tür. »Darf ich reinkommen?«, fragte Vic.

»Du hast den Schlüssel, mach was du willst«, maulte ich.

Wenige Augenblicke später, betrat sie mein Zimmer. »Sei bitte nicht-« Vic riss die Augen auf. »Was ist denn hier passiert?«

»Möglicherweise war ich ein klein wenig aufgebracht, weil ich gegen meinen Willen festgehalten werde und die Sitzecke hat das zu spüren bekommen.«

Ich hatte mit allem gerechnet, aber nicht mit dieser Reaktion. Ein feines Lächeln zeichnete sich auf ihrem Gesicht ab. »Ich fand diese Möbel ohnehin grässlich.«

Ich starrte sie mit offenem Mund an. Sie kicherte und in ihren hellen, klaren Augen funkelte der Schalk. »Nicht jeder steht auf Blau, nur weil Eisphönixblut durch seine Adern fließt.«

»Nicht?«

»Lass mich raten, deine Lieblingsfarbe ist Lila?«

»Nein.« Ich dachte an die Farbe von Vincents Augen. Dieser Karamellton war meine Lieblingsfarbe.

»Siehst du, wie engstirnig das ist?«

»Und was wäre dann deine Lieblingsfarbe?«

»Hellgrün, wie die Tannenspitzen im Frühling«, kam die Antwort wie aus der Pistole geschossen.

»Ich nehme nicht an, du bist gekommen, um mit mir über das fragwürdige Farbkonzept zu diskutieren. Weshalb bist du dann hier?«

Vic spielte mit den Haarspitzen ihres Zopfes herum. »Ich will dich hier herausschmuggeln.«

Mir blieb ein weiteres Mal der Mund offen stehen. »Das würdest du tun? Aber wieso?«

»Weil es nicht recht ist, dich hier gegen deinen Willen festzuhalten«, entgegnete sie schlicht.

»Vic, ich kann nicht glauben, dass du mir wirklich helfen willst. Du wirst ziemlichen Ärger bekommen, wenn das herauskommt. Das ist dir hoffentlich klar?«

Sie hob trotzig das Kinn. »Nur weil ich immer die brave Tochter bin, heißt das nicht, ich kann nicht mit Ärger umgehen.«

Ich legte meinen Kopf schief. Warum half sie mir? Warum sollte sie es riskieren, erwischt zu werden? Bestimmt nicht, weil sie ihr Braves-Mädchen-Image loswerden wollte.

»Nun sieh mich nicht so skeptisch an. Es sei denn, du willst nicht, dass man dich befreit? Du kannst gerne noch eine Weile hierbleiben und Urlaub machen.«

»Urlaub?« Ich schnaubte. »Selbstverständlich will ich hier raus.«

»Na dann, worauf warten wir noch?«

Vic sprang vom Bett auf und sah mich voller Tatendrang an.

»Ich weiß nicht, vielleicht darauf, dass du mir zuerst deinen Plan verrätst, wie du gedenkst mich aus dem Haus zu schmuggeln?«

»Oh, es ist nicht mein Plan. Pat hatte die meisten Ideen.«

Natürlich. Pat steckte auch noch mit drin. Gemeinsam einer Gefangenen zur Flucht zu verhelfen schweißte mit Sicherheit zusammen. Ob das bedeutete, dass die beiden sich langsam näherkamen?

»So, so, Pat. Habt ihr beiden schon über eure Gefühle geredet? Weiß er, was du für ihn empfindest?«

Vics Wangen fingen auf der Stelle an zu glühen. »Ich kann das nicht tun, Caro. Egal, wie sehr ich es mir wünsche. Es wäre unverantwortlich meiner Familie gegenüber.«

»Pat scheint das anders zu sehen.«

»Nein, er sieht das ganz genauso wie ich.«

»Woher willst du das wissen, wenn du noch nie mit ihm darüber geredet hast?«

»Weil er den gleichen Respekt seiner Familie gegenüber hegt wie meiner.«

»Schwachsinn.« Wenn ich eines wusste, dann dass die Liebe alle Hindernisse überwinden konnte. Sie hatte mein Herz aufgetaut, etwas, wovon alle überzeugt gewesen waren, es wäre unmöglich, wenn nicht Veronika das Eis entfernte. Und doch war es Vincent gelungen. »Wenn du Pat wirklich von ganzem Herzen willst, dann findet ihr einen Weg, um zusammen zu sein.«

»Caro, es reicht!« Ich hatte sie noch nie derart zornig erlebt. Ihr Ausbruch brachte mich zum Verstummen.

»Also, wie lautet nun der Plan?«, gab ich meine Versuche, sie und Pat zusammenzubringen, auf.

»Wir steigen aus dem Fenster. Ich führe dich unbemerkt durch den Garten und zum Hinterausgang hinaus. Pat hält uns in der Zwischenzeit den Rücken frei. Wenn wir die Straße erreicht haben, musst du von dort aus alleine nach Hause finden, aber ich denke, das kriegst du hin.«

»Ähm, Vic, ich weise dich ja nur ungern darauf hin, aber dein Plan hat eine kleine Schwachstelle. Denkst du nicht, ich wäre schon von selbst darauf gekommen aus dem Fenster zu steigen, wenn es möglich wäre? Ich fürchte nur, bei einem Sprung aus dem zweiten Stock werden wir uns sämtliche Knochen brechen. Eigentlich komisch, wenn man so darüber nachdenkt. Da sind wir schon Phönixe und können nicht fliegen.«

Sie grinste verschmitzt, ging zum Bett und zog darunter etwas hervor. »Daran habe ich bereits gedacht und deshalb gestern Vormittag dieses Seil hier versteckt.«

Ein dickes, mehrere Meter langes Seil, lag ordentlich aufgerollt vor mir auf dem Boden. Ich hob es auf und betastete das Material. Es fühlte sich rau an, erschien mir aber stabil genug, um unser beider Körpergewicht zu tragen.

Aber da war noch eine andere Sache, die mir Sorgen bereitete. »Aber werden die anderen nicht sofort spüren, wenn ich mich von hier entferne?« Ich dachte an Arthur und wie schwer es war, aus seiner Villa zu entkommen.

»Warum sollten sie?« Vic klang überrascht. »Wenn sie sich nicht auf dich konzentrieren, werden sie dein Verschwinden nicht bemerken und Pat sorgt schon dafür, dass sie unkonzentriert sind.« Etwas in ihrer Stimme veranlasste mich dazu, ihren Plan nicht weiter zu hinterfragen und mir lieber nicht vorzustellen, wie eine Ablenkung à la Pat aussah. Trotzdem verwunderte es mich, wie leicht es sein sollte von hier zu verschwinden. Fast zu leicht. War tatsächlich nur Arthur derart misstrauisch, dass es beinahe unmöglich schien sich unbemerkt von ihm davonzustehlen?

Vic hatte bereits begonnen, das Seil mehrfach um den Bettpfosten zu schlingen und zog nun das Ende zu einem festen Knoten zusammen.

»Darf ich mal?« Ich überprüfte den Knoten. Er schien fest zu sein.

Vic öffnete das Fenster und ich nahm das Seil auf den Arm und warf es über den Sims hinaus. Ich konnte das Ende des Seils unmöglich in der Dunkelheit ausmachen. Ich musste darauf vertrauen, dass Vic sich nicht verrechnet hatte und es lang genug war.

»Willst du zuerst oder soll ich?«

»Vic, du überrascht mich immer wieder.« Ich zog ruckartig an dem Seil und überprüfte noch einmal den Halt des Bettpfostens. »Ich werde zuerst gehen«, beschloss ich.

Ich hievte mich auf den Fenstersims, packte das Seil mit beiden Händen und ließ mich langsam über die Kante nach hinten gleiten. Mit den Füßen stützte ich mich an der Hauswand ab und ließ mich Stück für Stück nach unten ab. Vic blickte von oben aus dem Fenster zu mir herunter. Der Boden kam langsam näher und ich erkannte, dass das Seil nicht bis ganz hinunter reichte. Den letzten Meter würde ich springen müssen. Meine Haut scheuerte an dem rauen Seil und meine Handflächen brannten. Das würde ein paar Schwielen als Erinnerung geben. Ich biss die Zähne zusammen und kletterte weiter hinab. Dann ließ ich los und landete auf allen Vieren im feuchten Gras. Ich rappelte mich auf und wischte mir die Hände an der Hose ab. Ich winkte Vic und sie begann damit, aus dem Fenster zu klettern. Fast rechnete ich damit, dass Friedrich oder Veronika bereits herbeigeeilt kamen, um mich aufzuhalten. Sie mussten doch spüren, wie ich mich aus meinem Zimmer wegbewegte.

Im Garten war es gespenstisch still und, bis auf das schwache Licht von zwei erleuchteten Fenstern, stockdunkel. Ich lauschte auf jedes noch so kleine Geräusch. Hoffentlich machte Pat seine Sache gut und sie waren wirklich abgelenkt. Mit einem geschmeidigen Sprung landete Vic neben mir.

»Los, komm!«, flüsterte sie.

Sie ging nah an der Hausfassade entlang und ich folgte ihr. An dem beleuchteten Fenster im Erdgeschoss hielt sie an und ließ sich zu Boden gleiten. Sie krabbelte darunter vorbei und ich machte es ihr nach. Ich kam mir vor wie in einem schlechten Agentenfilm. Hoffentlich waren die Schurken hier wenigstens genauso schlecht und ertappten uns nicht auf frischer Tat im Garten. Als wir um die Hausecke krochen, wurde es schlagartig heller. Vic richtete sich auf und presste sich mit dem Rücken an die Wand.

»Mist!«, schimpfte ich.

Sie hatte den Bewegungsmelder ausgelöst und die Gartenbeleuchtung vor uns aktiviert. »Ich dachte, du kennst dich hier aus«, zischte ich.

»Tue ich ja auch, aber ich schleiche mich für gewöhnlich nicht nachts durch den Garten und ich hätte nicht gedacht, dass der Bewegungsmelder so nah am Haus aktiviert wird.«

»Denkst du, sie haben es bemerkt?«

»Ich weiß nicht. Manchmal wird der Sensor auch durch eine herumstreunende Katze ausgelöst. Lass uns hoffen, sie kommen zu dem gleichen Schluss.«

An die Hauswand gepresst warteten wir, bis nach ein paar Minuten das Licht wieder ausging. Danach war es erst mal unmöglich im Garten etwas zu erkennen. Meine Augen brauchten ein paar Sekunden, bis sie sich erneut an die Dunkelheit gewöhnt hatten und ich allmählich die dunklen Umrisse der Bäume und Sträucher erahnen konnte.

»Und jetzt?«

»Jetzt gehen wir weiter.«

»Werden wir nicht noch einmal den Bewegungsmelder aktivieren? Vielleicht sollten wir lieber weiter draußen im Garten ...«

»Im Garten sind auch Bewegungsmelder«, schnitt sie mir das Wort ab.

»Na super. Wieso macht ihr denn so etwas?«

»Damit sich nachts im Garten keiner die Füße bricht«, erwiderte sie mit einem Achselzucken.

»Wie überaus rücksichtsvoll.«

»Na los.«

Wir schlichen vorsichtig weiter und näherten uns dem heikelsten Teil. Dem Wintergarten. Von dort aus konnten sie uns jederzeit sehen, sollten sie einen Blick nach draußen werfen. Doch wir mussten an dem Glasgebilde vorbei, wenn wir das Gartentor erreichen wollten. Kurz bevor wir in Sichtweite kamen, blieb Vic stehen. »Vorbeirennen oder auf dem Bauch vorbeikriechen. Was meinst du ist besser?«

»Du sagtest doch, Pat würde sie ablenken. Das tut er doch nicht im Wintergarten, oder?«

»Ich denke nicht.«

»Dann lass mich mal einen Blick hineinwerfen.« Ich quetschte mich an Vic vorbei und warf einen schnellen Blick durch das Glas. Drinnen schien alles leer zu sein.

»Hast du was gesehen?«

Ich schüttelte den Kopf und traute mich nun einen längeren Blick hineinzuwerfen. »Scheint keiner da zu sein. Lass uns rennen.«

»Gut.« Vic rannte los.

Ich hatte sie gleich wieder eingeholt. Das viele Joggen hatte mich gut trainiert und wir liefen auf gleicher Höhe über den nächtlichen Rasen, dem Zaun entgegen. Neben dem Tor hielt Vic schnaufend an und kramte einen Schlüssel aus ihrer Tasche hervor. Sie steckte ihn ins Schloss und das Tor sprang mit einem Knarren auf. Erschrocken zuckten wir gleichzeitig zusammen.

»Das gehört mal wieder geölt«, meinte ich mit einem Augenzwinkern.

Die Erleichterung, es unbemerkt bis hierher geschafft zu haben, stand uns beiden ins Gesicht geschrieben.

»Geh jetzt, Caro. Du folgst dem Weg immer geradeaus, bis sich rechts eine Straße abzweigt. Dort biegst du ab und gelangst wieder auf die Hauptstraße. Von dort ist es eine Weile bis zur nächsten S-Bahn-Station, aber du bist ja geübt im Laufen.«

»Danke. Und ... Viel Glück!«

Sie nickte. Sie wusste, was ich meinte. Ich drehte mich um und lief hinaus in die Finsternis. Mein Weg in die Freiheit.

11. Kapitel

Den ganzen Weg über warf ich alle paar Meter nervöse Blicke über meine Schulter. Doch niemand kam hinter mir her, um mich zu holen. Mein Herz raste vor Aufregung und ich hatte dieses unangenehme Kribbeln im Rücken, als würde mich jemand verfolgen. Diese wachsende Paranoia, gepaart mit Verfolgungswahn, konnte kaum gesund sein.

Erst als ich in die S-Bahn stieg und diese sich in Bewegung setzte, atmete ich auf. Je mehr Abstand zwischen den Eisphönixen und mir lag, desto mehr ließ das Adrenalin nach, bis ich schließlich erschöpft im Sitz zusammensank. Meine Stirn lehnte an dem kühlen Glas der Scheibe, die leicht vibrierte. Es war keine gute Idee, die Augen zu schließen, überhaupt keine, aber ich konnte mich nicht dagegen wehren. Mein Körper war stärker als mein Wille und er lechzte nach Schlaf. Einen Moment später, spürte ich bereits die Vibration der Scheibe nicht mehr.

***

»Entschuldigen Sie, Fräulein, das hier ist die Endstation.« Eine tiefe, monotone Stimme drang in mein Bewusstsein.

»Was?« Verschlafen blinzelte ich gegen das grelle Licht der Bahnbeleuchtung an.

»Das hier ist die Endstation«, wiederholte die Stimme gelangweilt. »Sie müssen aussteigen.« Der Mann, der offenbar der Zugführer war, deutete zu den Türen.

»Die Endstation?«, stammelte ich. Wie war das möglich? Ich hatte doch nur für einen Moment die Augen …

»Ganz recht. Würden Sie jetzt bitte aussteigen«, unterbrach er mit wachsender Ungeduld meine Gedanken. Er deutete ein weiteres Mal auffordernd zu den Türen.

»Sie fahren nicht in ein paar Minuten wieder zurück?«, fragte ich hoffnungsvoll. Dann könnte ich einfach sitzen bleiben und noch ein wenig weiterdösen, bis wir im Stadtzentrum ankamen.

»Das hier ist der letzte Zug gewesen. Sie müssen wohl ein paar Stunden auf den nächsten warten oder Sie nehmen sich ein Taxi.«

Auch das noch. Mühsam rappelte ich mich auf und torkelte mehr als das ich ging zu den bereits offen stehenden Türen. Ich war so schrecklich müde. Wie konnte man nur dermaßen müde sein? Ich hätte auf der Stelle wieder einschlafen können. Mein Blick fiel auf eine ungemütlich aussehende Metallbank. Ob ich mich darauf legen sollte? Ich schleppte mich zu der harten Sitzvorrichtung, bestehend aus einem kühlen Metallgitter, und ließ mich zur Seite kippen. Der Gedanke, hier draußen zu übernachten, missfiel mir. Hier war ich ungeschützt, wirkte auf die Stadtaufsicht wie eine Obdachlose und sollte außerdem lieber Vincent ausfindig machen. Aber das Gesetz des Schlafes machte vor niemandem Halt und ich musste mich ihm beugen.

Geweckt wurde ich von dem Geräusch einer herannahenden S-Bahn. Als ich mich aufsetzte taten mir sämtliche Muskeln weh. Selbst an Stellen, an denen ich niemals vermutet hätte, Verspannungen haben zu können, verspürte ich ein unangenehmes Ziehen. Wenigstens war mir nicht kalt. Einen Vorteil musste es schließlich haben, ein Eisphönix zu sein. Die Bahn hielt an und ich stieg ein. Ich musste endlich von hier wegkommen. Erst mal ins Stadtzentrum und dann sah ich weiter. Die S-Bahn rollte an. Ein ganzes Abteil hatte ich auch noch nie für mich gehabt. Die Ruhe tat gut, um mich zu sammeln und mir mein weiteres Vorgehen zu überlegen. Am besten, ich fuhr erst mal zu Vincents und Max' Wohnung.

Am Ostbahnhof stieg ich um in die U5, die mich direkt zur Haltestation Max-Weber-Platz brachte. Von dort aus waren es nur wenige hundert Meter bis ich vor der, mir inzwischen vertrauten, hellgrün gestrichenen Altbaufassade stand. Ich drückte auf den entsprechenden Klingelknopf und wartete. Und wartete. Mit der Fußspitze tippte ich ungeduldig auf den Boden. Was dauerte das denn so lange? Gerade hob ich den Zeigefinger erneut zur Klingel, als es in der Gegensprechanlage knisterte und ein verschlafenes *Hallo* ertönte, das zu Max gehörte. Er hatte es also geschafft in die Wohnung zurückzukehren.

»Hallo, hier ist Caro. Lässt du mich bitte rein?«

»Caro? Was zum Teufel?« Jetzt klang er schon deutlich weniger verschlafen. »Solltest du nicht …«

»Können wir das vielleicht oben besprechen? Ein wenig diskreter?«, schlug ich vor.

Das leise Surren ertönte und ich drückte die schwere Eingangstür auf. Im Treppenhaus machte ich mir Licht und erklomm dann die Marmorstufen. Als ich oben ankam, stand Max bereits in der geöffneten Wohnungstür. Er lehnte im Türrahmen, trug ein zerknittertes hellgraues T-Shirt und Boxershorts und sah dabei ähnlich lässig aus wie sein Bruder. Verwunderung lag in seinem verschlafenen Blick und etwas Widerwilliges.

»Caro, wie in Gottes Namen kommst du hierher? Und dann auch noch zu dieser unchristlichen Uhrzeit. Kannst du mir das vielleicht mal erklären?«

»Ich freu mich auch dich zu sehen, Max.« Ich quetschte mich ungeachtet des missbilligenden Schnaubens an ihm vorbei in die Wohnung. Hinter mir fiel die Tür ins Schloss. »Ich nehme an, Vincent hat die Klingel nicht gehört und schläft noch.« Ich war schon halb auf dem Weg zu Vincents Zimmer, als mich Max zurückrief.

»Vincent ist nicht hier.« Ein merkwürdiger Unterton schwang in seiner Stimme, der mich dazu verleitete sofort stehen zu bleiben und mich umzudrehen.

»Was?«

»Und du solltest auch nicht hier sein.« Ein Schatten huschte über sein Gesicht.

»Ähm, ja das.« Ich strich mir eine widerspenstige Strähne hinters Ohr. Warum fühlte ich mich unter seinem Blick so unwohl? Fast so, als stünde ich in Schlafsachen vor ihm und nicht umgekehrt. »Sagen wir, ich hatte ein klein wenig Hilfe beim … Ausbrechen.«

»Das wird Vincent sicher freuen zu hören.«

Mir entging dabei nicht, dass es offenbar Max nicht freute. »Wo ist er denn?«

»Bei Robert. Sie planen deine Befreiung, aber die ist ja nun hinfällig.« Er verschränkte die Arme vor der Brust, was irgendwie bedrohlich wirkte. Aber das war Unsinn, immerhin handelte es sich um Max.

Ich konzentrierte mich auf den wesentlichen Kern seiner Aussage. »Vincent ist bei Robert?«, fragte ich ungläubig.

Das war ungefähr so, als würde in der Zeitung stehen, Wissenschaftler hätten die Existenz von Nessi – dem Monster von Loch Ness – bewiesen. Beide Wahrscheinlichkeiten gingen gegen null. Selbst nach unserem Treffen mit Robert war Vincent immer noch abweisend und skeptisch ihm gegenüber gewesen. Wann hatte er seine Meinung geändert?

»Das ist ihm auch nicht gerade leichtgefallen. Aber er hatte die Wahl zwischen Über-seinen-Schatten-Springen oder Dich-hängen-Lassen und da hat er sich für dich entschieden.« Max musterte mich, als sähe er ein seltenes, giftiges Tier.

Wo war der Bruder hin, der immer einen witzigen Spruch auf den Lippen hatte und ein wenig an einen netten Bären erinnerte? Jetzt war nur noch der Bär übrig und der wirkte ganz und gar nicht lachhaft.

»Max, was ist denn los?«

»Das fragst du noch?«

»Sieht ganz so aus.«

Max fuhr sich mit einer Hand über die kurzen Haare. »Caro, kannst du dir vorstellen, wie viel Ärger du mir ... uns, die letzten Tage eingebrockt hast? Es war nicht schön.«

Ich biss mir zerknirscht auf die Unterlippe. »Das tut mir leid. War es sehr schlimm mit Arthur?«

Er gab einen verärgerten Laut von sich. »Als Arthur merkte, dass du weg warst, hat er getobt und drei Mal darfst du raten, an wem er es ausgelassen hat. Er hat Flüche ausgestoßen, von denen ich regelrecht schockiert war, sie aus seinem Mund zu hören. Es hat ewig gedauert, ihm klar zu machen, dass ich von der ganzen Sache nichts wusste und ihm auch kein Schlafmittel in den Tee gemischt hatte. Danach wurde es … Nennen wir es *interessant*. Er erklärte mir, warum es so überaus wichtig sei dich wiederzubekommen. Wir hatten ja keine Ahnung, wo ihr beide euch aufhaltet. Und nachdem Vincent dann angerufen hatte, musste ich auch noch vortäuschen nach euch zu suchen. Immerhin hatte ich ihm versprochen, dass Arthur euch nicht finden würde. Und jetzt stehst du wie aus dem Nichts plötzlich vor mir. Sag mal, macht dir das eigentlich Spaß, aus Häusern auszubrechen? Ist das irgend so ein Hobby von dir? Na ja egal, jetzt bist du ja hier und wir können zu Arthur fahren.«

Ich wich vor ihm zurück. »Ich glaube, das wäre keine gute Idee«, erklärte ich langsam.

»Das sehe ich anders. Ich halte das sogar für eine hervorragende Idee. Arthur ist endlich wieder zufrieden, was mir das Leben erheblich leichter machen wird und du bist in Sicherheit vor den Frostvögeln. Alle sind glücklich.«

Schritt für Schritt wich ich vor Max zurück. Nur leider, in die falsche Richtung. Er versperrte mir den Weg zur Wohnungstür und mittlerweile war ich fast auf Höhe der Küche.

»Hat dir Vincent nichts gesagt? War er nicht bei dir, bevor er zu Robert aufgebrochen ist?«

»Doch, er war hier. Ich sagte ihm, er solle zu Arthur fahren und sich bei ihm entschuldigen, aber davon wollte er nichts hören. Er sagte nur, ich müsse ihm helfen dich von den Frostvögeln zu befreien und dass wir dafür noch mehr Unterstützung benötigen würden. Ich habe ihm meine Hilfe zugesichert, weil ich dachte, das würde die ganze Sache, dich zu Arthur zurückzubringen, erheblich erleichtern.«

Ich hielt nach einer Fluchtmöglichkeit Ausschau, woraufhin Max' Oberarmmuskeln deutlich hervortraten. Er hatte meine Absicht bereits durchschaut und war jederzeit bereit mich aufzuhalten.

»Nein, Max. Bitte hör mir zu. Es gibt da etwas, das du wissen solltest«, flehte ich.

»Weil ich dich wirklich mag, Caro, hast du exakt zwei Minuten, mir alles zu erklären, bevor ich dich in mein Auto stecke und mit dir zu Arthur fahre.«

Mein Gehirn arbeitete auf Hochtouren. Wo sollte ich anfangen? »Du bist mit der Geschichte vertraut, nach der wir von einer ägyptischen Gottheit abstammen, nehme ich an?«

Max nickte und bedeutete mir fortzufahren. »Aber das ist noch nicht alles. Du kennst ja den Reim oder die Prophezeiung, nenn es, wie du willst, an die dein Großvater und auch Friedrich zu glauben scheinen. Und beide wären dafür bereit, alles zu tun. Und der Schlüssel dazu bin ich.«

»Und du sollst für den Untergang einer Linie sorgen. Das weiß ich längst. Du hast noch sechzig Sekunden.«

»Das ist Arthurs Version, aber es gibt noch eine zweite Interpretation. Wusstest du das?«

»Nein. Die da wäre?«

Die Worte sprudelten aus mir heraus. Ich erzählte Max alles, was ich wusste. Angefangen von Arthurs Interpretation bis hin zu der von meiner Mutter. Ich erzählte ihm sogar, wie meine Eltern ums Leben kamen. Ich dachte, wenn ich alle Karten auf den Tisch legte und ehrlich zu ihm war, würde er mir am ehesten glauben. Außerdem wollte ich Max auf unserer Seite haben. Wozu also weiter lügen? Lügen zogen immer nur weitere Lügen nach sich. Wie ein Virus, der sich ausbreitete, bis er das gesamte Umfeld infiziert hatte. Lügen verkomplizierten die Dinge, anstatt sie zu vereinfachen. Und wenn man nicht aufpasste, verhedderte man sich in seinem eigenen Lügenkonstrukt. Eine kleine Unwahrheit war wie ein Stein, den man ins Wasser warf. Sie schlug Wellen und zog weite Kreise. Viel weitere, als es zunächst den Anschein hatte. Und die Wahrheit trat früher oder später immer ans Licht. Egal, wie sehr man versuchte sie zu verstecken. Der einzige Unterschied war letztendlich die Wucht, mit der einen die Lügenwelle traf.

Als ich geendet hatte, war Max sprachlos. »Und das ist die Wahrheit?«, fragte er schließlich.

»Wenn du mir nicht glaubst, dann ruf Vincent an und frag ihn.«

»Das wird nicht nötig sein. Ich glaube dir. Ansonsten wärst du eine verdammt gute Lügnerin.«

»Heißt das, du schleppst mich nicht zu Arthur?«

»Nein.«

Erleichtert stieß ich die Luft aus.

»Warum hat Vincent nichts davon gesagt?«

»Ich denke, ihn hat die Zeit gedrängt. Wir sollten ihn anrufen.«

»Ja, das sollten wir.« Max verschwand in seinem Zimmer und tauchte kurz darauf mit seinem Handy auf.

»Vince? Du kannst die Sache abblasen. Caro ist bei mir.« Er lauschte kurz. »Du hast dich nicht verhört. Sie ist eben hier aufgetaucht und hat mich aus meinem Schlaf gerissen.« Er grinste mich an und schwieg einen Moment. »Gut, bis dann.«

Max legte auf. »Er kommt so schnell wie möglich her. Zusammen mit unserem Vater. Möchtest du einen Kaffee? Ich kann jetzt wirklich einen gebrauchen.«

Er fuhr sich quer übers Gesicht und verschränkte dann die Arme im Nacken.

»Ein Kaffee wäre ganz wunderbar.«

***

Es begann allmählich hell zu werden und die Morgenröte tauchte die Silhouetten der Häuser in warme Farben. Sie vertrieb unaufhaltsam die Schatten der Nacht. *Morgenrot, schlecht Wetter droht,* schoss es mir durch den Kopf. Irgendetwas sagte mir, dass sich diese alte Bauernweisheit heute noch bewahrheiten würde und zwar nicht nur in meteorologischer Hinsicht. Ich blickte aus dem Fenster und bewunderte das Farbenspiel. Wann hatte man schon mal die Gelegenheit, einen Sonnenaufgang zu erleben? Das letzte Mal, als ich einen gesehen hatte, war an Doros Geburtstag gewesen, als wir bis weit in den Morgen gefeiert hatten. Dann hatten wir uns warme Decken geholt, waren auf die öffentliche Dachterrasse unseres Hauses gestiegen und hatten gewartet, bis der neue Tag angebrochen war. Gezittert hatten wir trotz der warmen Jacken und der Decke, da es Ende Januar war, aber der Anblick des anbrechenden Morgens war es definitiv wert gewesen. Kurze

Zeit später wurden fast zeitgleich in drei Zimmern die Rollos runtergezogen und wir hatten uns schlafen gelegt. Während ich in dieser Erinnerung schwelgte, hatte sich das dunkle Rot zu leuchtendem Orange-Rosa gewandelt und es dauerte nicht lange, bis dieses einem warmen Gelb wich. Bald schon stand die Sonne über den Dächern der Stadt und sandte ihre Strahlen in den Raum.

Ich musste den Blick von der grellen Kugel abwenden und betrachtete stattdessen die leere Kaffeetasse mit dem eingetrockneten Muster am Boden, die vor mir auf dem Küchentisch stand. Ob sich daraus die Zukunft ablesen ließ oder funktionierte das nur mit Kaffeesatz? Das war aber eigentlich auch egal, denn ich konnte sowieso nichts darin erkennen. Ich stellte die Tasse in die Spüle und in diesem Moment hörte ich wie ein Schlüssel herumgedreht wurde. Max hörte es auch und fast zeitgleich sprangen wir auf und liefen in den Flur.

Die Wohnungstür wurde geöffnet und Vincent betrat den Flur. Hinter ihm folgte Robert. Sobald mich Vincent erblickte, flammte etwas in seinem Blick auf. Ich rannte ihn förmlich über den Haufen, als ich ihm um den Hals fiel. Vincent legte seine Arme um mich, zog mich fest an sich und flüsterte nur immer wieder leise meinen Namen vor sich hin. Robert räusperte sich unbehaglich und mir wurde bewusst, dass er noch immer vor der Tür stand, weil wir beide den Weg versperrten.

»Entschuldigung«, murmelte ich, errötete leicht und zog Vincent ein Stück zur Seite, ohne ihn jedoch loszulassen.

Er vergrub sein Gesicht in meinen Haaren. »Du bist tatsächlich hier. Bei mir. Wie hast du das angestellt?«

»Ich hatte ein klein wenig Hilfe von zwei alten Freunden.«

»Victoria und Patrick haben dir geholfen?«

»M-hm.«

»Ich störe ja nur ungern die Wiedersehensfreude«, mischte sich Max ein, »aber wenn ich euch daran erinnern dürfte: Es gibt hier noch einiges zu besprechen.«

»Er hat Recht«, seufzte ich, ohne jedoch Vincent loszulassen.

Dieser löste sanft meine Finger in seinem Nacken und lächelte mich schief an. Die dunklen Schatten unter seinen Augen waren zurückgekehrt, dunkelviolett wie ein Sommergewitter.

»Je eher wir es hinter uns bringen, desto eher können wir da weitermachen, wo wir aufgehört haben.« Vincent fuhr mit seinen Fingern die Kontur meines Kiefers entlang und ein wohliger Schauer lief mir über den Rücken.

»Ich kann es kaum erwarten.«

***

»Alles andere haben wir bereits ausführlich besprochen. Es gibt keine andere Möglichkeit«, erwiderte Robert mit einer Entschiedenheit, die nicht mehr länger an einen Buchhalter erinnerte, sondern an einen Vater, der ein Machtwort sprach. Etwas, wozu er bisher kaum die Gelegenheit gehabt hatte.

»Mir gefällt der Gedanke nicht, Caro als Druckmittel einzusetzen. Was, wenn wir uns irren?« Vincent warf mir einen flehenden Blick zu, wollte, dass ich ihm zustimmte, aber ich war ganz auf Roberts Seite.

»Das werden wir nicht. Und willst du nicht auch das alles zu einem Ende bringen? So kann es nicht weitergehen. Ständig auf der Flucht zu sein halte ich nicht aus. Das ist kein Leben.«

»Du weißt, ich möchte nichts lieber, als es zu beenden. Aber ich will nicht, dass du dafür dein Leben riskierst!«

»Vince, sie wird nicht ihr Leben riskieren. Wir werden sie beschützen«, versuchte Max ihn noch mal von unserem Plan zu überzeugen.

»Ihr verlangt von mir, dass ich tatenlos danebenstehe und zusehe, wie Caro damit droht uns alle auszulöschen, sollten wir nicht zu einer friedlichen Einigung kommen? Was, wenn sie sich nicht darauf einlassen und stattdessen versuchen Caro zu beseitigen?«

»Du hast es selbst gesagt, Arthur hat viel zu große Angst vor ihrer Macht«, meinte Robert mit ruhiger Stimme. »Und Caro glaubt, Friedrich ergehe es nicht anders. Sie werden sich hüten es so weit kommen zu lassen.«

»Und was, wenn nicht?« In Vincents Augen stand reine Qual geschrieben. Sein Anblick schmerzte mich mehr als meine Furcht vor dem, was uns bevorstand. »Du weißt nicht einmal, wie du sie tatsächlich vernichten kannst. Unsere ganze Drohung bauen wir auf nichts als heißer Luft auf.«

»Ich muss es ihnen nur überzeugend genug verkaufen. Dann ist es egal, ob ich es kann oder nicht, solange sie es nur glauben.«

»Vincent, sieh es ein. Du bist überstimmt. Entweder hilfst du uns oder du bleibst hier zurück.« Für Max war die Diskussion damit beendet.

Vincent knirschte mit den Zähnen. Ich legte ihm beruhigend eine Hand auf den Unterarm. »Wenn du noch eine bessere Idee hast, hören wir sie uns gerne an.«

»Ich habe keine.« Seine Stimme klang tonlos, aber in seinen Augen loderte weiterhin ein Feuer. Sein persönliches Höllenfeuer.

»Was meint ihr wäre ein guter Treffpunkt?«, fragte Max.

»Die Villa oder der Hauptsitz der Eisphönixe. Sich in der Öffentlichkeit zu treffen, wäre Schwachsinn.« Robert lehnte sich zurück.

»Dann sollen sie zumindest zu uns kommen«, bestimmte Vincent. »Wir sind ohnehin schon in der Unterzahl. Uns zu ihnen zu begeben und ihnen somit einen Heimvorteil zu verschaffen, kommt gar nicht in Frage.«

»Gut. Dann wäre das ja geklärt. Wer bringt es Arthur bei?« Ich sah fragend in die Runde.

»Das wäre dann wohl ich«, meldete sich Max. »Immerhin bin ich, wie es scheint, zurzeit sein Liebling.« Er grinste schelmisch und zum ersten Mal an diesem Tag, kam der alte Max zum Vorschein. Der Witzbold und Kindskopf.

»Dann fällt mir die Aufgabe zu, es den Eisphönixen zu sagen.« Ich schob meinen Stuhl zurück und stand auf. »Wer leiht mir sein Handy?«

»Du kannst meines haben.« Vincent zog sein Smartphone aus der Hosentasche und reichte es mir.

***

»Alles geklärt.« Max kam zurück und steckte zufrieden sein Handy ein. »Arthur war zunächst ein wenig überrumpelt, hat aber schließlich meinem ausgesprochenen Charme – unterstützt durch meine ausgefeilten Überredungskünste – nicht standhalten können und allem zugestimmt.« Max blickte triumphierend in die Runde. »Er war nicht mal allzu geschockt, als ich ihm verkündete, dass der ganze Frostvogel-Clan ihn besuchen kommen würde. Und ein Telefonbuch habe ich dir auch gleich mitgebracht.«

Max warf mir den dicken gelben Wälzer zu und ich fing ihn geschickt auf. »Sie werden doch hier drin gelistet sein, oder?«

»Vielleicht nicht unter F wie Frostvogel, aber bestimmt unter ihrem Familiennamen«, zwinkerte mir Max zu.

Aus irgendeinem Grund war er beinahe euphorisch angesichts unseres Plans. Hoffentlich verging ihm das Grinsen nicht noch.

Ich schlug das Telefonbuch unter H auf und fuhr mit meinem Finger die Liste der Namen entlang, bis ich bei Hofmeister angekommen war. Barbara, Daniel, Emil, Friedrich. Tatsächlich, da stand er. Mit Adresse und Telefonnummer. Während es klingelte, ging ich ins Wohnzimmer. Ich hatte es noch nie leiden können, wenn mir andere Leute beim Telefonieren zuhörten. Aus irgendeinem Grund machte mich das nervös.

»Hofmeister«, meldete sich Markus.

»Hi, hier ist Caro. Könnte ich bitte Friedrich sprechen.« Ich biss mir auf die Zunge. Das hier war wirklich unangenehm.

»Das ist keine gute Idee. Halte dich von uns fern und ruf auch nicht mehr hier an!« Obwohl er leise sprach, war seine Stimme eindringlich.

»Aber Markus, es ist wirklich wichtig.«

»Hör zu. Zu sagen, Friedrich sei wütend, trifft es nicht im Geringsten. Er ist außer sich und es ist besser für dich, wenn du nicht mehr in unsere Nähe kommst. Mehr kann ich nicht für dich tun«, verkündete er unheilvoll.

»Wag es nicht aufzulegen! Du magst vielleicht mein Onkel sein, aber du triffst nicht die Entscheidungen für mich. Und jetzt möchte ich, nein, ich verlange, dass du mich an Friedrich weiterreichst.«

Lange Zeit tat sich nichts am anderen Ende der Leitung und ich befürchtete schon, Markus habe aufgelegt, als ich ihn schwer ausatmen hörte. »Du weißt ja nicht, was du da tust. Ganz die Tochter ihrer Mutter. Aber wie ich dich kenne, wirst du keine Ruhe geben und solange anrufen, bis du Friedrich erreichst.«

Ich hatte keine Ahnung, was er mir damit sagen wollte. »Genau so ist es.«

»Ich gehe ihn suchen«, meinte er resignierend.

In meinem Magen rumorte es und ich versuchte den Kloß in meinem Hals hinunterzuschlucken. Das würde gleich mehr als unangenehm werden. Gedämpfte Schritte drangen an mein Ohr und ich nahm an, Markus war auf dem Weg zu Friedrich. Es knisterte kurz.

»Na, sieh mal an, wer da anruft. Die kleine Ausreißerin. Was für eine Überraschung.« Getarnt unter den freundlichen Worten, schwang ein scharfer Unterton mit.

Ich schluckte und rief mir in Erinnerung, weshalb ich mit Friedrich telefonierte.

»Ich möchte, dass wir uns alle treffen. Die Feuerphönixe und die Eisphönixe. So kann es nicht weitergehen.«

»Und wenn ich dir sage, es interessiert mich nicht, was du möchtest? Was tust du dann?« Seine Stimme klang immer noch freundlich, beinahe amüsiert.

»Tja, ich fürchte, du hast gar keine andere Wahl, wenn du nicht möchtest, dass ich eure Linie auslösche.«

»Das würdest du nicht tun.«

»Vielleicht doch. Leuten, die mich entführen und gegen meinen Willen festhalten, schulde ich nämlich gar nichts! Und wenn ihr nicht kommt, dann wirst du am eigenen Leib zu spüren bekommen, wozu ich fähig bin.«

Er lachte leise. Ein rauer, kratziger Ton. Ob er die Lüge hinter meiner Drohung erkannt hatte? »Nicht schlecht gespielt, kleine Caroline, nicht schlecht gespielt. Wir werden kommen. Sag mir, wo und wann.«

»Heute Nachmittag um drei, in der Villa der Familie Merkur. Du weißt, wo das ist?«

»Ich erinnere mich. Es ist schon sehr viel Zeit vergangen seit meinem letzten Besuch dort.« Es knackste in der Leitung. Friedrich hatte einfach aufgelegt.

***

»Alles klar«, sagte ich möglichst unbeschwert, als ich mich zu den anderen gesellte und gab Vincent sein Handy zurück.

»Er kommt?«, hakte Vincent nach und es klang so, als hätte er gehofft, Friedrich würde sich nicht darauf einlassen.

»Yep.«

»Dann sollten wir die Zeit nutzen und herausfinden, wie sich deine Superkräfte aktivieren lassen.«

»Ich dachte, du glaubst nicht an die Prophezeiung?«

»Tue ich auch nicht. Aber wir sollten den anderen zumindest eine gute Show bieten, findest du nicht? Schließlich basiert unsere gesamte Verhandlungsmacht auf der Drohung, du würdest unsere Linien auslöschen, wenn wir nicht zu einer friedlichen Lösung kommen.«

Aus der Sicht hatte ich es noch gar nicht betrachtet und Vincent hatte zweifelsohne Recht.

»Hat das nicht Zeit bis nach dem Frühstück?«, grummelte Max. »Es ist kurz nach sieben und ich bin seit fast drei Stunden wach.« Dabei sah er mich vorwurfsvoll an.

»Entschuldige. Wenn ich gewusst hätte, dass du deinen Schönheitsschlaf brauchst, dann hätte ich noch drei Stunden länger vor der Haustüre ausgeharrt. Aber wenn ich es mit einem Frühstück wiedergutmachen kann – gerne.«

»Geh du mal um halb zwei schlafen und dann wecke ich dich drei Stunden später und dann reden wir noch mal«, brummte Max.

Zu meiner Überraschung war es Vincent, der leise lachte. »Ich sehe schon, wir müssen etwas Essen gehen, bevor Max uns verspeist.«

»So war er schon als Kind. Wenn er Hunger hatte, bekam er schlechte Laune.« Roberts Augen blitzten amüsiert.

***

Die Bäckerei war klein. Sie bot gerade mal Platz für vier kleine Tische. Und einer davon war überladen mit Tellern und Kaffeetassen. Erst beim Betreten, als mir der Duft frischer Backwaren entgegenwehte, hatte ich gemerkt, wie hungrig ich war. Mein Magen hatte sich mit einem lauten Knurren über so viel Vernachlässigung beschwert und mir war beinahe schlecht vor Hunger geworden, während wir auf unsere Bestellung warteten. Zum Glück hatte es nicht allzu lange gedauert und jetzt zeugten nur noch ein paar Krümel auf meinem Teller von dem überaus üppigen Frühstück.

»Wie geht es deiner Laune, Max?«, neckte ich ihn.

»Steigt mit jedem Bissen proportional an.« Um seine Worte zu unterstreichen, biss er in ein Croissant. Sein viertes, wenn ich mich nicht verzählt hatte. Und davor, hatte er bereits Unmengen an Semmeln verdrückt.

»Wo isst du das alles hin? Hast du einen zweiten Magen oder so was?« Ungläubig schüttelte ich den Kopf.

»Das isst er alles hier hin«, sagte Vincent und deutete eine imaginäre Speckrolle auf seinem Bauch an.

»Vince ist nur neidisch, weil er keine vergleichbaren Veranlagungen hat. Das wandert bei mir nämlich alles direkt hier hin«, er deutete auf seine Oberarmmuskeln, »und hier hin.« Max zeigte auf seine durchtrainierte Brust.

Beide Brüder lachten herzlich. Nur Robert war seltsam still. Er tat mir fast ein wenig leid. Er konnte bei diesen Scherzen nicht mitmachen. Für ihn war es Neuland, Vincent überhaupt derart unbefangen in seiner Gegenwart zu erleben. Aber vielleicht war das ein gutes Zeichen. Vincent hatte sich an seinen Vater gewandt und somit einen ersten Schritt in seine Richtung gemacht. Nun war es an Robert, ihn nicht erneut zu enttäuschen. Ich wünschte es mir für sie beide. Wenn durch das Chaos, das ich angerichtet hatte, Vincent und seine Eltern sich wieder näherkamen, dann hatte es zumindest etwas Gutes hervorgebracht. Zumindest sie würden ihr eigenes kleines Happy End bekommen. Ob ich ebenfalls eines bekam, stand in den Sternen geschrieben. Aber jetzt war es zu spät, um noch zu jammern. Spätestens heute Abend würde ich es wissen. Bei dem Gedanken an ein Zusammentreffen zwischen Arthur und Friedrich wurde mir flau im Magen und ich wünschte, ich hätte nicht so viel gegessen. Hoffentlich behielt ich es in mir.

»Caro, was hast du? Du siehst ganz grün aus«, stellte Vincent fest.

»Das liegt bestimmt am Licht. Mir geht's gut.«

Obwohl uns allen klar war, dass es nicht am Licht lag, bohrte er nicht weiter nach, wofür ich ihm sehr dankbar war. Ich konnte Vincent unmöglich mein Herz ausschütten. Er war ohnehin nicht begeistert von unserem Plan und wenn er meine Zweifel mitbekam, würde er ihn mich niemals durchziehen lassen. Dabei musste ich es tun, denn die Alternative wäre weiterhin in Ungewissheit zu leben und das fand ich noch schlimmer. Ich konnte nicht länger vor meinem Schicksal davonlaufen. Ich brauchte endlich Klarheit.

»Wie geht es eigentlich Anna?«, fragte Max.

»Anna geht es gut. Sie würde sich freuen, wenn ihr beide mal wieder vorbeischauen würdet. Ihr wart das letzte Mal an ihrem Geburtstag zu Besuch.«

Beide wandten beschämt den Blick ab, was mich vermuten ließ, der Geburtstag ihrer Mutter war nicht erst letzte Woche gewesen.

»Ich denke, ich könnte es einrichten, am Wochenende mal wieder zu kommen.«

»Dein Sexualleben interessiert hier niemanden, Vince.« Max machte anzügliche Gesten mit seiner Hand und einem Croissant.

»Idiot.« Vincent bedachte ihn mit bösen Blicken, aber seine bebenden Schultern verrieten ihn.

Max zuckte gleichgültig die Achseln.

Robert überhörte die Bemerkung seines Sohnes geflissentlich. »Das wäre wirklich schön, Vincent. Anna und ich würden uns sehr freuen. Du bist natürlich auch eingeladen«, wandte er sich an mich.

Ich verschluckte mich beinahe an meinem Kaffee. »Ich? Also ich glaube, da habe ich schon was Wichtiges vor«, murmelte ich.

Auf keinen Fall wollte ich daneben sitzen, wie das fünfte Rad am Wagen, wenn es zu einer Familienzusammenführung kam.

»Da war doch diese Sache mit Doro und Mara ...«, sprang Vincent mir bei.

»Ja, genau. Diese Sache, die ich nicht verschieben kann«, nahm ich erleichtert den Faden auf, »Danke, dass du mich daran erinnerst.«

»Dann vielleicht ein andermal.« Zum Glück machte Robert keinen gekränkten Eindruck.

»Ein andermal«, stimmte ich zu.

***

»Also, ich habe keine Idee mehr.« Vincent warf kapitulierend die Hände in die Luft.

Unter anderen Umständen hätte ich ihn sicher damit aufgezogen, denn schließlich war das ein Satz, den ich aus Vincents Mund so schnell nicht wieder hören würde. Allerdings war ich nicht gerade zu Scherzen aufgelegt. Wir versuchten schon seitdem wir vom Frühstück zurückgekehrt waren, was inzwischen mehrere Stunden zurücklag, irgendwelche besonderen Kräfte an mir zu entdecken. Dazu hatten wir alles versucht. Meditation, innere Stärkung, sogar Wut und Aggressionen, aber nein, da war nichts. Ich fühlte mich völlig normal. Wobei *normal* natürlich relativ war. Ich nehme mal an, die meisten finden es nicht normal, Feuer entzünden und Dinge zu Eis erstarren lassen zu können.

»Meine sind mir auch schon vor über einer Stunde ausgegangen«, meinte Max.

»Tut mir echt leid, dass ich keinen Schalter am Hinterkopf habe, mit einer Warnung: *Wenn Sie diesen Knopf betätigen, eliminieren Sie sämtliche Phönixkräfte.*« Frustriert legte ich meine Stirn auf die Sofalehne. Langsam glaubte ich wirklich, dass sich alle geirrt hatten. »Wahrscheinlich bin ich überhaupt nichts Besonderes«, jammerte ich gedämpft in das Leder.

»Das wäre durchaus denkbar. Ich habe noch nie sehr viel auf alte Überlieferungen gegeben.« Robert runzelte nachdenklich die Stirn. Auch ihm gingen mittlerweile die Ideen aus.

Ich spürte eine Hand auf meinem Rücken. »Gräme dich nicht. Für-«

Unfreiwillig prustete ich. »Wer sagt denn heute noch *Gräme dich nicht*?«

»Na, ich.« Vincent schaute beleidigt.

Das brachte mich noch mehr zum Lachen, obwohl mir eigentlich zum Heulen zu Mute war.

»Caroline?« Robert kam auf mich zu. Sofort verstummte ich. »Dürfte ich einen Blick auf dein inneres Feuer werfen?« Er sah leicht verlegen zur Seite.

»Ja, okay.« Ich zuckte die Achseln.

In Phönixkreisen war das zwar irgendwie eine intime Angelegenheit, aber wenn es uns weiterhalf, dann hatte ich kein Problem damit.

Ich schloss die Augen und konzentrierte mich auf das, was mein innerstes Wesen ausmachte. Das Feuer, das in mir loderte. Vielleicht in jedem von uns loderte. Der Gedanke war mir schon einmal gekommen. Ob das innere Feuer unsere Seelen widerspiegelte? Ob es das war, was uns lebendig machte? Der Funken Leben. Möglicherweise war es nur uns Phönixen vergönnt, es aus uns herauszuholen und somit unser Innerstes mit anderen zu teilen. Ein Privileg von vielen. Doch insgeheim besaß vielleicht jeder Mensch dieses innere Feuer. Sie konnten es nur nicht zeigen. Darüber würde ich mal mit Vincent reden.

Ich wusste, dass die Flamme auf meiner Handfläche erschienen war, als ich Robert scharf Einatmen hörte. Die Reaktion kam einem Kompliment nahe. Ich öffnete die Augen und da war der vertraute Anblick des tanzenden rot-blauen Feuers auf meiner ausgestreckten Hand. Selbst Max kam vom anderen Ende des Raumes zu uns rüber und starrte mit großen Augen darauf.

Die Flammen liebkosten sich, schlängelten sich umeinander, als wollten sie in einem Liebesakt miteinander verschmelzen. Doch sie taten es nicht. Es blieb immer ein winziger Abstand bestehen. Eine unüberbrückbare Distanz.

»Wirklich außerordentlich beeindruckend«, befand Robert. »Ich muss schon sagen, etwas Vergleichbares ist mir in meinem ganzen Leben noch nicht begegnet.«

»Das ist heiß«, meinte Max in ehrfürchtigem Staunen.

»Und wie.« Ich zwinkerte ihm zu. »Du kannst es gerne mal anfassen, um dich davon zu überzeugen, wie heiß ich bin.«

Max lachte tief und schallend.

»Noch irgendwelche Ideen?« Ich sah fragend in die Runde.

Robert schob seine Brille auf der Nase zurecht. »Wenn du während der ganzen Übungen keine neuen Kräfte entdeckt hast, dann bin ich leider mit meinem Latein am Ende.«

Ich schüttelte bedauernd den Kopf und ließ im selben Moment die Flamme erlöschen.

»Wir sollten uns damit abfinden, dass nichts an dieser Prophezeiung dran ist und uns lieber darauf konzentrieren, den anderen unser Anliegen überzeugend zu verkaufen.« Vincent runzelte die Stirn. Ob er selbst bemerkt hatte, dass er eben wie ein Vertreter geklungen hatte? Als ob wir Staubsauger verkaufen würden ...

»Wir setzen alles auf eine Karte? Darauf, dass Arthurs und Friedrichs Furcht vor einem Auslöschen ihrer Linie groß genug ist, um unseren Verhandlungspunkten zuzustimmen?« Plötzlich kam mir der Plan viel zu riskant vor. Sie brauchten uns – *mich* – bloß zu durchschauen und schon zerstreute sich unsere Lüge wie ein Haufen Laub, durch den ein Windstoß fuhr.

»Exakt.«

»Wir müssen nur überzeugend genug sein. Alles andere wird ein Kinderspiel«, versuchte Max mich aufzubauen.

»Und ihr glaubt, nicht einmal Arthur steigt dahinter? Immerhin kennt er euch euer Leben lang«, gab ich zu bedenken.

»Mein Vater hört nur, was er hören will«, meinte Robert. Bitterkeit schwang in seiner Stimme mit.

»Das stimmt. Arthur hat ewig gebraucht, bis er sich Michelles Namen gemerkt hatte, da waren wir schon fast nicht mehr zusammen.«

»Du hast Schluss gemacht?«, fragte Vincent aufrichtig erfreut.

»Nur deinetwegen. Ich konnte deine leidende Miene, immer wenn Michelle zu Besuch da war, nicht länger ertragen, Vince.«

»Das war kein Ausdruck von Leid, das war pure Verachtung!«

»Jungs, hört auf zu streiten. Wir müssen bald los und ich finde es wichtig, dass wir als Einheit auftreten. Keine Sticheleien mehr, bis das hier vorüber ist.« Die beiden sahen mich an, als wäre ich von einem anderen Stern. »Na geht doch. Den synchronen Blick habt ihr schon mal drauf«, grummelte ich.

Vincent lachte. »Wir streiten nicht. Das ist ein ganz normales Gespräch unter Brüdern.«

»Ein Streit hört sich völlig anders an«, pflichtete Max ihm bei.

»Fein. Dann hätten wir das ja geklärt«, erwiderte ich und meine Stimme klang auch nur ein ganz klein wenig gekränkt.

Das war vermutlich etwas, das ich als Einzelkind nie würde verstehen können. Das besondere Band zwischen Geschwistern, die sich in- und auswendig kannten und oftmals einen, in meinen Ohren, viel zu schroffen Ton im Umgang miteinander anschlugen. Ich zumindest wäre beleidigt, wenn meine Freundinnen so mit mir reden würden. Im Heim hatten sie uns beigebracht, wie wichtig es war, den richtigen Umgangston anzuschlagen und schon eine unangebrachte sarkastische Bemerkung hatte unschöne Konsequenzen mit sich ziehen können. *Der Ton macht die Musik,* hörte ich Carmen in meinem Kopf sagen.

»Wir sollten uns langsam auf den Weg machen.« Robert warf einen flüchtigen Blick auf seine Armbanduhr. »Es ist kurz nach eins.«

Mein Magen zog sich krampfhaft zusammen. Es ging los und alles hing von meinem Auftritt ab. Egal, was die anderen sagten, letztendlich kam es nur darauf an, dass ich überzeugend war. Ich musste die Rolle meines Lebens spielen und dabei hatte man mir in der Grundschule bei dem alljährlichen Krippenspiel nicht einmal eine Sprechrolle gegeben. Immer durfte ich nur einer der stummen Hirten im Hintergrund sein.

»Caro?« Vincent riss mich aus meinen Erinnerungen. Die stumme Frage, ob ich bereit wäre, lag in seinem Blick.

Ich nickte und versuchte dabei möglichst zuversichtlich auszusehen. Wie jemand, der an einen positiven Ausgang des heutigen Treffens glaubte.

12. Kapitel

Alles in mir sträubte sich aus dem Auto zu steigen und dem Mann gegenüberzutreten, der mein Leben zerstört hatte. Der uns in der Villa hatte gefangen halten wollen, der in den Unfalltod meiner Eltern verwickelt gewesen war und der mich bereits vor meiner Geburt hatte tot sehen wollen. Ich wollte dem alten Mann mit dem strengen Blick nicht begegnen, aber Max und Robert standen bereits vor der Eingangstür und sahen über die Balustrade ungeduldig zu uns herab.

»Je schneller wir es hinter uns bringen, desto eher haben wir unser normales Leben zurück und können dort weitermachen, wo wir in der Hütte aufgehört haben.« Vincents Augen brannten sich in meine. Seine Worte bewirkten ein angenehmes Schaudern in meinem Körper.

»Versuchst du gerade mich mit Sex zu ködern?«

»Funktioniert es denn?« Seine Stimme klang rau. Auch er erinnerte sich an die Nacht in den Bergen.

»Ich fürchte, ja.«

Vincent versuchte bestürzt auszusehen. »*Das* hätte ich nicht von dir erwartet.«

Die Hitze schoss mir in den Kopf. »Wie wäre es, wenn du diesen Schwachpunkt jetzt gleich ausnutzt? So einen günstigen Moment sollte man sich nicht entgehen lassen.« Der Gedanke verursachte ein Kribbeln in meinem Bauch.

Vincent zögerte. Ich sah, wie er mit sich haderte. Vielleicht fand er die Vorstellung ebenso verlockend wie ich? Mein Herz schlug schneller.

Doch dann streckte er die Hand nach mir aus und der Zauber war verflogen. »Komm jetzt, Caro. Wir haben keine Zeit für so etwas. Obwohl ich es ein klein wenig bedaure«, fügte er hinzu.

»Du bist gemein! Erst mein Blut in Wallung bringen«, ich deutete auf mein gerötetes Gesicht, »und dann kneifen. Soll ich etwa *so* deinem Großvater unter die Augen treten?«

Trotzdem ergriff ich seine Hand und ließ mich von ihm aus dem Wagen ziehen.

»Vielleicht hält er es für Zornesröte. Das könnte ein Vorteil sein, wenn du ihm gegenübertrittst.«

»Ich denke nicht, dass ihn das einschüchtert.«

»Wer weiß. Vielleicht verbirgt sich irgendwo unter der rauen Oberfläche doch noch ein schlechtes Gewissen wegen dem, was er dir angetan hat.«

»Dann sollten wir uns beeilen. Das Rot wird schon schwächer.«

Wir eilten zu den anderen. Sobald wir den Treppenabsatz erreichten, drückte Max den Klingelknopf. Kurze Zeit später näherten sich schlurfende Schritte der Tür. Karl öffnete uns. »Bitte hereinspaziert, die Herrschaften.«

»Guten Tag, Karl.« Robert nickte dem alten Mann freundlich zu.

Ich musste mich förmlich zwingen einen Fuß über diese Schwelle zu setzen. Ich musste mir immer wieder ins Gedächtnis rufen, warum ich das tat: Weil es wichtig war, weil ich nicht mehr fliehen wollte, weil all das hier ein Ende haben musste. Ich folgte den anderen ins Innere der Villa.

Doch spätestens als ich Arthur erblickte, wollte ich alle meine Pläne über Bord werfen. Nicht weil ich Angst vor ihm hatte, sondern weil mich sein Anblick krank machte. Die kalten Augen, die unbewegten Gesichtszüge, die kerzengerade Haltung und die schneidende Stimme, mit der er das Wort an mich richtete, drehten mir den Magen um. »Sieh an. Der entflohene Vogel kehrt ins Nest zurück. Ich bin gewillt dir zu verzeihen, wenn du Reue zeigst und versprichst, in Zukunft zu gehorchen.«

Ich öffnete den Mund, um etwas zu entgegnen, doch Vincent war schneller. »Das reicht, Arthur! Wir sind nicht hier, um deinen fragwürdigen Moralvorstellungen Folge zu leisten.«

Erst stutzte Arthur. Dann umspielte ein spöttischer Zug seinen Mund. »Nicht? Und weshalb seid ihr dann hier? Um mich den Frostvögeln zum Fraß vorzuwerfen?«, höhnte er. »Habt ihr sie deshalb herbestellt?« Dann wandte er sich Robert zu. »Und was hat er hier zu suchen?«

»Das hier sind immer noch meine Söhne und ich werde sie nicht im Stich lassen, wenn die Eisphönixe kommen.« Robert rückte sich nervös die Brille auf der Nase zurecht.

»Für väterliche Fürsorge ist es ein wenig zu spät, findest du nicht?«

Robert ballte die Fäuste. »Das musst ausgerechnet du sagen. Du warst es doch, der mich von ihnen ferngehalten hat!«

»Und was hat es mir gebracht? Auch sie entwickeln sich zu einer Enttäuschung für mich.« Für den Bruchteil einer Sekunde, meinte ich in seinen Augen eine sehr menschliche Regung aufblitzen zu sehen: Bedauern.

Vincent wirkte betroffen, auch wenn er sich alle Mühe gab, es zu verbergen. Er hatte immer den Ehrgeiz besessen, Arthur nicht zu enttäuschen. Diese Worte mussten ihn am meisten treffen.

»Das ist nicht ihre Schuld. Du bist es doch, der unsere Familie auseinandergerissen hat. Der uns von innen heraus vergiftet hat.«

»Robert, du warst schon als Kind schrecklich kurzsichtig und ich meine das nicht in Hinblick auf deine Brille. Du erkennst das große Ganze nicht. All die Dinge, die ich getan habe, all meine Bemühungen hatten stets nur ein Ziel: Euch zu beschützen.«

Ich schnaubte verächtlich und alle Augenpaare wendeten sich mir zu. »Sie wollten sie beschützen? Vor mir? Dass ich nicht lache! Sie wollten einzig und alleine Macht! Und als meine Mutter Ihnen in die Quere kam, Ihre Macht bedrohte, da haben Sie sie eiskalt ermordet!« Ich verspürte einen heißen Hass in mir hochsteigen, wie ich ihn noch nie zuvor erlebt hatte. Wenn ich noch länger hier blieb, würde ich Arthur höchstpersönlich abfackeln.

»Du verstehst das nicht.«

»Nein, das verstehe ich wirklich nicht! Und ich will es auch gar nicht!« Ich stürmte an den anderen vorbei ins Wohnzimmer und hinaus auf die Terrasse.

»Caro, warte!«, hörte ich Vincent hinter mir rufen, aber ich wollte nicht warten.

Von der Terrasse aus stürmte ich den schmalen Kiesweg entlang in Richtung des Starnberger Sees. Erst als ich das Ufer erreichte und die Wahl hatte zwischen Ins-Wasser-Rennen oder Umkehren, blieb ich stehen. Vincents Schritte kamen näher.

»Lass mich in Ruhe!«, rief ich ihm entgegen, aber er kam unbeirrt auf mich zu. Ich drehte ihm den Rücken zu. Die Hände zu Fäusten an meine Seite gepresst. Mein ganzer Körper bebte vor Wut. »Ich möchte dir nicht wehtun, aber wenn du nicht verschwindest, kann ich für nichts garantieren. Ich bin kurz davor zu explodieren!«

Er trat dicht neben mich, berührte mich aber nicht. Besser für ihn.

»Caro, sieh mich an. Du musst dich wieder beruhigen.«

Wütend griff ich mir einen Stein und schleuderte ihn weit in den See hinaus. Dann bückte ich mich nach einem weiteren Stein und holte aus. Doch Vincent packte meinen Arm mitten im Wurf und drückte ihn nach unten. Meine Finger schlossen sich fest um den spitzen Stein. Der Schmerz half dabei, mich zu beruhigen.

Vincent umfasste mein Kinn und zwang mich ihn anzusehen. »Ich weiß, wie schwer das alles für dich ist, Caro. Aber es ist wichtig, dass du dich beherrscht. Nur heute Nachmittag. Danach brauchst du diese Leute nie wiederzusehen. Aber bitte, zügele dein Temperament. Bleib in deiner Rolle. Mit einem Wutausbruch ist niemandem geholfen.«

Langsam löste ich die Finger und der Stein kam mit einem dumpfen Geräusch auf dem Boden auf. Ich schloss die Augen und atmete tief durch, um mich zu beruhigen. Ich merkte, wie die Hitze langsam zurückging und es mir leichter fiel, einen klaren Gedanken zu fassen. Dann sah ich Vincent fest in die Augen. »Du hast Recht. Von jetzt an werde ich Arthurs Bemerkungen einfach an mir abprallen lassen.«

Er ließ mein Kinn los und wirkte plötzlich verloren. »Ich finde es auch nicht gut, was er getan hat, aber es ist immer noch schwer für mich, den wahren Arthur zu sehen. Er hat mich großgezogen. Er war für mich da, wenn Robert es nicht war. Also eigentlich immer. Und dann höre ich, wie er mit dir redet und das macht mich unglaublich wütend, aber ich habe gelernt damit umzugehen. Ich zügele meine Wut und lasse andere nicht sehen, wie ich mich gerade wirklich fühle. Ich kontrolliere meine Wut und nicht sie mich.«

»Es ist gesund, von Zeit zu Zeit seine Wut rauszulassen. Es kann sogar befreiend sein. Vielleicht solltest du es mal probieren.« Ich deutete auf einen Stein.

»Du meinst, ich soll es an dem armen Stein auslassen. Er kann sich ja noch nicht einmal wehren, geschweige denn wegrennen.«

»Du bist unglaublich.«

»Charmant?«, riet Vincent und zog dabei vielsagend eine Augenbraue in die Höhe.

Ich rollte die Augen. »Wohl eher unglaublich nervig.«

Er kicherte leise. Eine Windböe fuhr durch meine Haare und versperrte mir dankenswerter Weise den Blick auf Vincents amüsierten Gesichtsausdruck. In der Ferne verdunkelte sich der Himmel. Dicke graue Wolken ballten sich zu einem riesigen, undurchdringlichen und bedrohlich aussehenden Fleck zusammen, der vom Wind in unsere Richtung geblasen wurde. Noch war es über uns sonnig, doch das Unwetter war bereits im Anmarsch. Im doppelten Sinne. *Morgenrot, schlecht Wetter droht.*

***

Die anderen hatten es sich in der Zwischenzeit im Wohnzimmer mit einer Tasse Tee gemütlich gemacht. Max hielt einen Teller mit einem großen Stück Kuchen in den Händen. Wie konnte er jetzt etwas essen? In weniger als dreißig Minuten kamen die Eisphönixe und er aß Kuchen!

»Alles klar?«, fragte Max.

»Yep.« Ich setzte mich auf die andere Seite, möglichst weit weg von Arthur. Vincent folgte meinem Beispiel.

»Wollt ihr auch einen Kuchen? Der hier ist köstlich!« Max schob sich ein großes Stück in den Mund.

»Nein, danke«, meinte ich pikiert.

»Für mich auch nicht«, sagte Vincent.

Max zuckte mit den Schultern. »Umso besser. Bleibt mehr für mich.«

»Jetzt, wo alle wieder da sind und sich in der Lage fühlen, eine normale Unterhaltung zu führen«, Arthurs Blick wanderte zu mir, »dürfte ich dann wohl endlich den Grund erfahren, weshalb ich den Eisphönixen erlaube einen Fuß auf mein Grundstück zu setzen?«

Robert und Vincent wechselten einen kurzen Blick. Schließlich antwortete Vincent: »Ich denke, es ist besser für die Verhandlungen, wenn alle die gleichen Voraussetzungen haben. Deshalb wäre es nicht ratsam, wenn du einen Wissensvorsprung hättest.«

»Vincent, ich bitte dich. Wir stehen doch alle auf der gleichen Seite. Deinem Großvater wirst du dich wohl anvertrauen können!« Arthur runzelte die Brauen.

Der Wortwechsel bereitete mir ein diebisches Vergnügen, auch wenn ich mich ein klein wenig dafür schämte, aber so war es nun mal. Endlich erfuhr Arthur mal am eigenen Leibe, wie frustrierend es war, immer nur einzelne Puzzlestücke in den Händen zu halten und nie das große Gesamtbild sehen zu können. Genau so war es mir all die Jahre ergangen. Ich hatte immer die fehlenden Teile in meinem Leben gesucht. Hatte mich gefragt, wer ich war und von wem ich abstammte. Jetzt sah ich das fertige Bild vor mir und es gefiel mir nicht. Das hatte ich nie miteinkalkuliert. Die Möglichkeit, dass das, was ich herausfand, wenn ich die einzelnen Teile an der richtigen Stelle zusammensetzte, mir nicht gefallen könnte. Zu viel böses Blut war vergossen worden. Meine Eltern hatten grundlos und viel zu früh sterben müssen und ich war eine Besonderheit unter Besonderheiten. Vielleicht wäre es besser gewesen, nie die fehlenden Puzzlestücke zu finden und weiterhin ahnungslos, aber unbeschwert, mein Leben fortführen zu können.

Ich warf einen verstohlenen Blick zu Vincent. Betrachtete sein schönes Profil. Den kantigen Kiefer, die sonnengebräunte Haut, das zimtfarbene Haar und die goldenen Augen, die im Moment skeptisch zu Arthur sahen. Nein, all das hätte ich nicht missen wollen. Vincent war es wert, dass mein Leben ein einziges Chaos war. Er war das Leiden, die Angst, das Bangen wert. Er war mein Leben.

»Ich stimme ihm zu. Gleiche Voraussetzungen für alle. Und die paar Minuten wirst du es schon noch aushalten.« Max schob sich den letzten Bissen seines Kuchens in den Mund.

»Du weißt es ebenfalls.« Arthur kniff die Augen zusammen und erinnerte mich einmal mehr an einen Adler, der seine Beute fixierte. »Ihr alle seid eingeweiht. Was verschweigt ihr mir?« Sein Blick blieb an mir hängen. »Ihr wisst alle längst von der Prophezeiung. Denn das war der Grund, warum du und Vincent mich im Stich gelassen habt. Ihr habt mein Tagebuch entwendet und schämt euch noch nicht einmal dafür. Ihr verschwindet und dann taucht ihr plötzlich wieder auf und überrumpelt mich förmlich mit einem Treffen. Und keinen außer mir scheint es zu beunruhigen, dass dieses Mädchen hier frei herumspaziert, als wäre sie nicht unsere größte Gefahr!«

»Und was wollen Sie dagegen tun? Mich wie ein ungezogenes Mädchen ohne Abendessen auf mein Zimmer schicken?«

»Werde nicht frech!« Arthurs Stimme donnerte durch den Raum. »Du bist eine Gefahr für jeden Phönix und nur, weil die anderen dir blind vertrauen, heißt das nicht, dass ich es ebenfalls tue!«

»Großvater, beruhige dich. Das Thema hatten wir doch gerade eben schon. Caro wird keinem von uns etwas tun. Es sei denn, wir reizen sie zu sehr.« Max zwinkerte mir zu. Er ging ganz in seiner Rolle auf. »Und im Moment könnte ich es sogar verstehen, wenn sie unsere Linie auslöschen wollen würde. Also sei so lieb, zu unser aller Wohl, und nimm ein wenig Rücksicht.«

Arthur wirkte wie vor den Kopf gestoßen. So viel Widerspruch hatte er vermutlich sein ganzes Leben nicht erhalten. Plötzlich hellte sich seine Miene auf. »Ich verstehe. Ihr wollt die Linie der Eisphönixe auslöschen. Deshalb habt ihr sie alle herbestellt«, sagte er mit andächtiger Stimme.

Robert und Max wechselten einen besorgten Blick. Vincent sog scharf die Luft ein. Wie man so falsche Rückschlüsse ziehen konnte, war mir schleierhaft. Aber gut, sollte Arthur das glauben, solange er dadurch erträglicher wurde. Außerdem: Wenn Arthur von der Zerstörungskraft meiner Kräfte überzeugt war, waren es vielleicht auch die Eisphönixe und unser Plan könnte tatsächlich aufgehen.

»Arthur-«, setzte Vincent an.

»Und da kommen sie auch schon«, meinte Arthur. Ein verschlagenes Lächeln umspielte seine Lippen.

Ich bewunderte seine Sensoren, sie mussten wirklich darauf trainiert sein andere Phönixe zu spüren. Ich jedenfalls nahm nur eine sehr schwache Aura wahr und das auch nur, weil ich mich darauf konzentrierte.

»Wir sollten sie gebührend in Empfang nehmen, was meint ihr?« Arthur achtete nicht auf irgendwelche Einwände, sondern verließ einfach das Wohnzimmer in der Erwartung, dass wir ihm folgen würden.

13. Kapitel

Es war so weit. Der Moment, in dem sich alles entscheiden sollte, war gekommen. Mein Leben würde sich von nun an grundlegend ändern. Hoffentlich zum Positiven.

Zwei Autos fuhren hintereinander die Einfahrt hoch. Der Kies knirschte unter ihren Rädern. Die Autos wurden langsamer und blieben schließlich in einer Reihe hinter dem M4 stehen. Der Wind blies kräftig und die Wolken hatten den Himmel beinahe vollständig verdunkelt. Nur an einer Stelle leuchteten Sonnenstrahlen durch die wenigen Lücken in der dunkelgrauen Decke, was ein seltsam göttlich-zorniges Bild abgab.

Ich hatte es mittlerweile aufgegeben mir die Haare hinter die Ohren zu streichen und mich damit abgefunden, dass ich kaum etwas sah. Bei jedem neuen Windstoß legten sich meine Haare wie ein dichter Vorhang vor meine Augen. Fast so als *sollte* ich nichts sehen. Vincents Hand in meiner fühlte sich eiskalt an und seine Wangen waren gerötet von der Kälte. Das war kein Wetter für sommerliebende Feuerphönixe. Die Autotüren öffneten sich fast zeitgleich und aus dem vorderen Auto stiegen die Hofmeisters, aus dem hinteren die Wasers aus.

»Friedrich. Wie viel Zeit doch vergangen ist seit unserer letzten Begegnung. Ich möchte wetten du hast viel zu erzählen, aber kommt doch erst mal rein.« Arthur deutete auf die Villa.

Die aufgesetzte Freundlichkeit war furchtbar. Jeder konnte den falschen Ton heraushören. Ich musste ein Würgen unterdrücken.

»Nein, danke. Wir möchten deine Gastfreundschaft nicht überstrapazieren. Außerdem haben wir nicht vor lange zu bleiben.« Friedrich warf einen Blick zum Himmel. »Wir würden es vorziehen noch vor dem Unwetter wieder zu Hause zu sein.«

Arthur wirkte erleichtert darüber, die Eisphönixe nicht in sein Haus lassen zu müssen. Mein Blick streifte ihre Gesichter. Val begegnete meinem mit einer eisigen, hasserfüllten Kälte, die der Bezeichnung *glühender* Hass Lügen strafte. Mit einem Frösteln ließ ich meinen Blick schnell weiterwandern und blieb bei Vic hängen. Ihre Augen waren seltsam leer und ausdruckslos und auch Pat machte einen teilnahmslosen, fast gelangweilten Eindruck, als wäre er hier, um sich einen Vortrag über Börsenkurse anzuhören. Veronika hatte ihren Blick fest auf Arthur gerichtet und die Lippen zu einer schmalen Linie zusammengepresst. Einzig Markus schenkte mir ein schmales Lächeln, in dem etwas zutiefst Trauriges mitschwang.

»Das sollte sich einrichten lassen. Je eher wir uns einigen, desto besser.« Vincents Stimme klang ruhig und besonnen.

»Und worüber genau einigen wir uns?« Friedrich streifte Vincent mit einem flüchtigen Blick und sah dann wieder zu Arthur.

»Über mich«, hörte ich mich selbst sagen.

Zum ersten Mal blitze Interesse in Friedrichs Augen auf. »Über dich. Und was für ein Angebot möchtest du mir unterbreiten? Wenn es nicht mindestens hervorragend ist, werde ich wohl nicht in der Lage sein, über deinen Vertrauensbruch hinwegzusehen. Du hast dich einfach davongeschlichen, ohne dich zu verabschieden.« Er klang ehrlich gekränkt. »Lehren sie euch heutzutage kein Benehmen in der Schule? Zu meiner Zeit wäre das ein grober Verstoß gegen die höflichen Gepflogenheiten gewesen. Benimmt sich so ein gut erzogenes Enkelkind? Valentina, was denkst du?«

Ein boshaftes Lächeln umspielte ihren Mund. »Ich denke, wir haben in puncto Großzügigkeit bereits enorm vorgelegt. Immerhin sind wir hergekommen, trotz allem, was sie uns angetan hat.« Ihr Grinsen wurde breiter und ähnelte mehr einem Zähneblecken.

Ich starrte Valentina für einen Moment entgeistert an. Es war unglaublich, wie sie die Tatsachen verdrehte.

Da mir keine geistreiche Antwort einfiel, sprang Vincent für mich ein. »Du wolltest wohl sagen, was *ihr* Caro angetan habt! Valentina, ich an deiner Stelle würde einen Arzt aufsuchen. Es ist kein gutes Zeichen für deinen psychischen Gesundheitszustand, wenn man in jungen Jahren bereits so viel durcheinanderbringt.«

Val sah aus, als wolle sie Vincent eine reinhauen. Veronika beugte sich zu ihr und raunte ihr etwas zu, woraufhin sie sich ein wenig entspannte.

Veronika richtete sich auf und sah mich anklagend an. »Dieses *Mädchen* hat meine Tochter und Pat dazu angestiftet, ihr beim Ausbruch zu helfen. Dafür sollte sie zur Rechenschaft gezogen werden und dennoch steht sie hier, macht einen auf unschuldig, obwohl *alles* einzig und allein ihre Schuld ist.« Um ihren Mund bildete sich ein verkniffener Zug und ihre Lippen waren weiß, als wäre jegliches Blut aus ihnen gewichen.

Ich zuckte zusammen. In Veronikas Stimme lag ein Schmerz, viel tiefer, als unter der ausdruckslosen Oberfläche erkennbar war. Ich hätte nicht gedacht, dass sie zu derartigen Gefühlen überhaupt fähig war. Veronika litt. Aber weshalb?

»Das ist doch lächerlich«, fuhr Arthur dazwischen. »Als ob man ihr ihre Flucht und das Anstiften zur Hilfe dieser vorwerfen könnte – ihr habt sie immerhin gefangen gehalten! Und derartige Konsequenzen sind maßlos überzogen.«

»Ach ja?«, höhnte Friedrich. »Gerade von dir hätte ich erwartet zu wissen, was es heißt, seine Familie zu beschützen und Opfer zu bringen.«

Ich hatte das Gefühl, das Gespräch drehte sich unter der Oberfläche um etwas völlig anderes. Nur um was? Was hatte ich übersehen? Ich betrachtete erneut Pat und Vic. Irgendetwas stimmte nicht mit ihnen, denn beide wirkten absolut teilnahmslos. Sie machten nicht den Eindruck, als hätten sie registriert, dass wir über sie redeten und falls doch, dann war es ihnen gleichgültig. Vic blickte gelangweilt auf ihre Fingernägel und Pat sah aus, als wüsste er gar nicht, was er hier eigentlich sollte. Sie wirkten beide absolut unbeteiligt, als wäre ihnen *egal*, was hier besprochen wurde.

Ich schnappte erschrocken nach Luft, als mich die Erkenntnis wie ein Schlag in den Magen traf. Sie sahen nicht nur so aus, ihnen *war* alles egal. Diese Haltung und die leeren Augen kannte ich nur allzu gut. Von mir selbst. Ich drückte Vincents Hand so fest, dass dieser mir einen fragenden Blick zuwarf, doch ich konnte nur unablässig auf Vic und Pat starren.

»Das hast du nicht getan«, murmelte ich fassungslos und vergaß dabei sogar Veronika zu Siezen. Ihr Kopf zuckte zu mir und für einen kurzen Moment meinte ich Schuldgefühle in ihrem Blick zu lesen. »Wie konntest du nur? Sie ist deine Tochter! Wie konntest du ihr Herz gefrieren?«, fuhr ich sie an.

»Glaub ja nicht, es wäre mir ein Vergnügen gewesen«, zischte sie. »Aber Strafe muss sein.«

»Du hast es nicht verdient, ihre Mutter zu sein!« Ich war fassungslos. Das war keine Strafe. Das war ein Verbrechen. Tränen stiegen mir in die Augen, als ich Vic betrachtete. Sie hatte nie jemandem etwas Böses gewollt. Und nun war dieser liebe, aufopferungsvolle Mensch verschwunden und zurück blieb nur eine eisige Hülle. Und das Schlimmste war, dass Veronika trotz allem Recht hatte: Es war meine Schuld. Ein eisiger Stachel bohrte sich in mein Herz. Hätte Vic mir nicht beim Ausbrechen geholfen, wäre sie jetzt noch die Alte. Und Pat auch.

Val durchbohrte mich förmlich mit ihren vorwurfsvollen Blicken. Egal wie herablassend sie mir gegenüber immer gewesen war, ihre Schwester war ihr nicht egal. Und sie litt, weil Vic verschwunden war.

»Wie kannst du es wagen?«, fauchte Veronika. »Du hast doch nicht die geringste Ahnung ...«

»Ganz ruhig, meine Liebe«, fuhr Friedrich ihr dazwischen. »Außerdem ist ihr Zustand nicht allein Veronikas Verdienst. Um Patrick habe ich mich gekümmert.«

Während mein Gehirn die Informationen verarbeitete, wurde das Verlangen, mich auf Vic zu stürzen und sie so lange an ihren schmächtigen Schultern zu rütteln, bis sie wieder sie selbst war, beinahe übermächtig. Aber mir war natürlich klar, dass es so nicht funktionierte. Doch irgendetwas musste ich tun. Ich konnte nicht einfach tatenlos danebenstehen und weiter in ihre Mir-ist-alles-egal-Gesichter blicken. Ich machte Anstalten, zu ihnen zu rennen, doch Vincent hielt mich unerbittlich fest. Ich riss an meinem Arm, aber er lockerte seinen Griff nicht. Verzweifelt sah ich zu Vic und dann zu Pat, doch diese schienen es nicht einmal zu bemerken.

»Veronika, du musst es rückgängig machen! Du kannst Vic nicht einfach so lassen. Das ist nicht sie! Und Pat auch nicht! Ich bitte dich, Friedrich!«

In Friedrichs Augen blitzte Belustigung als Reaktion auf meine Worte auf. Flehend sah ich vom einen zum anderen. Doch genauso gut hätte ich eine Backsteinwand anflehen können, die wäre genauso unnachgiebig gewesen.

»Bitte, Caroline, mach doch nicht so ein Drama.« Victoria hob den Blick von ihren Fingernägeln. »Gerade du solltest wissen, wie überaus angenehm dieser Zustand ist. Endlich sind mir meine Gefühle für gewisse Personen egal. Ich habe schon lange nicht mehr so gut geschlafen.« Sie deutete mit ihrem Kinn nach rechts, wo Pat stand.

»Markus, ich verstehe nicht ... Du warst immer dafür, dass ich mein Herz wieder auftauen lasse. Wie konntest du es zulassen, dass Pat auf diese Weise bestraft wird?«

»Es ist ja nicht für ewig und eine kleine Lektion tut den beiden sicherlich gut.« Die Worte klangen steif und auswendig gelernt.

»Könnten wir endlich mal zur Sache kommen? Ich hatte nicht vor bis Mitternacht hier rumzustehen.« Pat verschränkte die Arme vor der Brust und klopfte ungeduldig mit den Fingern.

Mein Herz setzte einen Schlag aus. Der Anblick dieser ausdruckslosen Mienen bereitete mir körperliche Schmerzen. Das war nicht richtig. So etwas durfte man nicht tun. Nicht mal als Bestrafung. *Vor allem* nicht als Bestrafung, denn als das empfanden sie es ja nicht einmal. Veronika und Friedrich hatten ihnen ihre Gefühle geraubt und damit ihre Persönlichkeiten. Wie hatten sie das nur tun können? Gut, bei Veronika überraschte es mich nicht so sehr, aber bei Friedrich schon. Was war mit ihm geschehen? Er schien völlig verändert. Ganz anders, als ich ihn kennengelernt hatte. Diese Wärme, die ich immer wieder bei ihm gespürt hatte, schien verschwunden zu sein. Er wirkte hart und unnachgiebig.

Noch immer schockiert blickte ich mich um. Den Merkurs schien es ähnlich zu ergehen. Robert zog angewidert einen Teil seiner Oberlippe hoch. Max hatte die Hände zu Fäusten geballt, seine Muskeln traten deutlich hervor.

Vincent sog zischend die Luft zwischen den Zähnen ein und selbst Arthur wirkte eine Spur fassungslos.

Friedrich seufzte übertrieben betrübt. »Ich nehme an, du hast mich nicht herbestellt, um meine Erziehungsmethoden zu hinterfragen. Weshalb sind wir wirklich hier?«

Ich setzte zu einer Antwort an, wurde aber unterbrochen.

»Nett, dass du fragst.« Vincents Lippen zuckten spöttisch. »Ihr seid hier, um euch die Konsequenzen vor Augen führen zu lassen, die euch erwarten werden, wenn ihr euch noch einmal an Caroline vergreift.«

»Ach ja? Ich wüsste nicht, was du kleines Feuerblut gedenkst gegen uns auszurichten.« Veronika reckte das Kinn.

»Was mein Enkel zu sagen versucht ist Folgendes: Solltet ihr noch einmal in Carolines Nähe kommen, wird es euer letztes Mal sein. Sie wird für den Untergang eurer Linie sorgen und das werdet ihr kaum riskieren wollen«, erklärte Arthur triumphierend.

»Falsch!«, schnitt Vincent ihm das Wort ab und Arthur blickte ihn ungläubig und mit unverhohlenem Zorn an. Sämtliche Augenpaare waren auf Vincent gerichtet und er kostete den Moment sichtlich aus. »Sie wird auch nicht davor zurückschrecken unsere Linie auszulöschen.«

»Das würde sie nicht wagen!« Arthurs Stimme zitterte. »Du würdest Vincent keinen Schaden zufügen.« Aus weit aufgerissenen Augen sah er mich an und es kostete mich alle Mühe nicht aus meiner Rolle zu fallen.

»Wenn es sein muss, folge ich meiner Bestimmung.« Ich versuchte meiner Stimme einen möglichst kühlen Klang zu verleihen. »Und wenn die Welt dafür ein paar skrupellose Wesen weniger bevölkern, dann war es das wert. Die anderen sind nur ein *Kollateralschaden*«, verwendete ich die Worte, die mir Arthur wenige Tage zuvor ins Gesicht gesagt hatte, als es in einem Gespräch um Friedrichs Frau ging. Er zuckte kaum merklich zusammen. Offenbar erinnerte er sich ebenfalls sehr gut daran.

»Du bluffst doch!«, kreischte Val.

»Tatsächlich?«, fragte ich gefährlich langsam. »Will es einer von euch darauf ankommen lassen?« Herausfordernd blickte ich in die Runde.

Es herrschte eine beklommene Stille. Markus wirkte eingeschüchtert und auch in Veronikas Blick flackerte Angst auf, bevor sie wieder verbissen schaute.

Ein lautes, schallendes Geräusch zerschnitt die Stille. Friedrich lachte. Es wirkte falsch und deplatziert. Ich tauschte einen verwirrten Blick mit Vincent.

»Was ist daran so lustig?«, fauchte ich.

Das Lachen verschwand, aber der amüsierte Ausdruck in seinen eisblauen Augen blieb bestehen. »Dachtest du wirklich, wir würden dich lange genug am Leben lassen, um dich die Prophezeiung erfüllen zu lassen?« Als er meinen verblüfften Gesichtsausdruck auffing, lachte er erneut. »Deine Naivität ist fast schon niedlich. Sieh dich nur mal um, Mädchen. Du bist umzingelt von Phönixen und egal, wie sehr wir uns hassen, so eint uns doch das Ziel, einen gemeinsamen Feind zu vernichten.«

Noch während mein Gehirn damit beschäftigt war, die überraschende Wendung zu verarbeiten, trat Vincent einen Schritt nach vorne. In einer beschützenden Geste, stellte er sich halb vor mich. »Du hast einen entscheidenden Punkt übersehen. Wir würden nie gemeinsame Sache mit dir machen. Eher helfe ich Caro erst euch und dann uns zu vernichten, als mit dir auf einer Seite zu kämpfen.« Während er sprach, verzog er voller Verachtung das Gesicht.

Friedrich blieb weiterhin unbeeindruckt. »Ich kenne da durchaus jemanden, der bereit wäre mit mir gemeinsame Sache zu machen, wie du es so schön ausdrückst. Schließlich hat er es schon einmal getan, um seine Familie zu beschützen und ich bin sicher, er wird es wieder tun.«

In mir brodelte es. Dieses spöttische, siegesgewisse Getue ging mir allmählich gewaltig auf die Nerven.

»Darauf würde ich nicht wetten, wenn ich du wäre«, meinte Arthur.

»Was waren das noch für Zeiten! Wir waren gar kein so schlechtes Team. Wenn man mal davon absieht, dass du ein Feuerblut bist. Komm schon, Arthur, um der alten Zeiten willen.« Ein teuflisches Lächeln stahl sich auf seine Lippen und erste Zweifel begannen an mir zu nagen.

Unsicher blickte ich zu Vincent. Was, wenn wir uns geirrt hatten und Arthur sich gegen uns stellen würde?

Als hätte er meine Zweifel gespürt, versuchte mich Vincent zu beruhigen. »Dir kann nichts passieren. Arthur ist viel zu stolz, um gemeinsame Sache mit den Frostvögeln zu machen.«

»Stolz genug, um zuzulassen, dass seine Linie ausgelöscht wird?«

Ein Schatten huschte über Vincents Gesicht. »Das wird sie nicht«, erwiderte er nach kurzem Zögern entschieden.

Ja, aber nur weil ich es nicht kann. Sämtliche Zuversicht auf einen positiven Ausgang, die Euphorie, die ich noch heute Morgen bei der Entwicklung unseres Plans verspürt hatte – all das war mit einem Schlag verpufft. Ich fühlte mich ausgelaugt, regelrecht müde. Wenn die Verhandlung weiterhin so *erfolgreich* lief, würde ich nicht mehr lange müde sein. Dann konnte ich schlafen bis in alle Ewigkeit. Ich verscheuchte die morbiden Gedanken und versuchte mich wieder auf das Geschehen vor mir zu konzentrieren.

Markus hielt Friedrichs Arm fest umklammert und redete wütend auf ihn ein. Ehe ich mitbekam, worum sich ihr Streitgespräch drehte, schüttelte Friedrich ihn ab wie eine lästige Fliege. »Genug jetzt!«, herrschte er ihn an, dann warf er Arthur einen belustigten Blick zu. »Nicht wahr, alter Freund, du verstehst, wie überaus wichtig es ist, das Mädchen zu vernichten. Schließlich warst du es, der mir vor all den Jahren von der Prophezeiung erzählt hat.«

»Du weißt, warum ich es getan habe! Ich hatte keine andere Wahl!«, entgegnete Arthur in gewohnt autoritärer Strenge und ich hätte es nicht gewagt ihm zu widersprechen.

Friedrich hatte für ihn jedoch nur ein müdes Lächeln übrig. »Natürlich hattest du die. Aber du hast dich stattdessen dafür entschieden jemand anderen die Drecksarbeit machen zu lassen. Mich!«

Arthurs Kopf nahm einen gefährlichen Rotton an. Eine Tomate wirkte blass dagegen. »Du bist ein elendiger Lügner! Aber was anderes kann man von einem Frostvogel wohl nicht erwarten! Ich kam damals mit völlig anderen Absichten zu dir! Ich wollte immer nur das Kräftegleichgewicht schützen, aber das Andere habe ich nie gewollt!«

»Welches *Andere*? Wovon redet er?«, fragte Veronika schrill und sah dabei zwischen Arthur und Friedrich hin und her.

Wenigstens war ich nicht die Einzige, die dem Gespräch nicht mehr folgen konnte.

»Wir wollen keine alten Geschichten aufwärmen, nicht wahr, Arthur? Denn wir wollen unser Gesicht wahren. Nicht, dass deine perfekten Enkelsöhne ein falsches Bild von ihrem lieben Großvater bekommen. Es geht hier einzig und allein um das große Ganze, das Kräftegleichgewicht, wie du es so schön ausdrückst, und dieses Mädchen ist eine Gefahr für uns alle. Und Gefahren müssen aus dem Weg geräumt werden.«

In meinem Kopf drehte sich alles. Irgendetwas lief hier furchtbar falsch. Ich wusste nur nicht genau was. Friedrich war doch der gute Phönix und Arthur der böse oder nicht? Wieso sagte er dann solche schrecklichen Dinge? Wieso bestrafte er Pat und Vic mit einem gefrorenen Herzen? Dabei hatte er diesen Zustand bei mir kritisiert. Das, was er zu mir gesagt hatte, und das, was jetzt aus seinem Mund herauskam, passten nicht zusammen. Irgendetwas übersah ich. Nur was? Ich hatte das Gefühl der Lösung ganz nahe zu sein und doch konnte ich es nicht begreifen.

Robert ging auf Friedrich zu. Blieb dann aber auf halber Strecke stehen, als habe er es sich anders überlegt und wolle den Schutz der Feuerphönixe doch nicht aufgeben. »Das kannst du unmöglich ernst meinen. Caroline hat niemandem etwas getan. Wir können nicht einfach Unschuldige ermorden!« Die Heftigkeit in seiner Stimme überraschte mich. Er klang wie ein Vater.

»Geh nach hinten, Robert«, sagte Arthur in einem ungewohnt resignierten Ton. Hatte er bereits aufgegeben? »Mord hat ihn schon vor zwanzig Jahren nicht abgeschreckt und wird es auch jetzt nicht tun.«

»Du musst es ja wissen«, höhnte Friedrich. »Wenn ihr weise seid, dann hört ihr auf Arthur und stellt euch mir nicht in den Weg, wenn ich das Mädchen vernichte.« Er rieb sich die Hände in freudiger Erwartung auf das, was nun kam.

»Das reicht jetzt, Friedrich! Ich finde, der Moment ist gekommen, um unsere Sünden zu gestehen.« Herausfordernd trat Arthur auf Friedrich zu.

»Welche Sünden? Ich habe nur getan, was das Beste für uns war. Alle meine Taten dienten dem Allgemeinwohl.«

»Warum lassen wir die anderen nicht urteilen?« Arthur machte eine ausschweifende Handbewegung in die Runde. »Wie es aussieht, holt uns die Vergangenheit letztendlich ein.«

Friedrich schnaubte abfällig. »Die Vergangenheit tut überhaupt nichts! Die ist starr und vorbei. Aber wenn du unbedingt in alten Erinnerungen wühlen willst, nur zu. Tu es und zerstöre das ach so hochangesehene Bild, was deine Familie von dir hat.«

Arthur drehte sich halb zu uns herum. Bedauern lag in seinem Blick. »Vieles wisst ihr schon oder ahnt es zumindest, weil ihr mein Tagebuch gesehen habt, aber einen Teil meiner dunkelsten Geheimnisse habe ich nicht aufgeschrieben. Weil ich es nicht verkrafte sie Schwarz auf Weiß vor mir stehen zu sehen. Ich wollte diesen Teil meines Lebens am liebsten vergessen und doch hat sich die Erinnerung daran, was ich getan habe, wie ein heißes Eisen, tief in mein Gedächtnis gebrannt.«

»Arthur, was hat das zu bedeuten?«, fragte Vincent bestürzt, aber Arthur hob eine Hand, um ihn zum Schweigen zu bringen. Auf einmal war nichts von der strengen, respekteinflößenden Person mehr übrig. Seine ganze Körperhaltung war resigniert.

»Du wirst gleich sehr enttäuscht von mir sein und das tut mir leid. Ihr alle werdet sehr enttäuscht sein.« Er sah jedem von uns in die Augen, ehe sich sein Blick verschleierte. Arthur war jetzt an einem anderen Ort, in einer anderen Zeit, tief in seinen Erinnerungen.

»Als junger Mann war ich ein Forschergeist, ich wollte wie so viele andere vor mir etwas Großartiges für meine Nachwelt erschaffen. Etwas, woran man sich erinnern würde. Mein Ziel war es, mehr über uns und unsere Geschichte herauszufinden. Wer wir sind und woher wir stammen. Ich unternahm mehrere Forschungsreisen nach Ägypten, bis ich schließlich fündig wurde und die Tafel mit der Inschrift entdeckte, die ihr alle nur zu gut kennt. *Wenn Feuer und Eis sich verbinden, wird die Macht des Phönix' entschwinden. Durch die Verschmelzung der Elemente betört, wird das Gleichgewicht zerstört*«, rezitierte Arthur die allzu vertrauten Worte.

Ich hielt den Atem an.

»Tatsächlich veränderte der Reim alles«, fuhr Artur fort. »Auf einmal begriff ich den Grund, warum Feuer- und Eisphönixe seit Generationen auf Abstand blieben. Mit unserem göttlichen Erbe bekamen wir auch die Verantwortung, nicht leichtsinnig mit unseren Kräften umzugehen. Es gab immer ein ausgewogenes Gleichgewicht zwischen Feuer und Eis und dieses zu zerstören hätte kosmische Auswirkungen, die verheerend wären. Wir alle sind an die Natur gebunden und wenn es kein Eis mehr gibt, wären die Sommer lang und gnadenlos bis alles vertrocknet ist. Andersherum gibt es ohne das Feuer nur Flut und Kälte und alles würde erfrieren.

Als ich herausfand, was Sarah getan hatte, dass sie mit Thomas ein Kind gezeugt hatte, das uns alle zerstören konnte, musste ich etwas dagegen unternehmen. Ich konnte nicht länger tatenlos herumsitzen. Also wendete ich mich entgegen meiner Instinkte an Friedrich. Ich bat ihn um Hilfe, erzählte ihm alles, was ich herausgefunden hatte, und wie durch ein Wunder, glaubte er mir aufs Wort. Friedrich sah den einzigen Ausweg, um dieses Kind zu verhindern, darin, Sarah umzubringen. Davon wollte ich natürlich nichts wissen. Sarah war mir in der kurzen Zeit, die sie bei uns war, sehr ans Herz gewachsen. Sie war für mich fast wie eine Tochter. Ich bat Robert ihr die Schwangerschaft auszureden, sie zum Abtreiben zu bewegen. Doch Sarah war schon immer entschlossen, um nicht zu sagen stur, gewesen. Es überraschte mich nicht einmal sonderlich, als Robert mir sagte, sie wolle von einer Abtreibung nichts wissen. Es stimmte mich nur sehr traurig, denn nun blieb mir keine andere Wahl, als Friedrichs Vorschlag anzunehmen. Ich konnte eine Zerstörung des kosmischen Gleichgewichts einfach nicht riskieren. Also rief ich ihn an und zusammen schmiedeten wir einen Plan, bei dem kein Verdacht auf uns fallen würde.

Es sollte wie ein Unfall aussehen. Der Plan gelang, doch nicht so, wie gedacht. Sarah hatte uns an der Nase herumgeführt. Sie war längst nicht mehr schwanger, als sie starb. Ich weiß, meine Reue kommt zu spät, aber ich werde mir nie verzeihen verantwortlich für den Tod von zwei jungen Menschen zu sein. Für einen völlig sinnlosen Tod.« Arthur machte tatsächlich den Eindruck, als sei er von Gewissensbissen geplagt.

Aber konnte ich ihm noch glauben, nach allem, was er getan hatte? Außerdem, was nützten mir seine Schuldgefühle? Meine Eltern waren tot und würden dadurch nicht wieder zurückkommen.

Robert näherte sich Arthur und legte ihm eine Hand auf die Schulter. Eine seltene, vertraute Geste. »Das wissen wir alles längst.«

»Ihr wisst es? Und trotzdem habt ihr nie ein Wort gesagt? Ich verstehe nicht. Wieso?«

»Wir wussten nicht, ob wir dir länger vertrauen konnten und hielten es für besser dich nicht darauf anzusprechen«, sagte Vincent tonlos.

»Aber woher? Ich habe nie auch nur ein Wort über meine Beihilfe an einem Mord verloren.«

»Das ist nicht ganz richtig«, widersprach Robert.

Arthur blickte ihn an, als sähe er ihn zum ersten Mal.

»Du hast mit Friedrich am Telefon Pläne geschmiedet, schon vergessen?«

Arthur nickte. »Und du hast mich belauscht.«

»Es war keine Absicht, aber ja, es stimmt. Ich habe dich belauscht und ich habe dich verraten. Sarah und Thomas wussten von mir, dass ihre Leben in Gefahr waren.«

»Ich hatte zwar immer geahnt, dass du es gewesen sein musstest, der Sarah gewarnt hatte, aber zu hören, dass ihr es alle wusstet ... Ich schätze, ich bin zum ersten Mal in meinem Leben sprachlos.« Arthur verschränkte die Hände hinter dem Rücken, dann straffte er die Schultern und sah mich an. »Caroline, es tut mir unendlich leid. Ich bereue jeden Tag, was ich deinen Eltern angetan habe, dass ich dir deine Mutter und deinen Vater genommen habe.«

Ich konnte nichts anderes tun, als ihn ungläubig anzustarren. War das gerade wirklich passiert? Hatte sich Arthur Merkur tatsächlich bei mir entschuldigt? Ich hätte gedacht, eher würde die Welt untergehen, bevor das geschah. Andererseits, vielleicht ging heute auch noch die Welt unter. Langsam hielt ich alles für möglich.

Ein Klatschen durchbrach die Stille. »Sehr schön, wirklich sehr schön. Mir wären beinahe die Tränen gekommen«, höhnte Friedrich. »Und nun widmen wir uns endlich dem Teil, in dem wir unser großes Versäumnis ausräumen. Das Mädchen muss verschwinden, für immer. Freiwillige vor.«

»Bist du völlig übergeschnappt?«, schrie Markus. »Du hast deinen eigenen Sohn, meinen Bruder, ermordet! Wie kannst du dich selbst noch ertragen?« Markus packte ihn am Kragen, aber Friedrich stieß ihn grob zur Seite. Er taumelte ein paar Schritte rückwärts.

»Ich habe getan, was ich tun musste und auch jetzt werde ich das tun, wozu alle anderen zu feige sind. Das Richtige«, erklärte Friedrich ruhig.

»Darüber hättest du mit uns reden müssen«, zischte Veronika. »Du kannst das nicht im Alleingang entscheiden.«

»Da irrst du dich, meine Liebe. Ich kann und ich werde es.«

»Das kann nicht dein Ernst sein. Sie ist deine Enkelin.« Markus hatte sich wieder gefasst und versuchte an Friedrichs Vernunft zu appellieren. »Wie kannst du-«

»Schweig!«, unterbrach ihn Friedrich harsch, eine Hand drohend gegen Markus erhoben. Die Fassungslosigkeit stand Markus deutlich ins Gesicht geschrieben.

Mein Mund fühlte sich trocken an. Meine Zunge klebte am Gaumen und mir war immer noch schlecht. Das hier war ein einziger Albtraum.

Friedrich wandte sich mir zu und ein boshaftes Grinsen verzerrte sein Gesicht. »Und nun zu dir. Es wird mir eine Freude sein, die Welt von dir zu bereinigen.«

»Nein!« Vincent stellte sich mit ausgebreiteten Armen vor mich. Seine Stimme war eindringlich, als er mir, ohne den Blick von Friedrich zu wenden, Anweisungen erteilte: »Caro, geh wieder ins Haus. Verschwinde von hier.«

»Nein.« Entschieden schüttelte ich den Kopf, obwohl er das gar nicht sehen konnte. »Ich gehe nicht ohne dich von hier weg«, krächzte ich.

Vincent drehte sich zu mir um. Sein Blick glühte. »Bitte, Caro. Mach einmal das, was ich dir sage. Nur einmal.« Seine Nasenflügel bebten und er schloss für einen Moment die Augen. Als er sie wieder öffnete, hatten sie sich verdunkelt.

»Dann werde ich eben euch beide töten müssen.« Friedrichs Stimme bebte in freudiger Erwartung.

Vincent drehte ruckartig den Kopf nach vorne. Ich hörte ihn die Luft zwischen den Zähnen einsaugen.

»Vic, Pat, kommt her und helft eurem Familienoberhaupt.« Friedrich winkte sie zu sich und beide setzten sich in Bewegung.

Markus und Valentina standen zu Salzsäulen erstarrt da und verfolgten die Szenerie fassungslos.

»Victoria, bleib sofort stehen!«, befahl Veronika schrill. Die Sorge in ihrem Blick war unverkennbar.

Vic schaute genervt zu ihrer Mutter. »Lass es uns doch einfach hinter uns bringen. Ich will nach Hause. Das ganze Gerede um kosmisches Gleichgewicht ödet mich so was von an.«

Pat und Vic positionierten sich links und rechts neben Friedrich.

»Komm einfach nach vorne und stell dich deinem Schicksal, Caro«, rief Pat gleichgültig. »Dein Zögern macht es für alle Beteiligten nur unangenehmer.«

»Niemals«, knurrte Vincent und spannte sämtliche Muskeln an. Er war kampfbereit.

»Das ist doch Wahnsinn«, rief ich über Vincents Schulter.

»Friedrich, lass uns vernünftig sein«, setzte Arthur im selben Moment an. »Ich weigere mich, einen weiteren Mord zu begehen!«

»Welch ein Glück für dich, dass ich mal wieder die ganze Drecksarbeit erledige.« Seine Augen funkelten. »Pat, Vic, euer Auftritt!«

Die eisigen Augen von Pat und Vic fixierten Vincent. Ihre Mienen waren völlig ausdruckslos. Ich sah es nicht kommen, Arthur warf sich mit einer Schnelligkeit, die ich ihm nicht zugetraut hätte, vor Vincent.

»Nein!« Es war Arthurs letztes Wort. Im Bruchteil einer Sekunde wurde er von einer schimmernden Eisschicht überzogen.

14. Kapitel

Für einen Moment herrschte eine schreckgebannte Stille. Ich hielt den Atem an. Das konnte nicht sein. Das war unmöglich. Ich weigerte mich zu akzeptieren, was sich eben vor meinen Augen abgespielt hatte. Arthur stand in der Bewegung erstarrt vor Vincent und mir, mit nach vorne ausgestreckten Armen, als hätte er vor, die Kälte abzuwehren. Das Eis war so dünn und durchscheinend, als befände er sich hinter Glas. Der Anblick war erschreckend und faszinierend zu gleich. Bisher hatte ich keine Gelegenheit gehabt, selbst Eis entstehen zu lassen, hatte mich immer mit dem Reif begnügt. Dass die Eisphönixe Derartiges erschaffen konnten, eine menschliche Eisskulptur, machte mich fassungslos.

In der Ferne ertönte ein Donnergrollen und dieser Laut schien wie ein Signal von außen. Er versetzte alle Versammelten in Bewegung. Eine Böe blies mir die Haare vors Gesicht und es passierten mehrere Dinge gleichzeitig. Vincent fixierte mit schmalen Augen Vic, deren Kleidung einen Augenblick später in Flammen stand. Für einen Moment starrte sie mit vor Schreck geweiteten Augen auf den brennenden Stoff. Dann fing sie an zu schreien. Mit einem erstickten Aufschrei stürzte Veronika herbei, um ihrer Tochter zu Helfen. Vincent hatte sich inzwischen zu Pat gewandt, dieser war jedoch inzwischen auf den Angriff vorbereitet und duckte sich in diesem Moment, in dem Vincent seine Kräfte frei ließ. Dafür erwischte es einen Buchsbaum, der sich direkt hinter Pat befunden hatte. Er brannte lichterloh. Veronika hatte das Feuer erfolgreich mit Eis bekämpft und zurück blieben hässliche braune Brandflecken. Vics Kleidung bestand mehr aus Löchern und Fetzen als aus Stoff. Sie war auf die Knie gestürzt und ihre Mutter gab ihr Halt. Trotzdem schien Vic weitestgehend unversehrt. Sie wirkte gefasst, der Schock war aus ihrem Blick gewichen und die Gleichgültigkeit hatte erneut die Oberhand gewonnen. Dafür flackerte in Veronikas Augen ein kalter Hass, der mich in meinem Innersten erschütterte. Mir blieb keine Zeit, länger darüber nachzudenken, denn vor mir bildete sich eine immer größer werdende Pfütze, die langsam auf meine Füße zufloss.

Vincent und Robert waren damit beschäftigt, Arthur von beiden Seiten aufzutauen. Sie arbeiteten zügig und das geschmolzene Eis floss in breiten Rinnsalen zu Boden, wo es sich in einer Pfütze um Arthurs Füße sammelte. Mit einem Mal gaben Arthurs Beine nach und er stürzte keuchend zu Boden. Im letzten Moment fing Vincent ihn auf, bevor er bäuchlings auf dem Boden aufgeschlagen wäre. Seine Haut hatte einen ungesunden bläulichen Ton und er schnappte rasselnd nach Luft. Ich eilte zu ihnen, um zu helfen, aber Max kam mir zuvor. Er drängte sich an Vincent vorbei und legte sich Arthurs einen Arm um den Hals. Robert tat es ihm gleich und schlang sich den anderen Arm um den Nacken. Zusammen halfen sie Arthur auf und schleppten ihn zur Seite.

Als ich mich zu Vincent umwandte, fixierte dieser bereits Friedrich mit dem gleichen intensiven Blick, wie schon zuvor Vic und Pat. Ich rechnete damit, dass jeden Moment orange-rote Flammen auf Friedrichs Kleidung erscheinen würden. Doch nichts geschah. Erneut blickte ich zu Vincent, dessen Kiefernmuskeln angespannt zuckten. Er runzelte die Stirn und Verwirrung spiegelte sich in seinem Blick. Im gleichen Augenblick erklang ein kaltes Lachen.

»Du hast hoffentlich nicht ernsthaft geglaubt, ich würde es dir so einfach machen?«, fragte Friedrich spöttisch.

Anstelle einer Antwort, keuchte Vincent neben mir qualvoll auf und starrte ungläubig auf seinen Arm. Nun sah ich ebenfalls hin und schlug mir vor Entsetzen beide Hände vor den Mund. Vincents Hand war dunkelblau und die Farbe kroch langsam seinen Unterarm hinauf. Friedrich ließ ihn Stück für Stück erfrieren.

»Nein!«, schrie ich panisch, »Hör auf!« Aber natürlich hörte Friedrich nicht auf mich.

Mittlerweile war Vincents Arm bis zur Schulter eingefroren und ihm war es unmöglich, mit seinem eigenen Feuer Friedrich daran zu hindern, weiterzumachen. Ich sah in seinen Augen, dass ihm der Schmerz den Verstand raubte und begriff, dass ich etwas unternehmen musste. Ich musste eingreifen und sein Leid beenden. Vincents qualvoller Aufschrei riss mich endgültig aus meiner Rolle des Beobachters. Ich würde nicht länger untätig dabei zusehen, wie Friedrich Vincents Blut von innen gefrieren ließ, mochte mir nicht länger ausmalen, was für unsägliche Schmerzen das in Vincent auslösen musste.

Entschlossen trat ich einen Schritt nach vorne, schloss für einen Moment die Augen, um mich zu sammeln. Ich konzentrierte mich auf die heiße Wut, die sich in meinem Bauch angestaut hatte, ließ sie anwachsen, bis ich die Hitze in meinem gesamten Körper spürte. Ich lenkte all meine Kraft und meinen Zorn auf Friedrich. Spürte wie die Hitze meinen Körper verließ und ihr Ziel fand. Friedrich sollte brennen wie die Scheite im Kamin für das, was er meinen Eltern angetan hatte, und für die Schmerzen, die er Vincent verursachte. Es war jedoch nicht Friedrich der lichterloh brannte. Sämtliche Wut verrauchte und mit ihr verschwand jegliches Gefühl aus meinen Gliedern, als ich realisierte, was ich getan hatte. Ein gellender Schrei hallte in meinen Ohren und ich wusste nicht, ob er von mir kam oder von Pat, der sich in eine menschliche Fackel verwandelt hatte. Pat musste geahnt haben, was ich vorhatte und hatte sich in letzter Sekunde mit hochkonzentriertem Ausdruck schützend vor Friedrich gestellt. Doch er war nicht schnell genug gewesen. Die Zeit hatte nicht ausgereicht, um mit seinen Kräften das Feuer zu neutralisieren und so hatte die Wucht meines glühenden Zorns Pat getroffen. Er war auf der Stelle in Flammen aufgegangen. Nun sank er schreiend und vor Schmerzen gekrümmt zu Boden. Ich war unfähig mich auch nur einen Millimeter zu bewegen. Dafür war ich viel zu entsetzt über meine Tat.

Vic stieß einen entsetzten Laut aus und wankte, noch immer schwach auf den Beinen, zu Pat. Ich wusste, ich sollte ebenfalls zu Pat eilen und ihm helfen, aber ich konnte es nicht. Genauso, wie ich nichts für Vincent tun konnte, der noch immer von Friedrich malträtiert wurde. Seine qualvollen Laute drangen an mein Ohr und in diesem Augenblick wäre ich am liebsten gestorben. Zu schrecklich war das Bild, das sich mir bot, um es eine Sekunde länger zu ertragen. Trotzdem war ich nicht in der Lage, meinen Blick von dem brennenden Pat zu wenden. Val stürzte auf Pat zu und bekämpfte hektisch die Flammen mit Eis, die sofort kleiner wurden. Als die Flammen erloschen, lag Pat auf dem Rücken und gab keinen Laut mehr von sich. Ich sah die Brandwunden auf seinem Oberkörper, da wo die Kleidung nur noch aus verkohlten Löchern bestand. Val schrie ihn verzweifelt an bei ihr zu bleiben, doch er rührte sich nicht mehr. Eine Böe wehte den beißenden Geruch von verbrannter Haut in meine Richtung. Ich musste würgen. Vic hatte Pat endlich erreicht und stieß ihre Schwester grob zur Seite. Ein erstickter Laut drang aus ihrer Kehle und die Verzweiflung in ihrem Blick war mehr, als ich ertragen konnte. Ich musste mich abwenden.

Wie betäubt stand ich da und konnte immer wieder nur das eine denken. *Was habe ich getan? Was habe ich getan?!* Tränen rannen über mein Gesicht und ich biss mir so fest von innen auf die Wangen bis ich Salz und Metall schmeckte. Ich hörte Vic laut aufheulen. Als ich zur ihr hinsah, benetzten ihre Tränen Pats Gesicht. Pats Verlust war ihr nicht egal, im Gegenteil, er hatte ihr Herz aufgetaut, realisierte ich. Natürlich hatte er das. Denn nichts war stärker als die Liebe und Vic liebte Pat, auch wenn dieser es niemals würde erfahren dürfen. Der Schmerz in meinem Herzen war beinahe unerträglich. Es war meine Schuld, dass den beiden ihr gemeinsames Glück auf immer verwehrt bleiben würde. Jetzt wünschte ich mir das Eis in ihrem Herzen zurück. Damit Vic nicht länger den schmerzvollen Verlust spüren musste.

Ich fühlte mich leer. Sämtliche Kampfeslust hatte mich verlassen. Es war nur eine Frage der Zeit, bis einer der Eisphönixe meine Wehrlosigkeit bemerkte und sie ausnutzen würde. Und ich würde sie nicht aufhalten, denn ich hatte es nicht anders verdient. Ich hatte Pat getötet! Und es war mir nicht gelungen Vincent vor Friedrich zu beschützen. Wie aus weiter Ferne hörte ich, wie Max Vincents Namen schrie. Endlich schaffte ich es meinen Blick von der grausigen Szene abzuwenden, nur um eine noch viel grausigere zu erblicken. Vor meinen Augen stürzte Vincent steif und ungelenk zu Boden. Er war ein Eisklotz, unfähig sich zu rühren. Sämtliche seiner Glieder waren gefroren. Sein ganzer Körper schimmerte in einem scheußlichen Blau. Vincent hatte aufgehört qualvolle Laute von sich zu geben, denn das war mit einer gefrorenen Zunge und blauen Lippen nicht möglich. Ohne zu wissen was ich tat, stürzte ich mich auf Friedrich. Aus den Augenwinkeln nahm ich wahr, wie Max auf Vincent zurannte, und betete, dass er noch etwas für ihn tun konnte. Dann prallte ich gegen Friedrich und die Wucht des Aufpralls riss uns beide zu Boden. Für einen Moment weiteten sich seine Augen vor Überraschung, dann umklammerten kalte Hände meine Handgelenke und dort, wo Friedrich mich anfasste, gefror mir das Blut in den Adern.

Wenn er mit Gegenwehr gerechnet hatte und jetzt erstaunt war, keine zu bekommen, so zeigte er es nicht. Ich ließ Friedrich gewähren, denn die einzige Möglichkeit diesen Kampf zu beenden, ohne weitere Verletzte oder Tote, war zu sterben. Ein Teil von mir fragte sich, wie es möglich war, dass ich erfrieren konnte. Schließlich war ich zur Hälfte ein Eisphönix. Es sollte nicht so einfach sein, mich zu töten. Der viel größere Teil allerdings, war mit dem Schmerz in meinen Adern beschäftigt. Ein leises Wimmern entwich meinen Lippen, als die Kälte immer weiter meine Arme hinaufkroch. Meine Finger waren bereits taub und die Kälte wanderte mit einer qualvollen Langsamkeit meine Oberarme hinauf. Der dumpfe, stechende Schmerz wie von einer Million Nadeln raubte mir jeden klaren Gedanken.

»Bringen wir's hinter uns«, brachte ich mit letzter Kraft über die Lippen.

Friedrich lächelte kalt und rollte mich von sich runter. Dann ließ er meine Handgelenke los und stand auf. Ich lag unter ihm am Boden und Friedrich ergötzte sich an diesem Anblick. Mit aller Macht presste ich meine Lippen aufeinander. Ich wollte ihm nicht auch noch das Vergnügen bereiten, meine Qualen zu hören. Friedrich trat mir mit dem Fuß hart in die Seite und ich hörte das Knacksen meiner Rippen, noch bevor mich der Schmerz erreichte. Diesen Schrei schaffte ich nicht zu unterdrücken und er hörte sich überhaupt nicht nach mir an. Fremd und wild. Wie ein Tier.

»Lass es uns beenden«, meinte Friedrich zufrieden und ich schloss die Augen, während ich spürte, wie das Eis nun schneller durch meine Adern kroch, als könne es gar nicht erwarten, mein Herz zu erreichen. Immer näher kam es meinem heftig schlagenden Herzen. Dieses Eis war ein anderes als das letzte. Dieses war tödlich. Es würde mein Herz mit einer Eisschicht bedecken, wie das letzte Mal, aber es würde ein ewiges, vernichtendes Eis sein. Mein Herzschlag wurde schwächer und ich rief mir ein letztes Mal Vincents Gesicht in Erinnerung. Wenn ich starb, dann mit seinem Anblick vor meinem inneren Auge.

Doch der Tod kam nicht. Warum dauerte das so lange? Ließ Friedrich mich absichtlich lange leiden? Wollte er den Moment auskosten? Die Schmerzen wurden größer. Wie war das überhaupt möglich? Wie konnte es noch eine Steigerung dieser Qualen geben? Mein Herz schlug fester gegen meine Rippen und das Prickeln und Stechen in meinen Gliedern war kaum auszuhalten. Meine Finger zuckten. Ich wünschte, Friedrich würde mich schneller sterben lassen. Hatte er mich nicht genug leiden sehen? Musste er es dermaßen in die Länge ziehen?

»Caro«, jemand klopfte mir auf die gefühllosen Wangen. Der Schlag war dumpf, kaum zu spüren. »Caro, mach die Augen auf!«, befahl mir die Stimme. In der Hoffnung, sie würde mich dann endlich in Ruhe sterben lassen, leistete ich ihrer Aufforderung Folge.

Erleichtert atmete Robert über mir auf. »Ich dachte schon, ich wäre zu spät gekommen.«

»Robert«, versuchte ich zu sagen, aber es kam nur ein undefinierbarer Laut über meine Lippen. Was tat er hier bei mir? Meine Zunge bekam langsam ihr Gefühl zurück. Die Worte ließen sich nur schwer formen, aber ich zwang meinen Mund, sie auszusprechen. »Du musst … Vincent helfen.«

Robert sah mich unverständlich an. Noch immer kamen nur undeutliche Worte aus meinem Mund. Dann drehte ich langsam meinen Kopf zur Seite und erspähte Vic, die sich auf Friedrich gestürzt hatte. Vic? Mit Tränen in den Augen schlug sie auf den alten Mann ein, bis Veronika kam und sie von hinten festhielt. Sie drehte Vic die Arme auf den Rücken und hielt sie eisern umklammert. Wieso ließ sie Vic nicht gewähren? Friedrich hatte es mehr als verdient.

Plötzlich verschwand Roberts Kopf aus meinem Sichtfeld. Jemand riss ihn von mir weg.

»Ihr dreckigen Feuerblute habt meinen Sohn verbrannt!«, schrie Markus und spuckte ihm ins Gesicht.

Robert versuchte ihn von sich zu stoßen, aber Markus packte ihn unerbittlich am Kragen. Miteinander ringend verschwanden sie aus meinem Sichtfeld.

Ich drehte schwerfällig meinen Kopf und sah die Verwüstung um mich herum. Max hockte neben Vincent und versuchte verzweifelt diesen wiederzubeleben. Es war nur noch eine Frage der Zeit, bis es weitere Tote geben würde.

Ich versuchte mich auf den Bauch zu drehen und zuckte zusammen. Jede Bewegung tat höllisch weh. Selbst das Atmen wurde durch die gebrochenen Rippen erschwert. Ich schaffte es mit viel Mühe, mich auf die Unterarme zu stemmen und den Kopf zu heben. Ein Hustenanfall schüttelte mich und besprenkelte das Gras unter mir mit roten Spritzern.

Markus schlug Robert ins Gesicht. Dessen Kopf flog nach hinten und seine Brille landete unweit von mir entfernt im Gras. Ich hatte nur eine allzu gute Vorstellung davon, wen Markus sich als nächstes vorknöpfen würde. Die Mörderin seines Sohnes.

Vic wand sich noch immer in Veronikas Umklammerung. Ein dünnes rotes Rinnsal lief von Friedrichs Nase hinab und tropfte auf sein Hemd. Er holte ein Stofftaschentuch hervor und tupfte sich die Blutspuren aus dem Gesicht. Vic hatte sich zu ihrer Mutter umgedreht und schrie sie an, aber ich konnte nicht verstehen, was sie sagte. Das Blut rauschte in meinen Ohren und als ich mit wackeligen Beinen aufstand, tanzten schwarze Flecken vor meinen Augen. Nur ein einziger Gedanke hielt mich davon ab mich erschöpft hinzusetzen.

Vincent! Er lag noch immer auf der Auffahrt und bewegte sich nicht. Ich stolperte auf ihn zu und ließ mich neben Max hart auf die Knie fallen. Die Kieselsteine, die sich in meine Haut bohrten, bemerkte ich kaum. Max machte unablässig mit seiner Herz-Druck-Massage weiter.

»Vincent«, wisperte ich und strich ihm die Haare aus der Stirn.

Seine Haut fühlte sich eiskalt an, obwohl das dunkelblau verschwunden war. Jetzt war sie weiß wie Kreide und glänzte feucht.

»Max.« Mit Tränen in den Augen schaute ich zu ihm auf.

Verbissen beugte er sich über seinen Bruder und drückte unablässig auf seine Brust. Er schien mich gar nicht zu bemerken.

Sein Vater wurde in der Zwischenzeit von Markus in die Enge getrieben. Robert versuchte – ohne seine Brille halb blind – verzweifelt Markus auf Abstand zu halten. Ich sah immer wieder ein paar kleinere Flammen an Markus' Ärmel auftauchen, doch Vincent hatte Recht gehabt. Robert war nicht geschaffen für ein Leben als Phönix und selbst jetzt, als es um sein eigenes Leben ging, setzte er nur ungern seine Kräfte ein. Markus hingegen war getrieben von seinem Rachewunsch und Robert deutlich überlegen. Ich erkannte bereits etwas hell Funkelndes auf Roberts Wangen. Reif!

»Max!«, rief ich lauter. Die Dringlichkeit in meiner Stimme veranlasste ihn endlich dazu, aufzusehen. Dennoch hielt er in seiner Wiederbelebungstätigkeit nicht inne. »Du musst deinem Vater helfen! Ich kümmere mich um Vincent.«

Max blickte sich um und entdeckte Robert, der mit dem Rücken an die Hauswand gepresst dastand. Markus hatte einen Arm ausgestreckt und drückte ihm die Kehle zu. Max' Augen weiteten sich vor Schreck, als er begriff. Er sprang auf, um seinem Vater zur Hilfe zu eilen. Der Einzige von uns, der noch halbwegs unversehrt und überhaupt dazu in der Lage war.

Ich hockte mich rittlings über Vincent und legte meine Hände auf die Stelle an seiner Brust, an der Max seine Herz-Druck-Massage gemacht hatte. Es war die einzige warme Stelle an seinem ganzen Körper. Ich wusste nicht woher ich die Kraft nahm, aber irgendwie schafften es meine Hände weiter auf seine Brust einzudrücken. Kam nicht irgendwann der Teil mit der Mund-zu-Mund-Beatmung? Ganz dunkel erinnerte ich mich an den Erste-Hilfe-Kurs, den ich im Zuge meines Führerscheinerwerbs hatte belegen müssen. Ich wünschte, er läge noch nicht so lange zurück. Mit tauben Fingern öffnete ich Vincents Mund. Dann hielt ich ihm die Nase zu und blies so viel Luft in seine Lunge, wie ich konnte. Hoffentlich machte ich es richtig. Das wiederholte ich zwei Mal, ehe ich die Herz-Druck-Massage fortsetzte.

»Komm schon, Vincent! Wach auf!« Blind vor lauter Tränen, konnte ich sein Gesicht kaum noch erkennen und das war schlimmer, als alles andere.

Seine letzten Momente wollte ich unverschleiert und ohne Tränen erleben. Ich zwang mich aufzuhören zu weinen, doch es wollte mir nicht gelingen. Ein heftiges Schluchzen ließ meine Schultern erbeben und die Bewegung raubte mir den Atem. Scheiß gebrochene Rippen! Zitternd holte ich Luft und sank auf die Kieselsteine zurück. Es hatte keinen Sinn länger weiterzumachen und darauf zu hoffen, dass mich seine goldenen Augen noch einmal anblicken würden. Ich hatte ihn verloren und der Schmerz in meinem Herzen überschattete alles zuvor Gewesene. Es war schlimmer, als der Moment, in dem ich mich von Vincent verraten gefühlt hatte und mir daraufhin das Herz erfrieren ließ, schlimmer, als die eisige Folter von Friedrich und schlimmer, als mein eigener Tod es je sein könnte. Ich fühlte mich, als hätte man mir das Herz aus der Brust gerissen. Ohne Vincent gab es für mich keinen Grund mehr zu kämpfen. Ich legte eine Hand auf seine kalte Wange, strich über die rauen Stoppeln seines Bartes und küsste ihn ein letztes Mal auf den Mund. Doch ich hörte schnell damit wieder auf. Ich zuckte vor den kalten, bewegungslosen Lippen zurück. Schwankend erhob ich mich. Egal, was jetzt kam. Es konnte nicht noch schlimmer sein. Wofür lohnte es sich noch zu kämpfen, wenn doch alles, was diesen Kampf wert gewesen wäre, bereits verloren war? Unwiederbringlich fort. Wozu noch weiterleben, wenn der eigene Tod das Leben anderer schützen konnte? Ich wusste, was ich jetzt zu tun hatte.

Mit erhobenen Händen trat ich auf Friedrich zu. »Tu es!«, zischte ich voller Hass.

»Mit dem allergrößten Vergnügen«, entgegnete dieser. »Aber zuerst solltest du dir ansehen, was du angerichtet hast. Dreh dich um und sieh sie dir an! All die Toten und Verletzten sind deine Schuld. Du allein bist dafür verantwortlich.«

»Caro! Nicht!«, schrie Vic. »Das hier ist nicht deine Schuld! Ich kenne dich und du bist ein guter Mensch. Hör nicht auf ihn!«

Ich versuchte ihre Worte auszublenden, während ich ein letztes Mal zu Pat und Vincent sah. Beide hatten ihr Leben gelassen. Nicht für mich, sondern wegen mir!

Max flog in hohem Bogen rückwärts auf Vincent drauf und landete quer über seiner Brust. Ich musste den Blick abwenden. Einen weiteren Toten konnte ich nicht ertragen.

»Schhhh. Victoria, beruhige dich. Gleich ist alles vorbei.« Veronikas Stimme klang sanft, beinahe mütterlich. Ich hätte nicht gedacht, dass sie zu so einer Tonlage überhaupt fähig war.

»Als Zeichen meiner Gutmütigkeit werde ich gleich dein Herz erfrieren. Du wirst einen schnellen Tod finden, obwohl du es nicht verdient hast.«

Ich wandte mich zu Friedrich um, sah ihm fest in die eisblauen Augen, die boshaft funkelten.

»Worauf wartest du noch, alter Mann?« Ich reckte das Kinn.

»Trotzig bis zum letzten Moment.« Er lachte leise, aber es war kein amüsiertes Lachen. »Veronika, bring Vic von hier weg. Sie muss das nicht mit ansehen.«

Veronika nickte und zog ihre Tochter mit sich mit.

»Lass mich los, Mutter«, flehte Vic. »Siehst du es denn nicht? Vincent braucht unsere Hilfe.«

»Nein, Schatz. Er ist ein Feuerblut«, sagte sie schlicht.

Vic biss ihr in den Arm und Veronika schrie mehr vor Überraschung als vor Schmerz auf, lockerte aber ihren Griff. Blitzschnell nutzte Vic dies aus und riss sich los. Dann rannte sie aus meinem Sichtfeld, vermutlich zu Vincent.

Nun gab es nur noch Friedrich und mich und mir blieb nichts mehr, als mit Würde zu gehen. Ich sah ihm an, dass er darauf wartete, dass ich um mein Leben bettelte, aber diesen Gefallen würde ich ihm nicht tun. Seine Augen bohrten sich in meine und ich spürte bereits das Eis, das durch meine Adern floss und sich langsam meinem Herzen näherte. Die schreckliche Kälte fraß sich durch die äußersten Schichten und näherte sich dem Zentrum – meinem schlagendem Herzen. Mein Puls raste, als wäre ich einen Marathon gelaufen. Vielleicht versuchte mein Herz durch die erhöhte Frequenz die Kälte zu verscheuchen, vielleicht war es aber auch nur meine panische Angst vor dem Ende. Friedrich hatte nicht gelogen, es ging schnell. Viel zu schnell. Die Kälte stach mir in die Brust und ich krümmte mich, presste meine Hände auf die Stelle, an der mein Herz lag. Es musste aussehen, als hätte ich einen Herzinfarkt. Der Druck war beinahe unerträglich und fühlte sich nun auch so an wie ein Herzinfarkt. Ich brach zusammen und als ich am Boden lag, wünschte ich mir nur, die erlösende Schwärze würde endlich über mich hereinbrechen. Mein Puls wurde langsamer und die Eiseskälte nahm zu.

Zwei Füße in schwarzen Stiefeln verharrten kurz neben meinem Kopf dann gingen sie weiter und verschwanden. Mein Blick verschleierte sich. Die Welt um mich herum wurde leiser und dann plötzlich wieder lauter. Wie eine Stereoanlage, deren Lautstärke hochgedreht wurde. Der Druck auf meinem Herzen nahm ab und es schlug schneller und gleichmäßiger. Was war los? Hatte Friedrich etwa beschlossen, mich lieber noch eine Weile zu quälen? Die schwarzen Stiefel tauchten erneut in meinem Blickfeld auf. Die Person ging in die Hocke und ein weißblonder Zopf kitzelte meine Wange.

»Vic?«, meine Stimme war kaum mehr als ein Hauch. War sie zurückgekommen, als sie sah, dass sie für Vincent nichts mehr tun konnte?

Sie beugte sich vor, bis ich ihr Gesicht sehen konnte. Es gehörte nicht Vic. Wenn ich einen Herzinfarkt bekommen sollte, dann wäre jetzt der richtige Augenblick dafür gewesen.

»*Valentina*«, stieß ich hervor und es klang wie ein Schimpfwort.

»Kannst du aufstehen?«, fragte sie bloß.

Ich konnte sie nur matt ansehen.

Ungeduldig schnalzte sie mit der Zunge und hatte dabei unglaubliche Ähnlichkeit mit Veronika. Aber ihre Augen funkelten mich nicht wie erwartet bösartig an. Stattdessen war ihr Blick, nun ja, nicht gerade mitfühlend, aber diese Beschreibung kam ihrem Ausdruck am nächsten.

»Ich würde dir ja aufhelfen, aber ich kann nicht. Schaffst du es alleine? Wir müssen uns beeilen.«

Ich verstand gar nichts mehr. »Was willst du von mir?«, brachte ich schwach hervor. »Friedrich ist-«

»Außer Gefecht gesetzt«, unterbrach sie mich ungeduldig. Ein weiteres Zungenschnalzen ertönte. »Er wird in der nächsten halben Stunde niemanden umbringen.«

»Was?« Ich versuchte meinen Oberkörper hochzustemmen, um zu sehen, wovon in aller Welt Val redete. Meine Arme fühlten sich an wie Zahnstocher. Dünn und zerbrechlich. Ich brauchte mehrere Anläufe, bis ich das Zittern soweit unter Kontrolle hatte, dass ich aufrecht saß. Dann endlich erblickte ich Friedrich, der vor meinen Füßen bewegungslos im Gras lag.

»Was hast du getan?« Ich robbte ein Stück von ihr weg, aber entweder war es ihr egal oder sie tat nur so, jedenfalls machte sie nicht den Anschein, als störte sie meine unverhohlene Abneigung.

»Komm jetzt! Uns läuft die Zeit davon!«, drängte sie mich erneut zur Eile an.

»Du bist verrückt«, flüsterte ich entsetzt und verharrte regungslos.

»Caro, bitte, muss ich dich wirklich anfassen und hochzerren? Du weißt, was dann passiert, oder?« Sie sah mich flehend an.

Eine Erinnerung versuchte an die Oberfläche zu gelangen, wie eine Welle, die an einen Strand rollte. Sie leckte am Rand meines Gedächtnisses, aber ich bekam sie nicht zu fassen.

»Wenn wir uns beeilen, bemerkt vielleicht keiner unser Verschwinden. Sie sind gerade zu beschäftigt.« Die Dringlichkeit in ihrer Stimme, gepaart mit ihrem flehenden Blick, setzte schließlich etwas in mir in Bewegung und ich kam langsam und unter Schmerzen auf die Beine.

Val dirigierte mich mit schnellen Schritten um die Villa herum. Ich hatte Mühe, ihr zu folgen. Sie drehte sich nicht nach mir um, um zu sehen, ob ich hinterherkam. Erst hinter dem Brunnen, mit der Marmorskulptur in der Mitte des Beckens, blieb sie stehen und bedeutete mir, mich neben sie ins Gras zu setzen.

Dieser Aufforderung kam ich sofort nach. Meine Kraft reichte für keinen weiteren Schritt. Ich sank neben ihr zu Boden. Mit dem Rücken an den Brunnen gelehnt, waren wir außer Sichtweite, aber leider bedeutete das auch, dass ich die anderen nicht mehr sehen konnte und keine Ahnung hatte, was da vorne vor sich ging. Wer noch lebte und wer bereits tot war.

»Du musst das beenden.« Val klang eindringlich.

Ruckartig wandte ich ihr den Kopf zu und stieß ein bitteres Lachen aus. »Ja, wie denn? Denkst du nicht ich hätte es getan, wenn ich es könnte? Denkst du nicht, ich hätte Vincent gerettet, wenn ich dazu in der Lage gewesen wäre?« Meine Stimme überschlug sich und ich musste ein Schluchzen unterdrücken.

Val sah mich ruhig an. Es lag keine Abneigung wie sonst darin. »Du warst nicht gut genug«, sagte sie langsam. »Aber das können wir ändern. Du musst es nur wirklich wollen.«

»Was willst du von mir? Weshalb interessiere ich dich überhaupt?« Ich lehnte meinen Kopf kraftlos nach hinten gegen den harten Brunnenstein.

»Na schön«, zischte sie und klang wieder mehr nach der alten Val. »Aber ich will kein Mitleid von dir!« Ich nickte schwach und sah sie abwartend an. Sie verschränkte ihre Hände fest ineinander. Die Fingerknöchel stachen weiß hervor. »Die Phönixkräfte haben mein Leben zerstört«, begann sie stockend. »Seit das Gen aktiviert wurde, bin ich nicht mehr in der Lage, einen anderen Menschen zu berühren. Sobald ich es versuche, erleidet dieser Erfrierungen. Manchmal vergesse ich es, aber das Zusammenzucken der Person erinnert mich jedes Mal daran. Kannst du dir vorstellen, wie es ist, seit Jahren niemanden mehr berührt zu haben?« Ihre Lippen zitterten und sie presste sie schnell aufeinander.

Das erklärte zumindest Vals abweisende Haltung. Es musste hart sein, niemanden anfassen zu können. Obwohl Val sich mir gegenüber immer wie ein Ekel verhalten hatte, tat sie mir leid. Mein Blick wurde weicher.

»Kein Mitleid! Du hast es versprochen!«

»Entschuldige. Kommt nicht wieder vor. War es das, was du mit Friedrich getan hast? Ihn einfach nur berührt?«

»Ja. Er war zu sehr mit dir beschäftigt, sonst hätte er mich nie so nah an sich rangelassen. Nachdem ich meine Hände auf seine Lungen gepresst hatte, dauerte es nur Sekunden, bis er ohnmächtig wurde.« Sie verzog ihr Gesicht.

»Und woher kommt das? Wieso kannst du niemanden berühren?«

Vals Blick war hart. »Wir wissen es nicht. Friedrich vermutet einen Gendefekt. Meine Mutter schiebt es auf mangelnde Disziplin. Sie glaubt, es wäre meine eigene Schuld. Ich sei nicht in der Lage, meine Kräfte ordnungsgemäß zu kontrollieren. Es ist, als wäre ich verflucht. Ich hasse es, ein Phönix zu sein! Jeden verdammten Tag!«, schrie sie schrill.

Ich schluckte. Das konnte ich durchaus nachvollziehen. »Und was erwartest du jetzt von mir?«

»Na, dass du den Fluch aufhebst. Was sonst?«

Was sonst? Anstelle eines Lachens wurde ich von einem Hustenanfall gebeutelt. Mir tat jeder Knochen weh. Das Atmen fiel mir schwer und sogar mein Herzschlag schmerzte.

»Ich glaube nicht, dass ich dir da weiterhelfen kann«, entgegnete ich matt. »Ich kann kaum noch aufrecht stehen, geschweige denn einen Fluch aufheben. Und selbst wenn: Ich weiß nicht, wie.«

Müde schloss ich die Augen.

»Hey! Bleib wach!« Sie gab mir einen Klaps auf die Wange und die Kälte stach mir in die Haut wie eine Million Nadeln.

»Val, ehrlich. Ich weiß nicht, wie ich die Linien auslöschen kann, wenn es das ist, was du willst. Ich habe geblufft, okay? Ich habe nicht den geringsten Schimmer, wie ich die Prophezeiung erfüllen soll.«

»Die Linien auslöschen? Pah! Ich muss sagen, ich bin enttäuscht. Ich hätte dir mehr Intelligenz zugetraut. Dass auch du auf diese falsche Interpretation hereinfällst.« Sie schüttelte ungläubig den Kopf.

»Du kennst die Prophezeiung?«

»Jeder von uns kennt sie. Wir wussten vom ersten Augenblick an, als du zu uns kamst, wer du bist und wozu du in der Lage bist. Was glaubst du, warum ich dich überreden sollte dein Herz zu gefrieren?« Sie machte eine kleine Pause. »Veronika hatte Angst vor dir und sie glaubte, durch ein Herz aus Eis wärst du leichter zu kontrollieren und würdest tun, was man dir sagt, ohne es zu hinterfragen.«

Das waren zu viele Informationen auf einmal. Mein Kopf schwirrte. Dann hatten sie mich von Anfang an manipuliert! Endlich fiel mir auch wieder der Moment ein, in dem mich Val das erste Mal berührt hatte. Als sie mich zu Veronika brachte, bevor der Teil mit dem Eis und dem Herz kam.

»Und jetzt willst du mir sagen, dass ...« Ich strengte mich an meine Gedanken zu sortieren. Es fiel mir erschreckend schwer. Was hatte noch gleich in dem Brief meiner Mutter gestanden? »... dass ich die Macht besitze, die Phönixkräfte zu absorbieren oder so was in der Art?«

»Exakt.«

»Du bist verrückt.«

»Den Teil hatten wir schon.«

»Nein, ernsthaft. Das ist doch nur ein dummes Märchen. Nichts davon ist wahr!«

Val schüttelte stoisch den Kopf. »Du irrst dich. Ihr alle irrt euch. Ich würde mein Leben darauf verwetten, dass du es kannst.«

»Dann verabschiede dich besser schon mal von deinem Leben. Ich würde nicht auf mich setzen.«

»Das musst du aber.« Plötzlich war ihr Blick eindringlich. Sie beugte sich näher. »Es ist wichtig, dass du dich auf deine Bestimmung besinnst. Die anderen haben nicht mehr viel Zeit. Auch Vincent nicht. Seine Zeit läuft ab, genau wie die der Übrigen. Die anderen werden sich bis auf den Tod bekämpfen, wenn du es nicht unterbindest.«

»Wie, Val, wie? Ich weiß es nicht! Ich kann es nicht!«, schrie ich sie verzweifelt an.

»Ihr Feuerblute und euer Temperament.« Sie schnalzte wieder ungehalten mit der Zunge. »Konzentrier dich jetzt! Und zwar schnell!«, herrschte sie mich an.

Reflexhaft tat ich, was sie sagte, schloss die Augen und horchte in mich hinein. Alles, was ich spüren konnte, war mein inneres Feuer.

»Ich sehe schon, du bist nicht richtig motiviert. Aber das lässt sich ändern.« Ein teuflisches Lächeln umspielte ihre Lippen. Dann stand sie auf und bedeutete mir ihr zu folgen.

Eine leise Panik beschlich mich. »Val, was hast du vor?«

»Pst.« Sie legte einen Finger auf die Lippen. »Wir wollen doch nicht, dass die anderen auf uns aufmerksam werden.« Sie winkte mich zu sich heran.

Ergeben kam ich hinter ihr her, bis wir die Hausecke erreichten, von wo aus links die Treppenstufen zum Hauseingang hochführten.

»Dort oben gehst du hinter der Balustrade in Deckung und achtest auf mich. Und eines noch.« Sie kniff die Augen zusammen. »Glaube ja nicht, ich würde bluffen. Ich meine es todernst. Wenn ich nicht mein Leben zurückbekomme, wirst du es auch nicht.« Damit machte sie auf dem Absatz kehrt und verschwand im Getümmel.

Ich schleppte mich die wenigen Treppenstufen hinauf. Hatte Val Recht, war ich der Schlüssel?

Dann wäre ich unsere einzige Rettung.

15. Kapitel

Durch die Spalten zwischen den Säulen des Treppengeländers schaute ich auf das Schlachtfeld hinunter. Außer Pat und Friedrich sah ich niemanden am Boden liegen. Aber, das war unmöglich! Wo war Vincent? Er musste ebenfalls irgendwo dort unten liegen. Ich rutschte weiter nach links, um von der anderen Seite hinab zu spähen, und da entdeckte ich ihn endlich. Vincent lehnte an der Hauswand. Selbst von hier aus sah ich, wie sich sein Brustkorb leicht hob und senkte. Vor ihm stand Max und versuchte die Angriffe von Veronika abzuwehren. Max wurde kontinuierlich zurückgedrängt. Es sah nicht gut aus für ihn. Er würde nicht mehr lange durchhalten. Doch Vincent lebte! Er hatte nach wie vor die Augen geschlossen, aber er atmete.

Aus den Schatten tauchte Val auf. Bevor ich richtig begriff, was vor sich ging, hatte sie Max die Hände auf die Brust gepresst. Seine Augen weiteten sich vor Überraschung, dann ging er zu Boden. Veronika ließ augenblicklich von ihren Angriffen ab und ging zu ihrer Tochter. Diese drehte sich blitzschnell um und machte das Gleiche noch mal mit ihrer Mutter. Deren Lippen formten ein O, dann fiel auch sie um. Val näherte sich Vincent. Was hatte sie vor? Sie kniete sich neben ihn hin, dann sah sie zu mir hoch. Unsere Blicke trafen sich und ihre Lippen formten das Wort *Motivation.* Dann richtete sie ihre Aufmerksamkeit auf Vincent und berührte sanft dessen Wange. Von hier oben wirkte die Geste beinahe zärtlich, als wolle sie ihn streicheln. Doch dann sah ich die verräterischen Spuren. Dort, wo ihre Finger eben noch seine Haut berührt hatten, erblühten Eisblumen. Vincent gab einen gequälten Laut von sich, ohne jedoch die Augen zu öffnen. Er war zu schwach, um sich gegen Val zu wehren. Mit Panik beobachtete ich, wie sie langsam seinen Hals hinabstrich. Ich vergaß meine Deckung und sprang auf.

»Val, hör damit auf!«, schrie ich panisch.

»Versuch doch mich aufzuhalten, aber ich warne dich, wenn du dich mir auch nur einen Schritt näherst, werde ich meine Hände auf sein Herz legen. Er wird tot sein, noch bevor du die Treppe erreichst.«

Die weißen Eisblumen auf Vincents Hals und Wange gaben ein groteskes Bild ab. Sie vermittelten Schönheit und Sanftheit, wo es keine gab. Wenn sogar mich die Kälte meinen Tod hatte herbeiwünschen lassen, wie musste es dann erst für einen Feuerphönix sein? Auf Vincents Haut musste der eisige Schmerz um ein Zehnfaches stärker sein. Ich musste sein Leid beenden. Nur wie? Was konnte ich tun? Val war davon überzeugt, dass ich es konnte. Und auch meine Eltern hatten an meine Macht geglaubt. Nur ich selbst glaubte noch nicht daran. Doch das war der einzige Weg, das war die Bedingung. Aber wie glaubte man an sich selbst? Wie schaffte man es, die Zweifel auszublenden?

»Du hast noch eine Minute, bevor meine Hand sein Herz erreicht.« Sie fuhr die Linie über Vincents Schlüsselbein entlang und ein weiterer schrecklicher Laut hallte in meinen Ohren wider. Vincent klang wie ein Tier, das zu Tode gequält wurde. Alles in mir schrie danach, ihm zur Hilfe zu eilen, seine Qualen zu beenden. Jeder Laut von ihm verursachte auch mir unsägliche Schmerzen. Val kam seinem Herzen bereits gefährlich nahe. Es fehlten nur noch wenige Zentimeter.

»Val! Nein!«, schrie ich, obwohl ich wusste, dass es nichts nützte. Sie würde nicht aufhören und wenn ich nichts tat, war Vincent in weniger als dreißig Sekunden tot. Ich streckte meine Hand nach Val aus, als wollte ich sie packen und von Vincent wegzerren. Sie musste damit aufhören! Ihre Kräfte. Ich brauchte ihre Kräfte.

Auf einmal spürte ich etwas. Tief in mir drin. Mein inneres Feuer erschien auf meiner ausgestreckten Hand. Es sah anders aus als sonst. Die Flammen liebkosten einander nicht, sondern wirbelten wie in einem Feuersturm umeinander. Die einzelnen Farben verschwammen zu einem kräftigen Violett. Es war wie ein Sog, den ich auf Val konzentrierte. Ich sog ihre Kräfte ein. Ich sah, wie Vals Hand an der Stelle verweilte, unter der sich Vincents Herz befand, aber nichts geschah. Seine Brust hob und senkte sich weiterhin. Es funktionierte. Erleichterung durchflutete mich.

Im selben Moment verselbstständigte sich der Wirbel. Er wurde größer, bäumte sich auf und ich hatte nicht länger die Kontrolle über ihn. Es war, als hätte er seinen eigenen Willen entwickelt, nachdem er Vals Kräfte absorbiert hatte. Mal wieder war ich völlig machtlos und fühlte mich fremdgesteuert. Als wäre da etwas in mir drin, das unbedingt raus wollte. Wie in Trance nahm ich wahr, wie sich der Flammensturm von meiner Hand löste und immer weiter anwuchs. Er nahm inzwischen gigantische Ausmaße an.

Unter mir hörten die Kämpfe auf. Die plötzliche Stille ließ das Tosen des Wirbels umso lauter erscheinen. Alle starrten sie wie gebannt zum Himmel, der mittlerweile vollständig von einem violetten Wirbel bedeckt wurde. Es sah aus, wie ein Portal in eine andere Dimension, wie ein Strudel, der alles zu verschlingen drohte.

Die überraschten, ängstlichen Mienen bestätigten meinen Verdacht. Der Wirbel hatte auch ihre Kräfte aufgesogen. Ein paar Blitze zuckten an den Rändern des Strudels. Ob diese von dem Unwetter kamen oder eine Folge des Kräfteaufsaugens waren, ließ sich unmöglich feststellen. Es hatte sich deutlich verdunkelt, als hätte der Wirbel mit den Phönixkräften auch sämtliches Licht aufgesogen. Jetzt zog er sich zusammen, nahm die Form eines Tornados an und stürzte auf mich zu. Das ohrenbetäubende Tosen verschluckte mit mir meinen Schrei.

In dem Moment, in dem sich die violetten Wände um mich stülpten, spürte ich ein Ziehen in meinen Adern, verbunden mit einem leichten Kribbeln. Meine Phönixkräfte verließen mich ebenfalls. Im Inneren des Wirbels war es komplett still. Durch die lodernde Feuerwand konnte ich die anderen nicht mehr sehen. Dafür erblickte ich kleine Lichtblitze auf meiner Haut. Als die elektrischen Funken nachließen und schließlich verschwanden, verschwanden auch meine Kräfte endgültig. Statt mich auszuspucken und weiterzuziehen oder was auch immer Tornados eben taten, hob dieser mich in die Luft. Meine Füße verloren ihren Halt und baumelten hilflos in der Luft. Immer höher stieg er mit mir auf und ich konnte nur beten, dass er mich nicht nach Oz brachte.

Verzweifelt stellte ich fest, dass es keine Möglichkeit gab, hier heraus zu kommen. Ich saß fest. Mit meinen Händen versuchte ich die Wände zu durchdringen, aber ich hatte keine Chance.

Plötzlich verdichtete sich der Tornado, die Drehungen wurden langsamer und das Violett wich dem vertrauten Rot und Blau. Dem Wirbel entstieg ein Vogel, schöner, als es mit Worten möglich war, ihn zu beschreiben. Dann spuckte mich der Wirbel aus und während ich mehrere Meter tief fiel, breitete der Phönix seine Schwingen aus und ich erhaschte einen Blick auf die Pracht seiner Federn. Sie bestanden aus Feuer und Eis. Der Anblick war ehrfurchtsgebietend und von blendender Schönheit, wie es nur eine Gottheit vermochte. Sein Gefieder leuchtete in allen nur erdenklichen Rot- und Gelbtönen, als stünde es in Flammen. Zu den Spitzen hin wurden seine Schwingen eisblau. Die einzelnen Federn endeten in einer Schneeflocke. Jede aus einem anderen komplizierten Muster und jede für sich perfekt.

Ich landete hart auf dem Rücken. Staub und Dreck wirbelten auf. Der Aufprall presste sämtliche Luft aus meinen Lungen und ich hatte das Gefühl zu ersticken. Mein Atem ging rasselnd und doch erreichte die Luft nicht meine Lungen. Unfähig mich zu bewegen blieb ich reglos liegen. Der Wirbel wurde kleiner und verschwand hinter den dichten Wolken. Mein Blick trübte sich, als läge ein Schleier vor meinen Augen.

Etwas hob sich vor dem tristen, grauen Hintergrund ab. Kam langsam auf mich zu und wurde größer. Das letzte, was ich sah, war eine einzelne, schillernde Feder, geboren aus Feuer und Eis, die sachte neben mir in den Staub fiel.

16. Kapitel

Das unermüdliche Piepsen eines Monitors drang zu mir durch. Was war das für ein nerviges Geräusch? Ich versuchte meine Augen zu öffnen, aber es gelang mir kaum mehr als einen Spalt breit. Grelles Licht blendete mich und dann war es auf einmal verschwunden und zwei verschwommene, karamellfarbene Punkte mit kupferfarbigen Linien darüber drangen in mein Sichtfeld. Die Linien schoben sich zusammen und bildeten eine merkwürdige geschwungene Form wie eine Welle.

»Ihre Augen blicken mich an, aber ich glaube, sie sieht mich nicht.« Die Stimme klang besorgt und ich wollte ihr sagen, dass es mir gut ging, aber ich brachte kein Wort über die Lippen. Ich schaffte es kaum, die Augen länger aufzuhalten.

»Das sind vermutlich die Folgen des Schmerzmittels. Lass sie schlafen«, antwortete eine hohe Stimme.

Die goldenen Punkte verschwanden und das Licht war wieder viel zu hell. Um meine Augen zu schützen, schloss ich sie und die Welt um mich herum versank erneut im Dunkeln.

***

Meine Nase juckte. Ich hob meinen Arm, um die juckende Stelle zu erreichen, aber etwas zerrte daran und hinderte mich. Ich zog fester.

»Nicht.« Finger schlossen sich um meine Hand und drückten meinen Arm sanft nach unten. »Du reißt dir die Schläuche raus.«

Was für Schläuche? Ich öffnete die Augen. Vincent beugte sich über mich. Sein Gesicht war ganz nah.

»Vincent?« Meine Stimme war kaum mehr als ein raues Kratzen.

Er rang sich ein schiefes Lächeln ab. Es erreichte nicht seine besorgten Augen.

»Alles in Ordnung. Ich bin hier.«

»Was ist los?« Ich versuchte mich aufzurichten und ein stechender Schmerz fuhr durch meine Wirbelsäule und meine rechte Seite. Ich bekam kaum Luft. Meine Finger krampften sich um das Laken.

»Hast du starke Schmerzen? Soll ich eine Schwester rufen?«

»Nein ... ich-« Mein Blick fiel auf den Katheter in meinem Handrücken, von dem aus ein Schlauch zu einem Tropf über meinem Kopf führte, durch den unablässig eine Flüssigkeit in meinen Körper rann. »Bin ich im Krankenhaus? Was ist passiert?«

Vincents Züge erschlafften. Als hätte er keine Kraft, weiterhin zu lächeln. »Du hast eine Fraktur an drei Brustwirbeln und zwei gebrochene Rippen.«

»Oh.« Das erklärte die unablässigen Schmerzen bei jedem Atemzug. Ich versuchte flach zu atmen, um meinen Brustkorb möglichst wenig zu bewegen, hatte dabei aber andauernd das Gefühl, zu wenig Sauerstoff zu bekommen. »Was ist mit dir? Geht es dir gut?«

»Caro, wirklich, um mich musst du dir keine Sorgen machen.« Aus seiner Stimme war leiser Tadel zu hören.

Skeptisch betrachtete ich sein Gesicht. Bis auf eine Schramme an seiner linken Wange, sah er unversehrt aus. »Und die anderen?«

»Die haben alle mehr oder weniger große Blessuren, aber darüber solltest du dir nicht den Kopf zerbrechen. Schlaf jetzt. Und wenn du aufwachst, werde ich da sein.«

Vincent kam näher und ich schloss die Augen. Ich spürte die zarte Berührung seiner Lippen auf meiner Stirn und mit einem Gefühl der Geborgenheit dämmerte ich weg.

***

Leises Gemurmel weckte mich. Mein Nacken fühlte sich steif an, als ich ihn in Richtung der Stimmen drehte und blinzelte. Mara und Doro steckten ihre Köpfe zusammen und tuschelten. Als sie merkten, dass sie beobachtet wurden, fuhren sie auseinander.

»Hey, du Langschläferin«, begrüßte mich Mara und umarmte mich vorsichtig.

Doro tat es ihr gleich, nur etwas weniger umsichtig. »Au«, beschwerte ich mich, als sie mit ihrem Arm auf meine gebrochenen Rippen drückte.

»Entschuldige.« Sie wich zurück.

»Was tut ihr beide hier?«

»Na, jedenfalls nicht Schach spielen«, entgegnete Doro.

»Nein, das meinte ich nicht.« Ich runzelte die Stirn. »Woher wusstet ihr, wo ich bin?«

»Von Vincent.« Mara deutete mit dem Kinn über meinen Kopf schräg nach hinten. »Er hat uns angerufen.«

Erst jetzt wurde mir bewusst, dass ich ihn nicht mehr spüren konnte. Das versetzte mir einen Stich, denn es kam mir so vor, als wäre dadurch eine wichtige Verbindung gekappt. Vorsichtig drehte ich mich zur anderen Seite. Trotzdem zuckte ich vor Schmerz zusammen, als ich meinen Oberkörper leicht bewegte. Vincent saß zusammengesunken auf einem Stuhl und schlief. Wenn er aufwachte, würde er bestimmt auch einen steifen Nacken haben.

»Wie lange ist er schon hier?«, flüsterte ich.

Doro zuckte die Achseln. »Seit du ins Krankenhaus eingeliefert wurdest, denke ich.«

»Und wann war das?« Das letzte woran ich mich erinnerte, war die schillernde Feder des Phönix', die neben mir zu Boden fiel. War das wirklich geschehen oder gehörte das bereits zum Traum? Hatte ich tatsächlich den Phönix gesehen oder es mir nur eingebildet? Ich war mir nicht sicher.

Doro wechselte einen Blick mit Mara. »Vor zwei Tagen.«

»Zwei Tage?« Hatte ich wirklich so lange geschlafen?

»Du warst zwischendrin mal wach, hat uns Vincent erzählt«, fuhr Mara fort. »Er ist wirklich süß. Wollte nicht mal nach Hause gehen, um sich auszuruhen, als wir gekommen sind. Sei bitte nicht so hart zu ihm.« Sie biss sich auf die Unterlippe, als hätte sie bereits zu viel gesagt.

»Wie meinst du das?«

Mara setzte ein unschuldiges Gesicht auf. »Ach, nur so.«

»Wir werden dich vermissen.« Doros grüne Augen sahen mich unendlich traurig an.

Ein Stich fuhr mir durchs Herz. Vor lauter Schreck vergaß ich meine Verletzungen und wollte mich aufrichten. Meine Brustwirbel erinnerten mich aber gleich wieder daran, es zu lassen. Ich verzog das Gesicht. »Werde ich etwa sterben?«

»Was?« Mara blinzelte.

Doro lachte auf. »Das will ich mal nicht hoffen. Wobei, es soll ja Leute geben, die lieber sterben würden, als diesen Schritt zu wagen.«

»Du bist wach!« Doros Lachen hatte Vincent geweckt. Er kam an mein Bett und strich mir vorsichtig über die Wange.

»Wir lassen euch zwei dann mal alleine. Komm, Doro.« Mara zog sie in Richtung Ausgang.

»Warte. Was meinst du damit?«

»Wir kommen morgen wieder«, versprach Doro, ohne auf meinen Einwand einzugehen. Dann fiel die Tür hinter ihnen ins Schloss.

Verwirrt blickte ich die weiße Tür an. »Was war das denn eben?«

»Sie dachten wohl, du hättest viele Fragen und wollten uns nicht stören.«

»Ach so«, sagte ich nicht ganz überzeugt.

Er zögerte. »Und? Hast du?«

»Ich weiß gar nicht, wo ich anfangen soll.«

Vincent setzte sich neben mich aufs Bett. Er sah müde aus. Tiefe, dunkelviolette Schatten lagen unter seinen Augen und seine Wangen wirkten eingefallen. Doch seine Augen hatten nichts von ihrer Leuchtkraft verloren. Geduldig wartete er auf eine Frage von mir.

»Seid ihr jetzt alle Menschen? Hat es funktioniert?«

Er nickte bedächtig. »Wir müssen uns alle erst noch daran gewöhnen nichts Besonderes mehr zu sein. Nur Valentina war auffällig gut gelaunt, nachdem der Feuersturm vorüber war.« Kleine Falten bildeten sich auf seiner Stirn.

»Das kann ich mir denken. Und wie geht es dir? Bist du sauer auf mich, weil du deine Kräfte verloren hast?« Ich biss mir auf die Unterlippe. Selbst mir fehlten sie und ich hatte sie nur kurze Zeit besessen.

»Auf keinen Fall. Ich bin froh, dass dieser ganze Wahnsinn ein Ende hat.«

»Fehlen sie dir nicht?« So ganz glaubte ich ihm nicht, dass ihn der Verlust seiner Kräfte wirklich so kalt ließ, wie er mich glauben lassen wollte. Immerhin war Vincent sein Leben lang ein äußerst ehrgeiziger Phönix gewesen.

»Ein bisschen«, gab er zu. »Aber nicht so sehr, wie du mir gefehlt hast in diesen zwei Tagen. Als ich dich am Boden liegen sah, dachte ich wirklich, du wärst tot. Das waren die schlimmsten Minuten meines Lebens.«

»Aber du warst doch selbst nicht bei Bewusstsein«, wandte ich ein. Nur allzu deutlich sah ich Vincent vor mir, wie er an der Hauswand gelehnt hatte, mehr tot als lebendig.

»Nachdem meine Kräfte verschwunden sind, bin ich aufgewacht. Es war beinahe, als hätte der Sturm auch das giftige Eis aus meinen Adern absorbiert.« In seiner Stimme schwang Verwunderung mit. »Was es auch war, danach ging es mir auf jeden Fall bedeutend besser.«

Die Erleichterung darüber, Vincent wohlauf neben mir sitzen zu sehen, wurde von meinen Schuldgefühlen für Pat völlig erdrückt. Denn Pat würde es nie wieder gut gehen. Für ihn kam jede Hilfe zu spät. Die Schuldgefühle stürzten wie eine Flutwelle über mich ein und begruben mich darunter. Das war schlimmer als alle Knochenbrüche dieser Welt zusammen. Tränen sammelten sich in meinen Augen. Ich versuchte, mein Gesicht in den Händen zu vergraben, aber nicht einmal das war mir vergönnt, wegen des Katheters in meinem Handrücken.

»Hast du starke Schmerzen?«, fragte Vincent besorgt und strich mir sanft über die Wange.

Ich schüttelte den Kopf. »Pat«, brachte ich schließlich mit erstickter Stimme hervor. »Ihm wird es nie wieder besser gehen.«

»Natürlich wird es das.« Seine Stimme nahm einen angenehm beruhigenden Klang an. »Die Ärzte kümmern sich hervorragend um seine Verbrennungen. Er wird vielleicht ein paar Narben auf seinem Oberkörper behalten, mehr aber auch nicht.«

Nur langsam drangen seine Worte zu mir durch und ich brauchte eine Weile, bis ich sie vollends begriff.

»Dann ... dann ist er gar nicht tot?« Aber ich hatte ihn doch sterben sehen! Ich selbst war es gewesen, die die tödlichen Flammen ausgesandt hatte.

»Du dachtest, er sei tot?« Bestürzung spiegelte sich in seiner Miene. »Caro, er war lediglich bewusstlos und-«

Ich schluchzte laut auf. Erleichterung durchflutete mich. Pat lebte und ich war keine Mörderin!

Vincent machte Anstalten mich in die Arme zu ziehen, ließ es dann aber nach einem Blick auf die vielen Schläuche sein.

»Ich dachte, ich hätte ihn umgebracht«, schluchzte ich.

Er griff nach meiner Hand, mit der anderen strich er mir über den Kopf. »Aber das hast du nicht. Kein Grund, dir für irgendetwas die Schuld zu geben. Es geht ihm gut, Caro, ehrlich.«

»Dann ist er wieder er selbst?«

»Als er zu sich kam, war er schon wieder er selbst. Das Eis in seinem Herzen muss in dem Augenblick verschwunden sein, als unsere Kräfte verschwanden.«

»Woher weißt du das alles?«

»Pat liegt ebenfalls hier, auf einer anderen Station und Vic kam gestern vorbei, als ich dachte, du hättest zum ersten Mal die Augen geöffnet. Sie lässt dir ausrichten, dass es ihr und Pat gut geht und sie beide dir nicht die Schuld an den Geschehnissen geben, sondern einzig und allein Friedrich. Wir alle tun das. Ich schätze, Friedrich wird zukünftig alleine wohnen. Pats Eltern wohnen jedenfalls vorübergehend bei den Wasers, sie wollen aber so schnell wie möglich eine eigene Wohnung finden.«

Eine Schwester kam herein und brachte ein Tablett mit Essen. »Wie geht es Ihnen?«, wandte sie sich mit einem freundlichen Lächeln an mich.

»Geht so.«

»Auf einer Skala von eins bis zehn, wie stark würden Sie ihre Schmerzen einstufen?«

»Acht oder neun.«

»Dann bringe ich Ihnen noch eine Schmerztablette, damit Sie die Nacht gut durchschlafen können.«

»Danke.«

Die Krankenschwester verließ das Zimmer.

»Möchtest du etwas essen?«, fragte Vincent mit Blick auf das Tablett.

»Eigentlich habe ich überhaupt keinen Hunger. Ich würde dir gerne noch ein paar Fragen stellen, wenn du nichts dagegen hast.«

»Zumindest deinen Wissenshunger hast du nicht verloren«, schmunzelte er.

Die Schwester kam zurück und reichte mir eine Tablette mit einem Glas Wasser. »Ungefähr nach einer halben Stunde sollte die Wirkung einsetzen«, fügte sie hinzu.

Ich schluckte die weiße Tablette und leerte das Glas komplett aus. Danach fühlte sich meine Zunge weniger pelzig an.

Nachdem wir wieder alleine waren, traute ich mich weitere Phönixthemen anzuschneiden.

»Es ist komisch dich nicht mehr zu spüren und auch sehr schade. Ich mochte deine Aura«, fing ich an.

Er strich mir zärtlich über die Wange. »Und ich deine. Wir mögen uns zwar nicht mehr auf diese Weise spüren können, aber ich bin mir sicher, dass unser inneres Feuer noch existiert. Irgendwo ganz tief in uns drinnen, nur können wir es nicht mehr sehen – eben so, wie jeder normale Mensch.«

Die Vorstellung, dass wir unser inneres Feuer nicht gänzlich verloren hatten, machte mich glücklich. Ich dachte an die blau-roten Flammen, die früher auf meiner Hand getanzt hatten und daran, wie ich diese Fähigkeit verloren hatte. Bilder von einem Wirbelsturm und einem schillernden Phönix zuckten durch meinen Geist.

»Hast du ihn auch gesehen? Den Phönix, meine ich. Oder war das eine Halluzination?« Unsicher sah ich ihn an.

Vincent nahm meine kabellose Hand in seine und drückte sie leicht. »Ich habe ihn nicht gesehen, aber ich hätte alles für diesen Anblick gegeben. Es muss atemberaubend gewesen sein, oder? Wie sah er aus?« Neugier blitzte in seinen Augen auf.

»Dann hast du die Feder nicht gefunden?«

»Welche Feder?«, fragte er mit leicht verwirrtem Ausdruck im Gesicht.

Ich runzelte die Stirn. Angestrengt dachte ich an den Moment, als mir der Aufprall die Luft zum Atmen geraubt hatte. Da war eine Feder vom Himmel hinab geschwebt. Ich hatte sie doch gesehen, wie sie neben mir im Staub gelegen hatte. Oder hatte ich mir das etwa nur eingebildet? Jemand könnte sie auch aufgehoben und mitgenommen haben. Nur wenn ja, wer?

»Nicht so wichtig.« Ich machte eine kurze Pause, in der ich überlegte, wie ich den Phönix am besten beschreiben könnte. »Der Phönix sah unglaublich aus. Eine Erscheinung aus Feuer und Eis. Sein Gefieder …« Ich schilderte ihm meine Erinnerung an die Gottheit so detailliert wie möglich, aber meine Worte reichten bei Weitem nicht aus, um dem Anblick des Phönix' gerecht zu werden. Vielleicht war es sein Dank an mich gewesen, dafür, dass ich ihn befreit hatte und er wiedergeboren werden konnte. Deshalb war er nur mir erschienen. Aber vielleicht irrte ich mich auch. Wer konnte schon die Beweggründe einer Gottheit nachvollziehen? Ich ganz bestimmt nicht und schon gar nicht jetzt, wo mein Verstand langsam umnebelt wurde. Die Schmerzen wurden leichter und mit ihnen schwand meine Konzentration. Ich gähnte.

»Du solltest dich schonen. Mach die Augen zu.« Vincent gab mir einen Kuss auf meine rauen Lippen. Dann setzte er sich wieder in den Stuhl und ich schloss gehorsam die Augen.

17. Kapitel

Es klopfte zaghaft an der Tür, dann wurde die Klinke heruntergedrückt und den Kopf hinter einem riesen Blumenstrauß versteckt betrat Vic das Krankenhauszimmer. Das Timing war gut, denn Vincent war eben nach Hause gefahren, um sich zu duschen und sich für ein paar Stunden auszuruhen. Der Arme hatte ja seit Tagen auf dem Stuhl ausgeharrt.

»Vic«, rief ich überrascht und ein strahlendes Lächeln breitete sich auf meinem Gesicht aus. »Wie geht es dir?«

»Mir geht es ausgesprochen gut. Ich hab nur ein paar leichte Verbrennungen, die kaum der Rede wert sind, aber viel wichtiger ist doch die Frage, wie es dir geht?« Sie trat näher an mein Bett heran.

»Wahnsinnige Rückenschmerzen halt und das ständige Verlangen, einmal tief durchzuatmen, aber das wird schon wieder. Außerdem pumpen sie mich mit Schmerzmitteln zu, weshalb es sein könnte, dass ich ein wenig verwirrt bin.«

Ich rückte vorsichtig ein Stück zur Seite und versuchte dabei nicht allzu sehr das Gesicht zu verziehen. Dann klopfte ich auffordernd auf die Matratze und Vic setzte sich nach kurzem Zögern auf den leeren Platz.

Sie streckte mir den gigantischen Blumenstrauß entgegen. »Der ist übrigens von Val. Von mir ist das hier.« In ihrer anderen Hand hielt sie eine Schachtel Pralinen, die sie mir reichte. »Ich dachte, du könntest bestimmt etwas Süßes vertragen. Das Krankenhausessen ist nicht so lecker, oder?«

Ich ignorierte ihre Frage, denn mein Gehirn hing immer noch bei ihrer vorherigen Aussage fest, dass die Blumen von Valentina waren. Ungläubig starrte ich den Strauß an, bis ich an der Seite ein Kärtchen entdeckte. Ich brauchte ein paar Anläufe, bis meine Hände es geschafft hatten, das Kärtchen aufzufalten. Darauf stand nur ein Wort geschrieben: *Danke.*

Da ich mit dem Strauß in den Händen Vic unmöglich weiterhin ansehen konnte, legte ich ihn auf meinem Bauch ab und blickte dann verwirrt zu ihr auf. »Valentina lässt mir Blumen schicken?«

»Sie ist so überglücklich und dankbar, ihre Kräfte los zu sein und endlich wieder andere Menschen berühren zu können, das glaubst du gar nicht. Sie ist wie ausgewechselt. Hat mich beinahe erdrückt und ist kaum von meiner Seite gewichen, wenn ich mal zu Hause war.« Vic lächelte glücklich. »Ich war ja die meiste Zeit hier bei Pat«, fügte sie wie zur Erklärung hinzu.

»Wie geht es ihm denn?« Ich kaute nervös auf meiner Unterlippe.

»Er hat ziemlich viele Infusionen mit Schmerzmitteln bekommen und bisher konnte ich noch keinen Blick auf die Verbrennungen werfen, da sie unter einem Verband liegen, aber die Ärzte meinen, es sieht schlimmer aus, als es ist, und dass sich seine Haut zum größten Teil von alleine regenerieren wird.« In Vics Ton schwang nichts Vorwurfsvolles mit, trotzdem hatte ich das Bedürfnis, mich bei ihr zu entschuldigen.

»Vic, was geschehen ist, tut mir schrecklich leid. Kannst du Pat bitte ausrichten, dass ich ihn nie verletzen wollte?«

»Das weiß er doch. Pat gibt sich ja auch selbst die Schuld daran, immerhin hat er sich schützend vor Friedrich geworfen.« Vic tätschelte meinen Arm. »Mach dir nicht so viele Gedanken.«

»Ich werde es versuchen«, seufzte ich.

»Weißt du was?«, plötzliche hellte sich ihre Miene auf und ihre Augen begannen zu strahlen. »Pat hat mich gestern geküsst. Ganz vorsichtig und ein wenig unbeholfen und vermutlich hatte er wegen der Schmerzmittel weniger Hemmungen, aber er hat mich geküsst!«

»Das sind ja tolle Neuigkeiten! Das freut mich so für dich. Dann steht eurer Beziehung also nichts mehr im Wege?«

»Und das verdanken wir nur dir, Caro.« Sie sah mich mit einem dermaßen schwärmerischen Blick an, dass ich leicht errötete.

»Ach Quatsch. Dass ihr beide zusammengehört, war mir eh immer klar. Früher oder später wärt ihr auch ohne meine Hilfe ein Paar geworden. Ich hab das höchstens ein bisschen beschleunigt.«

»Ich weiß, du hast das immer gesagt und vielleicht wäre es auch so gekommen, aber jetzt brauche ich kein schlechtes Gewissen mehr haben, wenn wir zusammen sind, und ehrlich gesagt, wenn wir so über Pat reden, dann vermisse ich ihn jetzt schon. Das ist dumm, oder? Immerhin war ich vorhin schon bei ihm.«

»Das ist nicht dumm ... Das ist Verliebtheit. Wobei das manchmal vielleicht das Gleiche ist«, grinste ich.

Vics helle blaue Augen funkelten begeistert.

»Na los.« Ich blickte zur Tür. »Geh schon.«

»Aber ich bin doch gerade erst gekommen«, protestierte sie schwach.

»Ich sehe doch, dass du zu ihm willst. Nun mach schon, bevor ich es mir anders überlege.«

»Gut, aber vorher stelle ich wenigstens noch die Blumen in eine Vase.«

Sie nahm den Strauß von meinem Bauch auf und suchte nach einer Vase. Nachdem sie eine gefunden hatte, befüllte sie diese mit Wasser und platzierte den Strauß auf dem kleinen Tisch meinem Bett gegenüber, so dass ich einen guten Blick darauf hatte. Dann kam sie noch einmal zu mir und drückte mich ganz sanft an sich, bevor sie aus meinem Zimmer huschte.

***

Später am Nachmittag kamen auch noch Mara, Doro, Tobi und Max vorbei. Max? Wieso kam er mit ihnen?

»Nun kränkst du mich aber, Caro«, neckte mich Max, der meinen erstaunten Blick bemerkt hatte. »Ich dachte, ich wäre ein guter Ersatz für Vincent, aber so wie du schaust, bin ich das offenbar nicht.«

»Was? Nein, ich war nur eben überrascht, dich mit den anderen zusammen zu sehen.«

»Ach, das«, sprang Doro ein. »Wir haben uns vor dem Krankenhaus durch Zufall getroffen. Und ich finde, du machst deine Sache als Ersatz ganz ausgezeichnet.« Aus irgendeinem Grund leuchteten ihre Augen und erinnerten mich stark an Vics schwärmerischen Blick.

»Genau das wollte ich hören.« Er zwinkerte Doro zu.

»Aber was ist denn nun mit Vincent?«, fragte ich nach.

»Ach, der hat so tief geschlafen, da wollte ich ihn nicht wecken. Außerdem muss er endlich mal diese schrecklichen Augenringe loswerden, sonst denken die Leute noch, er nimmt Drogen«, scherzte er.

Mein Blick wanderte zu Mara, die an Tobi gelehnt dastand. Tobi hatte ihr beschützend einen Arm um die Schultern gelegt und zog sie eng an sich ran. »Mara«, rief ich aufgeregt. Zum ersten Mal war mein Verstand wach genug, um sie mir genauer anzusehen.

»Ja?« Sie kam näher und musterte mich besorgt.

Ihre Lippen waren noch etwas spröde, aber ansonsten sah sie unversehrt aus, wie ich erleichtert feststellte. »Wir haben ja noch gar nicht über die Sache mit den Eisphönixen gesprochen. Geht es dir gut? Hast du die Entführung schon verarbeiten können und was haben sie mit dir gemacht, als du bei ihnen warst?«

»Immer schön langsam der Reihe nach. Du bist ja ganz aufgeregt.«

Automatisch war Tobi hinter Mara getreten und legte ihr sachte seine Hand auf den Rücken. Er würde sie vermutlich in nächster Zeit keinen Schritt mehr alleine machen lassen. Auch ihm musste der Schock von der Entführung seiner Freundin noch in den Knochen sitzen.

»Was war die erste Frage noch gleich?«

»Ob es dir gut geht, Schatz«, wiederholte Tobi.

»Ja, richtig. Ehrlich gesagt, hatte ich noch gar keine Zeit, das alles zu verarbeiten. Die letzten Tage haben sich meine Gedanken nur um dich gedreht und wie es dir geht. Ich denke, das kommt jetzt erst noch, dass ich realisiere, was geschehen ist.« Sie runzelte die Stirn. Ein Schatten huschte über ihr Gesicht. »Und bei den Eisphönixen war es … ziemlich kalt. Reicht dir das als Antwort? Ich will jetzt wirklich nicht jammern, denn du hattest eine viel schwerere Zeit als ich und ich denke, wir sollten uns lieber auf die positiven Dinge in unserem Leben konzentrieren. Und eigentlich will ich die Zeit dort einfach nur vergessen.«

Tobi hauchte ihr einen Kuss in den Nacken. »Das ist mehr als verständlich.«

»Das verstehe ich nur zu gut, Mara. Aber falls du doch mal darüber reden magst, bin ich ja nur eine Tür entfernt.«

»Noch«, hustete Doro vom anderen Ende des Zimmers. Sie hatte sich mit Max an den Tisch gesetzt, auf dem auch die Vase mit Vals Blumenstrauß stand.

»Was soll das denn jetzt schon wieder heißen?«, fragte ich irritiert.

»Nichts.« Sie blickte mich aus großen Augen unschuldig an. »Ich hab nur gehustet.«

»Hast du nicht. Und ich will jetzt wissen, was diese ständigen Andeutungen sollen.« Ich warf ihr einen ärgerlichen Blick zu.

»Ehrlich, Caro, ich weiß nicht, was du meinst. Hast du etwas gehört, Max?«

»Nicht das Geringste«, beteuerte er. »Und ich sitze ihr direkt gegenüber.«

»Vielleicht solltest du dann mal deine Ohren untersuchen lassen«, maulte ich.

»Wer schickt dir denn eigentlich Blumen? Hast du etwa einen heimlichen Verehrer?«, fragte Doro neugierig mit Blick auf das Kärtchen.

»Hey! Du lenkst ab«, beschwerte ich mich.

»Weißt du eigentlich schon, wann du nach Hause darfst?«, versuchte Mara das Thema zu wechseln.

Als hätten sie sich gegen mich verschworen! »Die Ärzte meinen am Samstag.«

»Super, das ist ja schon übermorgen und wenn du heimkommst, koche ich dir was Leckeres«, freute sich Mara.

Sie konnte es einfach nicht lassen, aber irgendwie hatte mir ihre Bemutterung in den letzten Wochen auch gefehlt. »Klingt toll. Dann sehe ich euch alle Samstag?«

»Das ist jetzt sicherlich schwer zu verkraften, aber auf meine Gesellschaft wirst du wohl vorerst für eine längere Zeit verzichten müssen«, verkündete Max.

Ich konnte ihn nur verständnislos anstarren. Das mit dem Klartext reden war in der Familie Merkur wirklich ein Problem.

»Ich bin eigentlich hergekommen, um mich von dir zu verabschieden«, fuhr er fort. »Ich habe gestern ganz spontan einen Flug nach Vietnam gebucht.«

Irgendwie verstand ich immer noch nichts. Ob das an den Schmerzmitteln lag? »Was willst du denn in Vietnam?«

»Ich werde eine Weltreise machen. Angefangen mit Asien. Das wollte ich schon immer mal tun und nun bin ich endlich frei von allen Verpflichtungen und da dachte ich mir, wieso noch länger warten?«

»Aber was ist mit Arthur und Vincent und deinen Eltern?«

»Vincent hat doch jetzt dich und ich bin mir sicher, du findest ein paar tolle Möglichkeiten, ihn zu trösten.« Er warf mir einen vielsagenden Blick zu und ich fragte mich, wie alles, was Max sagte so dermaßen doppeldeutig klingen konnte.

»Und was meine Eltern und Arthur anbelangt: Die haben ohnehin jede Menge Redebedarf, da wird es ihnen sicherlich nicht auffallen, wenn ich eine Weile weg bin.«

»Okay«, war alles, was mir dazu einfiel.

Zumindest Doro sah ebenso wenig begeistert aus wie ich.

Tobi räusperte sich: »Übrigens wollte ich mich noch bei dir entschuldigen, dass ich neulich so harsch zu dir war. Die Sorge um Mara hat mich dir und Vincent gegenüber ungerecht werden lassen.«

Ich brauchte einen Moment, bis mir einfiel, was Tobi genau meinte. Ich war heute wirklich nicht die Schnellste. »Schon okay, wir waren wohl alle etwas angespannt.«

»Jetzt haben wir dich mit Neuigkeiten überhäuft«, meinte Mara zerknirscht. »Wenn du deine Ruhe haben möchtest, sag es ruhig.«

»Unsinn.« Ich machte eine wegwerfende Handbewegung. »Aber wisst ihr was?« Ich sah sie abwartend alle nacheinander an. Meine Freunde, die mir so unendlich viel bedeuteten. Eine Welle des Glücks breitete sich von meinem Magen ausgehend in meinem gesamten Körper aus.

»Nein, was denn?«, fragte Mara schließlich, als ich nichts sagte.

»Zum ersten Mal in meinem Leben bedaure ich es nicht, im Waisenhaus aufgewachsen zu sein, denn sonst hätte ich euch alle niemals getroffen und ihr seid so viel mehr als nur Freunde. Ihr seid meine eigene kleine Familie.«

»Das hast du aber lieb gesagt.« Maras braune Augen glänzten verdächtig.

»Wahrscheinlich faselst du dieses sentimentale Zeugs nur, weil dein Geist verwirrt ist von den ganzen Schmerzmitteln, aber ich will ja mal nicht so sein.« Doro breitete ihre Arme in einer großzügigen Geste aus. »Gruppenkuscheln?«

Ich überhörte ihre spitze Bemerkung und rief stattdessen begeistert: »Na, logo!«

Und dann umarmten sie mich zu viert. Mara und Tobi von der einen und Doro und Max von der anderen Seite. Obwohl sie dabei ganz behutsam vorgingen, tat es trotzdem weh, aber das war egal, denn in diesem Moment war ich einfach nur glücklich.

18. Kapitel

Mittlerweile waren knapp drei Wochen vergangen und ich konnte wieder atmen, ohne bei jedem tieferen Atemzug vor Schmerzen zusammenzuzucken. Dennoch tat mir mein Rücken von der steifen Haltung weh. Möglichst gerade saß ich auf meinem Schreibtischstuhl und versuchte mich auf das Skript, das vor mir auf dem Schreibtisch lag, zu konzentrieren. Doch immer wieder verschwammen die Buchstaben vor meinen Augen und stattdessen tauchten Bilder vom Kampf auf. Vincent am Boden liegend, die Haut dunkelblau verfärbt, Arthur zur Eisskulptur erfroren und Pat als menschliche Fackel. Ob das jemals aufhören würde? Oder würden mich diese Bilder bis ans Ende meiner Tage verfolgen? Das Wissen, dass mein eigener Großvater mich am liebsten hatte tot sehen wollen, machte es auch nicht gerade besser. Ein Klopfen an meiner Zimmertür ließ mich aufsehen und die Bilder zerstoben vor meinem inneren Auge.

»Ja?«, rief ich.

Die Tür öffnete sich und Mara blieb in der Schwelle stehen. Ihre Augenbrauen schoben sich besorgt zusammen. »Du lernst?«

»Na ja«, ich zuckte mit den Achseln. »Ich habe schließlich einiges aufzuholen.«

»Aber das musst du doch nicht heute machen. Es ist immerhin-«

»Der vierundzwanzigste, ich weiß«, unterbrach ich sie. »Und du fährst jetzt bald heim, oder?«, schob ich schnell hinterher, bevor sie noch anfing mich darüber zu belehren, wie man den Vormittag an Heiligabend richtig zu verbringen hatte.

»In einer Stunde. Vorher wollte ich dich gerne nach deiner Meinung fragen. Was hältst du von dem Kleid?«

Erst jetzt bemerkte ich das schicke weiße Kleid mit den vielen kleinen schwarzen und silbergrauen Sternen.

»Sieht gut aus!« Ich streckte meinen Daumen nach oben.

»Ehrlich?« Mara drehte sich einmal im Kreis, so dass ich das Kleid auch von hinten betrachten konnte. »Ist es nicht ein bisschen zu ... auffällig?« Zweifel spiegelte sich in ihren haselnussbraunen Augen.

»O ja, schwarz-grau-weiß ist schon *extrem* auffällig«, meinte ich mit vor Sarkasmus triefender Stimme.

»Das Grau hätten sie ruhig weglassen können, Schwarz-Weiß hätte auch gereicht.« Mara seufzte. »Tobi und ich sind am ersten Weihnachtsfeiertag bei seinen Eltern eingeladen und ich will nur nicht, dass mich dann alle anstarren.«

»Mach dir da mal keine Sorgen. Wegen dem Kleid wird dich bestimmt niemand komisch ansehen. Das steht dir wirklich gut. Anstarren wird man dich höchstens, weil du so hübsch darin aussiehst.«

»Danke, dann werde ich es tragen.« Sie lächelte mich an. »Dann lasse ich dich mal allein. Ich muss noch fertig packen.«

»Ja, tu das.«

Sie zögerte kurz. »Und lern nicht zu viel, Caro.«

In diesem Augenblick ertönte ein Poltern im Flur und Doro erschien mit ihrem Trolly im Schlepptau.

»Sehr gut, dass ich euch gleich auf einem Haufen antreffe. Ich muss mich nämlich beeilen, damit ich meinen Zug nicht verpasse.«

Doro sah tatsächlich so aus, als wäre sie in Eile. Ihre Haare standen ein wenig wirr von ihrem Kopf ab und ihr pinker Schal hing schief über ihrem Mantel. Ihre Füße steckten in schwarzen Fellstiefeln, die sie über eine lila Leggins gezogen hatte.

»*Das* ist auffällig.« Ich warf Mara einen bedeutungsvollen Blick zu.

Diese prustete los. »Okay, überzeugt.«

»Was? Meint ihr mich?«, fragte Doro. »Wie oft muss ich euch noch sagen, dass nicht jeder so langweilig rumlaufen kann? Es gibt schließlich nicht so viele Farben, damit man sie nicht trägt. Und du«, sie fixierte mich aus zusammengekniffenen Augen, »du trägst tatsächlich schon wieder diesen Sack von Pulli.«

»Das ist eben mein Lieblingspulli«, verteidigte ich den tatsächlich schon etwas ausgeleierten Hoodie.

»Ja, ja, ich weiß.« Doro verdrehte die Augen. »Irgendwann kriegen wir das auch noch in den Griff. Du kannst dich unmöglich ein weiteres Jahr gegen meine Empfehlungen wehren. So moderesistent kannst nicht einmal du sein.«

Ich lachte. »Na gut, aber erst im nächsten Jahr. Dann gehen wir mal wieder zum Shoppen.«

»Ich werde dich beim Wort nehmen. Das nächste Jahr ist schneller da, als du glaubst.«

Da hatte sie vermutlich Recht. Die Zeit verflog ja geradezu und ich hatte eine leise Ahnung, dass ich mein vorschnelles Versprechen, mit Doro shoppen zu gehen, noch bereuen würde. Ich sah uns schon auf dem nächsten Flohmarkt und Doro kreischend vor Freude, weil sie irgendein verstaubtes Kleidungsstück entdeckt hatte, das ja *so-was-von-vintage* war.

»Apropos neues Jahr. Habt ihr schon Pläne?«, fragte Mara.

»Nö, ich lasse einfach alles auf mich zukommen. Mein einziger Plan ist es vielleicht die Klausuren zu bestehen.« Ich blickte vielsagend auf mein Skript.

»Ich auch nicht und Vorsätze finde ich sowieso doof. Da hält man sich eh nie dran«, erklärte Mara.

»Und dich brauchen wir vermutlich gar nicht erst fragen, dein zweiter Vorname ist ja Spontanität«, witzelte ich.

»Öhm, tatsächlich habe ich schon einen Plan für die Semesterferien im März«, gab Doro zu.

»Und was für einen?«, stellte Mara genau die Frage, die auch mir auf der Zunge gebrannt hatte.

»Nun ja«, druckste Doro herum und dann verzog sich ihr Mund zu einem breiten Grinsen. »Ich fliege für fünf Wochen nach Australien.«

»Du tust *was?*«, fragte ich ungläubig.

»Ach«, Doro winkte ab, als sei das keine große Sache. »Ich treffe mich dort mit Max, der dann inzwischen seine Asientour beendet hat und dann reisen wir halt mal ein bisschen zusammen in Australien rum und schauen, wie es so läuft. Na, ihr wisst schon.«

»Doro!«, rief ich empört. »Du kannst doch nicht einfach mal nebenbei so eine Bombe platzen lassen! Seit wann läuft das denn schon zwischen euch beiden?«

»Na ja, *laufen* ist jetzt vielleicht ein bisschen viel gesagt. Wir haben, nachdem wir dich gemeinsam im Krankenhaus besucht hatten, Handynummern ausgetauscht und ein bisschen hin- und hergeschrieben. Und jetzt muss ich wirklich los.« Mit diesen Worten fiel sie der völlig überrumpelten Mara um den Hals, während ich noch zu verarbeiten versuchte, was ich da eben erfahren hatte.

Doro und Max in Australien? Ich kicherte leise vor mich hin. Irgendwie passte es ja zu den beiden einfach mal zusammen zu verreisen und zu schauen, *wie es so läuft*.

»Ich weiß gar nicht, was ich sagen soll? Also, da reden wir im Januar noch mal drüber«, rügte Mara. »Jetzt hab erst mal schöne Feiertage und genieß die Zeit bei deiner Familie.«

»Das werde ich«, grinste Doro.

Mara schüttelte den Kopf, während Doro zu mir kam und sich zu mir hinabbeugte. Für ihre Verhältnisse war die Umarmung tatsächlich sehr vorsichtig, dennoch fuhr mir ein Stich durch den Rücken. Blöde angeknackste Brustwirbel.

»Frohe Weihnachten, Caro, und erhol dich gut.«

»Danke, das wünsche ich dir auch.«

Damit lockerte sie ihren Griff, grinste uns beide noch einmal an, schnappte sich ihren Trolly und verließ laut polternd die Wohnung. Noch im Treppenhaus war Doro zu hören, wie sie ihren Koffer mehr die Treppe hinunterzog, als ihn trug.

»Tja, dann werde ich mal wieder rübergehen.« Mara deutete in Richtung ihres Zimmers. »Wenigstens habe ich schon alle Geschenke beisammen und muss mir den Stress in den überfüllten Kaufhäusern heute nicht mehr antun.«

»Ja, ein Glück.« Mein Lächeln verrutschte ein wenig, weil ich überhaupt keine Geschenke hatte. Nicht einmal für Vincent. Aber um mir das hektische Weihnachtsshopping anzutun, ging es mir einfach nicht gut genug. Zu groß war die Sorge, dabei einen unbedachten Ellenbogen in die Rippen gerammt zu bekommen oder von hinten angerempelt zu werden und einen Stoß in den Rücken zu bekommen. Klar hätte ich auch online etwas bestellen können, aber, ehrlich gesagt, war ich einfach nicht in Stimmung für diese Friede-Freude-Eierkuchen-Heiterkeit. Am liebsten hätte ich Weihnachten dieses Jahr einfach ausfallen lassen, aber da alle um mich herum sich schon seit Tagen darauf freuten, konnte ich es leider nicht ausblenden. Aber sobald Mara weg war, würde ich meine Ruhe haben und mich hoffentlich endlich auf mein Skript konzentrieren können. Dann würde ich früh schlafen gehen und irgendwie den morgigen Tag überstehen, wenn ich mit Vincent zusammen Anna und Robert einen Besuch abstattete. Seit Vincent die Wahrheit kannte, hatte sich die Beziehung zu seinen Eltern erheblich verbessert, was mich sehr für alle freute.

»Ich komme dann noch mal vorbei, bevor ich fahre«, riss mich Mara aus meinen Gedanken.

»Genau.«

»Oh, und in der Küche steht noch eine Dose mit Plätzchen. Die sind für dich.«

»Danke, das ist sehr nett von dir.«

»Nichts zu danken«, winkte sie ab und schloss die Zimmertür hinter sich.

***

Als es laut an der Wohnungstür klingelte, wurde ich erneut aus meiner Konzentration gerissen. Verwirrt legte ich den Textmarker auf das Skript und sah auf meine Armbanduhr. 15:06 Uhr. Wer konnte das sein? Ich ging zum Türöffner und griff nach dem Hörer. »Hallo?«

»Hi, Caro. Hier ist Vincent.«

»Was tust du denn hier?«, fragte ich völlig perplex. Mit Vincent hatte ich heute nicht gerechnet.

»Wäre es möglich, das oben zu klären. Hier draußen ist es wirklich ungemütlich.«

»Natürlich.«

Ich drückte auf den Knopf und ein leises Surren ertönte. Dann hängte ich den Hörer in die Halterung zurück und öffnete die Wohnungstür. Vincent kam die Treppe herauf und blieb zögernd vor mir stehen. Dann gab er mir einen Begrüßungskuss. Seine Lippen waren kalt und schmeckten nach Schnee.

»Also, was tust du hier?«, wiederholte ich meine Frage, nachdem wir uns voneinander gelöst hatten.

Vincent trat herein und ich schloss die Tür hinter ihm, allerdings machte er keine Anstalten seine Jacke auszuziehen.

»Du weißt schon, was heute für ein Tag ist, oder?«

»Ja, du bist nicht der Erste, der mich darauf hinweist«, gab ich leicht genervt zurück.

»Ich weiß ja nicht, wie es bei dir aussieht, aber ich hatte nicht vor, Heiligabend alleine zu verbringen.« Der Blick, den er mir dabei zuwarf, war intensiv und sofort spürte ich das vertraute Kribbeln in meinem Magen.

»Aber was ist mit deiner Familie? Ich dachte, du wärst bei ihnen?«

»Und dich alleine lassen? Sag mal, was denkst du eigentlich von mir? Außerdem sehen wir meine Eltern eh morgen und Arthur wird auch da sein.«

»Ich ... na ja ... ich habe einfach nicht damit gerechnet, dass du ... ich habe nicht einmal ein Geschenk für dich«, platzte es aus mir heraus.

Sein Mund verzog sich zu einem schiefen Lächeln und sein Blick wurde weich. »Das macht doch nichts. Bei Weihnachten geht es schließlich um mehr, als bloß um Geschenke.«

Da musste ich ihm zustimmen und obwohl dabei ebenfalls ein Geburtstag gefeiert wurde, war es nicht meiner und somit ging es in Ordnung.

»Okay, dann solltest du langsam mal deine Jacke ausziehen und es dir gemütlich machen.«

Vincent sah mich nur an, machte aber keine Anstalten meiner Aufforderung nachzugehen.

»Was ist?«

»Ehrlich gesagt, hatte ich gehofft, du würdest die Feiertage bei mir verbringen. Es wäre doch unsinnig, wenn jeder von uns die Zeit allein in seiner Wohnung verbringt.«

»Du könntest auch einfach hierbleiben«, schlug ich vor. »Hier sind wir ebenfalls ungestört.« Ich sah ihn prüfend an, dann grinste ich, als mir Maras Plätzchen einfielen und somit das ultimative Argument. »Und immerhin habe ich die Plätzchen.«

Vincents Augen leuchteten auf, als er sich an das Gespräch erinnerte.

»Und dieses Mal sind wirklich noch welche da«, schob ich bekräftigend hinterher.

Er schmunzelte. »Na, wenn das so ist, habe ich eigentlich gar keine andere Wahl.«

»Eben.« Ich griff triumphierend nach seiner Hand und zog ihn in Richtung Küche.

***

Nachdem wir uns auf Maras Plätzchen gestürzt hatten – sie hatte eine Dose gefüllt mit köstlichsten Vanillekipferl, Spitzbuben, Lebkuchen, Zimtsternen und Nougatstangen für uns dagelassen – fing Vincent erneut davon an, wie sehr es ihn freuen würde, wenn ich für ein paar Tage bei ihm wohnen würde. Er behauptete, er wolle nur nicht, dass ich mich einsam fühle, aber ich hegte den Verdacht, dass vielmehr er derjenige war, der sich ohne Max in der großen Wohnung ein wenig verloren vorkam. Was ich durchaus verstehen konnte. Ohne Max fehlte tatsächlich jemand. Und da es in der WG ohne Mara und Doro ungewöhnlich still war, ließ ich mich letztendlich überreden.

»Dann hol noch schnell deine Zahnbürste und einen Pyjama und dann kann es losgehen.«

»Nicht so schnell«, lachte ich. »Erst will ich mir noch etwas anderes anziehen.«

»Wegen mir brauchst du dich nicht umzuziehen.«

»Vincent«, rief ich in gespielter Empörung. »Wie kannst du nur so etwas sagen? Immerhin ist Weihnachten. Da will ich zumindest meinen Festtags-Hoodie anziehen.«

»So einen hast du?«, fragte er amüsiert und eine Spur ungläubig.

Ich stellte mir Vincent in einem Kapuzenpulli mit norwegischem Zopfmuster und Tannenbäumen darauf vor und diese Vorstellung war so abwegig – vor allem, da er auch heute wieder mit dem weißem Hemd über das er einen weinroten Pullover gezogen hatte und der beigen Chino tadellos aussah –, dass ich knallrot anlief bei dem Versuch, ein Kichern zu unterdrücken. Schließlich traten mir die Tränen in die Augen, zum Teil, weil ich es so witzig fand und zum Teil, weil das Beben in meinen Schultern bis zu meinem Rücken ausstrahlte und mir Schmerzen verursachte.

»Natürlich«, brachte ich halb erstickt hervor. »So einen peinlichen Hoodie mit Rentieraufdruck hat doch jeder oder nicht?«

»Also ich kenne niemanden«, gab er völlig unbeeindruckt zurück.

»Jetzt schon.«

Vincents Augen blitzten spöttisch auf. »Stimmt. Dann zieh ihn schon an. Ich kann es kaum erwarten.«

***

Mit kerzengeradem Rücken und kitschigem Rentier-Hoodie, den aber außer Vincent niemand zu Gesicht bekommen würde, saß ich auf der Ledercouch und versuchte die düsteren Bilder, die mich erneut heimsuchten, zu verdrängen. Jetzt war ich doch froh, nicht alleine zu sein, denn das hätte unweigerlich viele qualvolle Erinnerungen bedeutet. So war Vincent mein Anker zur Realität, an den ich mich stets zu klammern versuchte, wenn erneut eine Welle der Erinnerung über mich zu schwappen drohte. Ich hoffte, dass es irgendwann leichter werden würde. Vielleicht würden die schrecklichen Bilder nie verblassen, aber im Laufe der Zeit von anderen, schöneren überlagert werden.

Ich atmete tief durch und der würzige Geruch heißen Glühweins stieg mir in die Nase. Zwei Tassen des heißen Getränks standen vor uns auf dem Glastisch und erfüllten mit ihrem Duft das gesamte Wohnzimmer. Mir gegenüber an der Wand befand sich der riesige Fernseher, den ich bisher immer nur mit schwarzem Bildschirm erlebt hatte. Aber das würde sich bald ändern. Vincent hatte DVDs besorgt und die Normalität, die der Aktivität zusammen fernzusehen innewohnte, ließ in mir beinahe so etwas wie Vorfreude aufkeimen. Der DVD-Stapel war hoch, aber wir hatten auch viel Zeit.

Vincent hatte eben leise fluchend den Raum verlassen, auf der Suche nach einem Feuerzeug, denn Kerzen anzünden musste er fortan wie jeder normale Mensch. Was für ihn eine ziemliche Umstellung war, nachdem er so lange daran gewöhnt war, ein Feuer zu entfachen, wann immer er es wollte. Auch ich hatte noch ein paar Mal versucht mein inneres Feuer heraufzubeschwören, aber natürlich ohne Erfolg. Dennoch hatte ich es probieren müssen, um mich selbst davon zu überzeugen, dass nichts mehr von meinen Kräften übrig geblieben war, obwohl ich es bereits gefühlt hatte.

Etwas in mir hatte sich verändert. Etwas fehlte. Ein Teil von mir war verschwunden. Wie eine Erinnerung, von der man wusste, dass es sie einmal gegeben hatte und die man sich verzweifelt ins Gedächtnis zu rufen versuchte und doch nicht greifen konnte. Aber der Verlust meiner Kräfte schmerzte mich nicht so sehr wie Vincent. Dafür hatte ich sie nicht lange genug gehabt. Auch wenn er es niemals zugeben würde, wusste ich, dass er sie vermisste, dass ihm die Möglichkeiten fehlten, die ein Dasein als Phönix mit sich brachte.

Meine Gedanken schweiften weiter zu meinen Mitbewohnerinnen, die inzwischen bestimmt beide bei ihren jeweiligen Familien zu Hause angekommen waren. Meine zwei verrückten Freundinnen. Die nächsten zwei Wochen würden sie mir schon ein wenig fehlen, bis wir uns im neuen Jahr wiedersahen.

Aber zumindest hatte ich mit Vincent die beste Gesellschaft, die ich mir vorstellen konnte und ich wusste, auch er vermisste seinen Mitbewohner. Seit Max seine Koffer gepackt hatte, schien die Wohnung seltsam leer.

Vic hatte ich seit dem Krankenhausaufenthalt leider nicht mehr gesehen, aber wir hatten ein paar Telefonate geführt, bei denen sie hauptsächlich von

Pat geschwärmt hatte. Auch mit Markus hatte ich erst kürzlich telefoniert und er hatte darauf bestanden, dass Vincent und ich am zweiten Weihnachtsfeiertag zu ihnen kamen. Pats Eltern hatten inzwischen eine neue Unterkunft gefunden und da mein Onkel und mein Cousin nun mal meine einzigen lebenden Verwandten waren – abgesehen von Friedrich, mit dem ich aber gewiss nichts mehr zu tun haben wollte –, wollten sie gerne die Beziehung zu mir vertiefen. Und dagegen hatte ich absolut nichts einzuwenden. Es war schön, dass mit dem Verlust aller Phönixkräfte, alle – ob Eis- oder Feuerphönix – zusammengerückt waren, einander nun mit einem Respekt begegneten, der vorher undenkbar gewesen wäre.

»Zeit für die Bescherung, was meinst du?«, riss mich Vincent aus meinen Gedanken.

Ich blinzelte. Ich hatte gar nicht bemerkt, dass er zurückgekommen war, aber die vier brennenden Kerzen bewiesen, dass seine Suche nach einem Feuerzeug erfolgreich gewesen war. »Ich dachte, es gäbe keine Geschenke«, beschwerte ich mich.

»Es ist auch kein richtiges Geschenk, mehr eine Frage«, gab er zu und der nervöse Unterton machte mich neugierig.

»Eine Frage?«

»Ehrlich gesagt, sind es zwei Fragen.«

»Gleich zwei Fragen?« Das machte nun mich nervös und in meinem Bauch rumorte es. »Ich glaube, ich brauche vorher einen Schluck Glühwein.«

Vincent war so nett und reichte mir meine Tasse. Ich nahm einen sehr großen Schluck, um mich zu beruhigen. Er nahm mir die Tasse aus den Händen und stellte sie auf den Beistelltisch. Als ich zu ihm aufschaute, klopfte mein Herz wild in meiner Brust. Was wollte er mich fragen?

Vincent kratzte sich nachdenklich am Bart. »Sei bitte nicht sauer, aber ich habe auf eigene Faust ein paar Nachforschungen angestellt und deinen Großvater Edmund – Mathildas Ehemann – ausfindig gemacht.«

»Du hast was?« Entgeistert starrte ich ihn an.

Dass es tatsächlich noch einen weiteren lebenden Verwandten von mir geben sollte, waren großartige Neuigkeiten!

»Ich hatte viel Zeit, während du im Krankenhaus lagst«, verteidigte er sich. »Und ich habe ein Treffen mit ihm vereinbart. Am 29. Dezember. Edmund klang aufrichtig erfreut, als ich ihm sagte, er habe noch eine Enkeltochter. Und das bringt mich zu meiner ersten Frage: Wirst du mit mir zu dem Treffen gehen?«

»Ich ... ich weiß gar nicht, was ich sagen soll. Ehrlich gesagt, bin ich ein wenig überrumpelt, aber ich freue mich ihn kennenzulernen. Meinen Großvater.« Ich ließ mir das Wort auf der Zunge zergehen. »Danke, Vincent.«

Seine Augen leuchteten auf. »Da wäre noch was.«

»Noch mehr?«

»Die zweite Frage«, erinnerte er mich und grinste verschmitzt.

»Ach, stimmt ja.« Mein Magen zog sich aus einer Vorahnung heraus krampfhaft zusammen und meine Handflächen waren ganz schwitzig. Zu gerne hätte ich sie unauffällig an dem Sofapolster abgewischt. Leider war es aus schwarzem Leder und ich hinterließ bereits jetzt einen feuchten dunklen Fleck, dort wo meine Hände neben meinen Oberschenkeln gelegen hatten.

Vincent holte eine flache, längliche Schachtel, mit einer roten Schleife darum, aus seiner hinteren Hosentasche hervor und überreichte sie mir.

»Was ist das?« Ich wog die Schachtel argwöhnisch in meinen Händen. Sie fühlte sich leicht an.

»Mach es auf, dann weißt du es.«

Ich löste das Band, legte es neben mich und zögerte. Er hatte nicht vor mir einen Antrag zu machen, oder? Bitte, bitte nicht. Dafür war es noch viel zu früh. Dafür war unsere Beziehung noch viel zu frisch. Und Heiraten hatte nie auf meiner Liste der persönlichen Lebensziele gestanden. Mit einer Hochzeit band man sich an seinen Partner, gab ein Stück seiner Unabhängigkeit auf und das wollte ich auf gar keinen Fall. Zumindest noch nicht. Ich atmete zitternd ein, dann hob ich den Deckel an. Erleichtert stieß ich die Luft aus. Zum Vorschein kam ein schlichter, silberner Schlüssel.

Ich nahm ihn heraus und drehte ihn zwischen Daumen und Zeigefinger. »Wofür ist der?« Ich betrachtete skeptisch mein metallenes Geschenk.

Vincent ergriff meine Hand, die immer noch den Schlüssel hielt und schloss meine Finger darum. »Der ist für meine Wohnung. Ich …« Er unterbrach sich.

Wenn ich ihn nicht besser kennen würde, hätte ich glauben können, er sei nervös. Aber Vincent Merkur war niemals nervös und er fand immer die richtigen Worte. Was hatte das zu bedeuten?

»Caro, ich kann mir ein Leben ohne dich nicht mehr vorstellen. Das ist mir in dem Moment klar geworden, als ich dachte, du seist tot. Es fühlte sich an, als sei die Sonne verschwunden. Als wäre ich dazu verdammt, ein Leben in ewiger Dunkelheit führen zu müssen. Du bist meine Sonne, Caro. Du bist alles, was ich mir je gewünscht habe, ja sogar mehr, als ich je zu hoffen gewagt hätte. Und ich möchte keinen Tag mehr ohne dich an meiner Seite verbringen. Die drei Nächte in der Hütte waren trotz der allgegenwärtigen Bedrohung wundervoll, einfach, weil ich an deiner Seite erwachen konnte und das ist so, als würde ich jeden Tag mit Sonnenschein erwachen. Was ich damit sagen will ist Folgendes: Möchtest du bei mir einziehen?«

Für einen Moment war ich sprachlos. Es war nicht der befürchtete Antrag, sondern etwas ungleich Besseres. Ich legte den Schlüssel in die Schachtel und diese neben das rote Band.

»Wenn ich könnte, würde ich mich jetzt zu dir vorbeugen, aber ich muss leider gerade sitzen. Könntest du deshalb zu mir kommen?«

Er blinzelte. Ich wusste, was er dachte. Ich hatte seine Frage nicht beantwortet. Zögernd beugte er sich zu mir, bis unsere Gesichter nur wenige Zentimeter voneinander entfernt waren. Sein warmer Atem streifte meine Wange. Ich hob meine Arme und schlang sie um seinen Nacken.

»Vincent Merkur.« Ich sah ihm von unten fest in die Augen, diese wunderschönen Augen wie aus flüssigem Karamell. »Ja, ich will.«

Dann zog ich ihn die letzten Zentimeter zu mir herunter, bis sich unsere Lippen berührten.

»Caro«, stöhnte er an meinem Mund, woraufhin sich mein Herzschlag beschleunigte. Sein Kuss war zärtlich und sanft, als hätte er Angst, mich zu verletzen. Ich vergrub meine Hände in seinen Haaren und presste mich enger an ihn, um ihm zu signalisieren, dass es mir gut ging. Dabei stieß ich mit meiner Hüfte leicht gegen die Schachtel. Diese kullerte zu Boden und der Schlüssel fiel mit einem leisen Klirren heraus. Keiner von uns machte Anstalten ihn aufzuheben, denn dieser Moment duldete keine Unterbrechung. Er gehörte nur uns, so wie alles von jetzt an uns gehören würde.

Es wäre falsch zu behaupten, ich gehörte Vincent. Man konnte keinem Menschen gehören, denn dazu müsste man ihn besitzen und Besitz war die tatsächliche Herrschaft über eine Sache und Menschen waren nun mal keine Sachen und herrschen sollte man erst recht nicht über sie. Aber ich gehörte *zu* Vincent und er gehörte *zu* mir. Mit ganzem Herzen und aus voller Überzeugung. Und was den Wohnungsschlüssel betraf, den besaß ich tatsächlich und er war der Beginn von etwas Großartigem. Das spürte ich ganz genau.

Und dafür brauchte ich keine Phönixkräfte.

Ende

Danksagung

Hier ist es nun, das Ende der Phönix-Saga. Und ich weiß gar nicht, was ich sagen soll, außer: Es war SAGENHAFT! Und das verdanke ich euch. Ich weiß, dass sagt jeder Autor, aber ich bin mir sicher, dass es bei mir stimmt: Ihr seid die besten Leser der Welt! Ich kann gar nicht in Worte fassen, wie glücklich mich die vielen netten und begeisterten Nachrichten von euch gemacht haben. Vielen, vielen Dank dafür!

Das Wissen, dass so viele Menschen mit Caro und Vincent mitgelitten, mitgefiebert und mitgelacht haben, ist ein unglaubliches Gefühl und ich bin sehr froh, dass ich das alles mit euch teilen konnte und dass ihr nun die ganze Geschichte kennt. Die Trilogie hat mich über anderthalb Jahre fast täglich intensiv begleitet und die Figuren sind mir inzwischen so vertraut, dass ich selbst schon nach Caro und Vincent Ausschau halte, wenn ich mich mal in München befinde.

Als nächstes möchte ich mich bei fünf ganz lieben Bloggermädels für ihre Unterstützung bedanken. Liza (Liza's Bücherwelt), Franzi (Bücherdiebe), Nessi (Nessis Bücher), Canni (My Bookloving Soul) und Mii (Bücherfresser). Ich bin sehr froh, dass ihr die ersten wart, mit denen ich Nachrichten geschrieben habe und nicht nur deshalb, weil ich ohne euch vermutlich ziemlich aufgeschmissen gewesen wäre. ;-) Aber das Schönste ist, dass ihr genauso für Vinni brennt wie ich und mit mir dahingeschmolzen seid, Feuer und Flamme wart und bei mir den größten Facebook-Chat-Lachflash aller Zeiten verursacht habt. Für all das, fühlt euch gedrückt!

Ricarda, du hast das Lektorat der kompletten Phönix-Saga gemacht und ich danke dir für deine wundervollen Ideen, die allesamt die Trilogie besser gemacht haben! Außerdem habe ich deine Begeisterung für die Geschichte wirklich gebraucht, denn an manchen Tagen dachte ich mir, das will doch keiner lesen. Zum Glück warst du da ganz anderer Meinung. :)

Zum Schluss noch ein riesen Dankeschön an das Impress-Team, allen voran an Nicole, die mich die ganze Zeit über super unterstützt hat!

© Kristin Vogelsang

Julia Zieschang fand man schon als kleines Mädchen oft hinter einem Buch versteckt vor. Damals waren es noch Märchenbücher, heute liest sie am liebsten romantische Fantasy. Wenn sie nicht gerade mit dem Lesen oder Schreiben von Geschichten beschäftigt ist, befindet sich eine Spiegelreflexkamera vor ihrem Gesicht, denn das Fotografieren ist ihre andere große Leidenschaft.

Tauch ein in
romantische Geschichten.
HOL DIR
BITTERSÜSSE
STIMMUNG
AUF DEINEN
E-READER!
E-BOOKS VON IMPRESS HIER:
CARLSEN.DE/IMPRESS
impress IST DAS DIGITALE LABEL DES CARLSEN VERLAGS FÜR GEFÜHLVOLLE
UND MITREISSENDE GESCHICHTEN AUS DER GEHEIMNISVOLLEN WELT DER FANTASY.